Contenu

Mam'selle Jo

Harriet T.Comstock

Writat

Cette édition parue en 2023

ISBN : 9789359257310

Publié par
Writat
email : info@writat.com

LISTE DES PERSONNAGES

C'est l'histoire d'une femme qui, n'ayant aucune beauté de visage ou de forme, a été privée pendant un certain temps des belles choses de la vie.

Puis elle a prié le Dieu des hommes et Il lui a donné le succès matériel. Ayant cela, elle leva les yeux de la terre qui avait été son champ de bataille et fit le vœu de tirer ce qui était possible des bricoles du bonheur et d'intégrer ce qu'elle pourrait dans l'amour et le service.

Grâce à cela, elle a gagné une récompense bien au-delà de ses rêves les plus fous et a trouvé la paix et la joie.

« Vous êtes un homme étrange », dit-elle à celui qui l'a découverte.

"Vous êtes une femme bien étrange, Mam'selle", répondit-il.

Outre ces deux-là, il y a :

Capitaine Longville et sa femme Marcel.

Pierre Gavot – et sa femme Margot qui a trouvé sa vie payée grâce à son garçon Tom.

Le vieux père Mantelle, plus ami que curé, qui les a tous aidés.

Mais Dan Kelly, de Dan's Place, mieux connu sous le nom de The Atmosphere, leur a rendu la vie difficile à tous.

Puis, après un certain temps, les Lindsay de la Walled House ont rassemblé les choses et ont ouvert une nouvelle perspective. On retrouve ici :

Homme-Andy ; appelé par certains, The Final Test, ou Old Testy.

James Norval, qui avait du talent et un éclair de génie occasionnel.

Katherine Norval, sa femme, qui, pour les plus hautes motivations, a failli le conduire en enfer.

Il y a Sœur Angela avec la mémoire pratique et Petite Sœur Mary avec le Regard Perdu.

Mary Maiden qui est entrée dans l'histoire pendant une seconde seulement.

Et enfin : Tom Gavot qui a rêvé de routes, a joué avec les routes, a fait des routes, et a enfin trouvé La Bonne Route qui l'a conduit au sommet, de ce point haut qu'il a vu, qui sait quoi ?

Et… Donelle qui a prié très tôt pour pouvoir faire partie de la vie et a juré qu'elle était prête à souffrir et à payer. La vie l'a prise au mot et l'a utilisée.

CHAPITRE I

MAM'SELLE JO EST LIBÉRÉE

Une fin d'après-midi de septembre, Jo Morey – elle était mieux connue dans le village de Point of Pines sous le nom de Mam'selle Jo – se tenait debout sur la petite pelouse située entre sa maison blanche et la grande route, levant les yeux de la terre, qui avait longtemps été son champ de bataille, et murmurait à haute voix comme le font souvent les gens seuls,

"Le mien ! Le mien ! Le mien !"

Elle n'a pas dit cela avec arrogance, mais plutôt avec révérence. C'était comme une prière d'appréciation adressée au seul Dieu qu'elle reconnaissait ; un Dieu juste qui avait couronné ses efforts de succès. Mam'selle ne pouvait pas prier un Dieu aimant, car l'amour lui avait été refusé ; pas à un Dieu beau, car Jo n'avait pas encore trouvé la beauté dans sa vie dure et étroite ; mais à la Puissance qui s'était justifiée, elle était prête à rendre hommage.

"Le mien ! Le mien ! Le mien !"

Jo avait quarante ans et était aussi sombre qu'un jour d'hiver, privée de la chaleur sanctifiante du soleil. Elle était petite et musclée, faite pour le service, pas pour le charme. Sa bouche était la bouche d'une femme qui n'avait jamais connu l'expression légitime d'elle-même ; son nez montrait du caractère, mais il était trop fort pour être beau ; des sourcils épais ombraient ses yeux, les protégeant des curieux, mais quand ces yeux étaient levés, on voyait qu'ils avaient été sous la garde de Dieu et préservés pour des perspectives plus heureuses. C'étaient des yeux merveilleux. Brun doux aux reflets de marron d'Inde.

La tenue vestimentaire de Mam'selle était aussi unique qu'elle l'était elle-même. Il s'agissait pour la plupart de vêtements ayant appartenu à son père, décédé quinze ans auparavant, riche de dettes et d'une mauvaise réputation ; léguant à sa fille aînée sa garde-robe délabrée et les soins d'une sœur imbécile.

Jo plongea maintenant ses mains dans les poches du gros manteau ; elle planta plus fermement ses pieds dans les lourdes bottes beaucoup trop grandes pour elle et, en rejetant la tête en arrière, déplaça le vieux chapeau de feutre cabossé qui recouvrait les tresses brillantes de ses cheveux épais et brillants.

Debout ainsi, tête nue, yeux écarquillés et minable, Jo était une figure dramatique de la victoire. Elle regarda la maison soigneusement peinte, la colline s'élevant derrière elle, couronnée d'une splendide forêt riche en teintes automnales. Puis son regard parcourut la route vers les beaux pâturages qui avaient donné une récolte rare ; aux dépendances et aux granges qui abritaient les richesses récemment acquises. Le hennissement de Molly, le petit cheval fort ; le bruissement des vaches, des poules et les grognements des cochons étaient comme des sons de musique à ses oreilles attentives. Puis de retour à la maison, les yeux vifs mais tendres se posèrent sur l'énorme tas de bois qui flanquait le côté nord de la maison, commençant à la porte de la cuisine et se terminant seulement à quelques pieds de la route.

Ce fidèle gardien se tenant entre Jo et le long et froid hiver qui se cachait non loin, la remplissait d'un contentement suprême. Elle savait très bien qu'à partir de la première bûche posée près de sa porte, elle pourrait compter en toute sécurité sur le confort et la chaleur jusqu'à la fin du printemps sans démolir les fines lignes du solide mur au bout de la route !

Ce jour-là, Jo avait payé le dernier dollar qu'elle devait à un homme. Elle avait encore deux mille dollars à son crédit ; elle était enfin une femme libre ! Libre après quinze années de labeur et de privations comme peu de femmes avaient jamais connu.

Elle était libre… et…

C'est à ce moment-là que Mam'selle ressentit le pincement de tristesse qui est la pénalité de la réussite. Jusqu'à présent, il y avait un but, une nécessité et une obligation, mais maintenant ? Eh bien, il n'y avait rien ; vraiment rien. Elle n'a pas besoin de travailler tôt ou tard ; aucune demande ne lui était adressée. Pendant un instant, sa respiration fut rapide et difficile ; ses yeux s'assombrirent et elle réalisa vaguement que la lutte avait apporté une gloire qui manquait à la victoire.

Il y a quinze ans, elle se tenait debout comme elle se tient maintenant, mais elle avait contemplé une scène bien différente. Alors la maison tombait en ruine et n'était qu'un triste abri pour la pauvre sœur qui restait toute la journée à marmonner des paroles inintelligibles en jouant avec des morceaux de chiffons de couleurs vives. Les granges et les dépendances étaient vides et abandonnées, la récolte était un échec ; le tas de bois était dangereusement petit.

Jo revenait à peine des funérailles de son père et elle se demandait, impuissante, ce qu'elle pourrait faire ensuite pour conserver ce misérable foyer et procurer de la nourriture et des vêtements à Cécile et à elle-même. Elle était déjà reconnaissante que son père soit mort ; heureuse que sa pauvre mère, qui avait abandonné la lutte des années auparavant, n'ait pas compliqué le présent stérile – il serait plus facile de s'attaquer au problème seule.

Et tandis qu'elle restait perplexe, mais intrépide, le capitaine Longville remonta la route et s'arrêta près de la porte délabrée. Longville était la puissance de Point of Pines avec laquelle tous comptaient, en premier ou en dernier. Il était d'origine française, intelligent, paresseux et cruel, mais avec une courtoisie extérieure qui défiait les méthodes habituelles de représailles. Il avait de l'argent et la capacité d'en gagner toujours plus. Il a réussi à obtenir des informations et des secrets qui ont renforcé son contrôle sur les gens. C'était une créature silencieuse et énergique qui ne dépensait jamais plus que ce qui était nécessaire en argent, en temps ou en mots pour atteindre son objectif, mais il avait toujours un objectif précis en vue.

"Bonjour, Mam'selle," appela-t-il Jo dans son anglais parfait qui n'avait qu'une trace d'accent, "ce furent de belles funérailles et je n'ai jamais vu le père paraître mieux ni plus comme il le devrait. Lui et vous vous êtes bien comportés. fier." Les manières de Longville et le choix de ses mots étaient aussi composites que ceux de ses voisins ; Point of Pines était un conglomérat, lieu de résidence de nombreuses personnes provenant de nombreux pays au cours des générations passées.

"J'ai fait de mon mieux pour lui", répondit Jo, "et tout est payé, Capitaine."

Les yeux sombres étaient tournés vers le visiteur avec fierté mais impuissants.

"Payé, hein ?" demanda Longville. Cet aspect des choses le surprenait et le troublait. "Payé, hein ?"

"Oui, j'ai économisé. Je savais ce qui allait arriver."

"Eh bien, maintenant, Mam'selle, j'ai une offre à vous faire. Pendant que votre père vivait, j'ai prêté, et j'ai souvent prêté, en m'endettant sur mes propres terres pour sauver les siennes, mais le jour de la paie est venu. C'est tout... le mien ! Mais je ne suis pas un maître absolu, spécialement pour les femmes, et en retournant les choses dans mon esprit, j'en suis arrivé à cette conclusion. Derrière ma maison se trouve une petite cabane, je l'offre à vous et à Cécile. Apportez quoi vous choisissez d'ici et faites de cet endroit un endroit comme chez vous et, pour l'aide que vous apportez à Madame lorsque les gens des États passent l'été avec nous, nous vous donnerons vos vêtements et les garderons. Qu'en dites-vous, hein ?

Pendant une bonne minute, Jo ne dit rien. C'était une femme dont les racines s'enracinaient profondément dans toutes les directions, et elle reculait à l'idée de changement. Puis quelque chose lui est arrivé. Sans pensée ni volonté consciente, elle commença à parler.

"Je—je veux la chance, Capitaine Longville, seulement la chance."

"La chance, hein ? Quelle chance, Mam'selle ?"

« La chance de… de le récupérer ! » Les yeux grillagés semblaient rassembler toute la misère ancienne et familière dans leur propre misère.

Longville rit, pas brutalement, mais c'en était trop, venant de la fille de Morey.

"Eh bien, Mam'selle," dit-il, "les intérêts n'ont pas été payés depuis des années."

"Les intérêts... et combien ça coûte ?" murmura Jo.

"Oh, quelques centaines." Cela a été lancé à la légère.

"Mais si... si je pouvais payer cela et promettre de continuer, m'en donneriez-vous une chance ? Mon argent est aussi bon que celui d'un autre et la première fois que j'échoue, capitaine, j'emmènerai Cécile à la cabine et je vendrai. moi-même à toi.

Ce n'était pas une façon gracieuse de le dire et cela fit froncer Longville, mais cela l'amusa énormément. Il y avait aussi un peu de jeu en lui, et ces mots, aussi fous et improbables soient-ils, mettaient en mouvement diverses idées.

Si Jo avait pu économiser du naufrage du passé suffisamment d'argent pour payer les funérailles, n'aurait-elle pas, la petite sournoise, économisé davantage ? Volé, c'était ce que pensait réellement Longville. L'argent liquide, autant qu'il pouvait en trouver, était pour lui la chose la plus chère dans la vie et le plaisir de voir quelqu'un lésiner et fouiller pour le lui procurer était une joie à ne pas jeter à la légère. Et ne pourrait-il pas accomplir tout ce qu'il avait en tête en donnant sa chance à Jo ? Il ne voulait pas du terrain et de la maison délabrée, sauf pour ce qu'ils rapporteraient en espèces ; et si Mam'selle doit travailler pour gagner de l'argent, ne serait-elle pas disposée à travailler dans sa cuisine aussi bien que dans celle d'un autre ? Bien sûr, il devrait, dans le cadre de cette nouvelle dispense, lui payer, ou lui créditer, un certain montant, mais il pourrait le fixer à un montant modeste et si elle se révoltait, il la menacerait, d'une manière aimable, de réticence à porter ce montant. sur la poursuite des relations commerciales avec elle.

Alors Longville pinça ses lèvres fines et réfléchit.

"Mais l'argent, l'argent des intérêts, Mam'selle, la chance en dépend."

Jo se tourna et se dirigea vers la maison. Bientôt, elle revint avec une théière fêlée dans les mains.

"En cela," dit-elle lentement comme si répéter des mots lui suggérait, "il y a deux cent quarante-deux dollars et soixante-dix-neuf cents, Capitaine. Tout au long des années, j'ai économisé et épargné. J'ai vendu mes draps. et des laines aux gens de la ville - j'ai menti - mais maintenant cela leur donnera une chance.

Une lente colère grandit dans les yeux de Longville.

"Et tu as fait ça, alors que tu me devais tout ?" Il a demandé.

"C'est père qui te devait ; ton argent a servi à boire, à tout et à rien sauf à la sécurité de Cécile et de moi. L'ouvrage de mes propres mains, c'est le mien !"

"Ce n'est pas ainsi que disent nos bonnes lois !" ricana Longville, "et maintenant je pourrais tout vous prendre et vous jeter sur le monde."

"Et tu le feras ?" » demanda Jo.

C'était une silhouette misérable, debout, les mains tendues, tenant la théière fêlée.

Longville réfléchit davantage. Il aspirait à avoir une bonne place dans la communauté quand cela ne lui coûtait pas trop cher. Sans entrer dans les détails, il pouvait organiser cette affaire avec Jo Morey de manière à pouvoir briller de manière radieuse – et il ne rayonnait pas toujours, d'aucune manière.

"Non!" dit-il à l'instant ; "Je vais te donner ta chance, Mam'selle, c'est-à-dire si tu me donnes tout ton argent."

"Vous avez dit : deux cents !"

" *À peu près* , Mam'selle, *à peu près* . C'était ma parole. "

"Mais l'hiver est proche et il y a Cécile. Capitaine, me laisserez-vous un peu pour commencer ?"

"Eh bien, maintenant, voyons voir. Que diriez-vous de construire votre tas de bois, de commencer avec des pommes de terre, du porc, etc. et de laisser, disons, vingt-cinq dollars dans la théière ? Que diriez-vous de ça, hein ?"

"Voulez-vous l'écrire et le signer ?" Jo tremblait.

"Vous êtes perspicace, diablement perspicace, Mam'selle. Que diriez-vous d'être de bons amis au lieu d'être de durs promoteurs de bonnes affaires ?"

"Vous devez l'écrire et le signer, Capitaine. Nous deviendrons de meilleurs amis grâce à cela."

Longville réfléchit à nouveau.

L'arrangement serait au mieux bref, a-t-il conclu.

"Je vais signer !" il finit par accepter, "mais, Mam'selle, c'est comme une pièce de théâtre entre toi et moi."

"Ce n'est pas un jeu, Capitaine, comme vous le verrez."

Et c'est ainsi qu'avait commencé cette lutte acharnée qui dura quinze longues années sans jamais manquer de répondre aux intérêts ; et, en temps voulu, les remboursements du prêt initial ont été effectués. Jo, tôt et tard, a travaillé comme esclave, se privant de tout sauf du strict nécessaire, mais elle a réussi à offrir un meilleur tarif à la pauvre Cécile.

Au cours de la deuxième année de lutte de Jo, deux événements stupéfiants s'étaient produits qui menaçaient, pour un temps, de la vaincre. Elle n'avait connu que peu d'éclat dans son enfance de couleur brune, mais ce peu avait été lié à Henry Langley, de loin le meilleur des jeunes hommes de l'endroit. C'était un Américain venu des États-Unis au Canada, comme beaucoup d'autres, estimant que ses chances sur terre étaient meilleures que chez lui. C'était un homme instruit avec des ambitions pour un avenir d'indépendance et une vie libre. Il s'acheta une petite ferme et y construisit une cabane rudimentaire mais confortable. Lorsqu'il ne travaillait pas à l'extérieur, il étudiait à l'intérieur et ses seules extravagances étaient des livres et un violon.

Jo Morey l'avait toujours attiré ; son esprit, son courage, son mépris des conditions, faisaient ressortir tout ce qu'il y avait de bon en lui. Sans bien comprendre, il reconnut en elle les qualités qui, ajoutées aux siennes, lui assureraient le succès dont il rêvait. Alors il lui a appris, lu avec elle et l'a fait réfléchir. Il n'était ni calculateur ni égoïste, la fondation grossière n'était que la sécurité sur laquelle il construisait une romance aussi simple et pure que toutes celles qu'il avait jamais connues. Cette jeune fille simple et courageuse, avec son humour discret et ses idéaux délicats, l'attirait énormément. Ses émotions étaient en suspens par rapport à son bon sens, alors lui et Jo avaient planifié un avenir – jamais très précis, mais toujours sincère.

Après la mort de Morey, Jo, conformément à son marché avec Longville, alla aider aux soins des pensionnaires d'été qui, cette année-là, remplirent la maison de Madame Longville à débordement et rapportèrent une récolte que le capitaine, et non ses femmes, rassembla. . C'était l'été où la pauvre Jo, surmenée, inquiète de laisser Cécile seule pendant tant d'heures fatigantes, devenait sombre et peu aimable et trouvait peu de temps ou d'envie de jouer avec Langley le rôle heureux qui avait été la joie et le salut de leur vie. . Et c'est alors qu'apparut une jeune fille des États-Unis, une chose délicate et jolie qu'on ordonna d'aller aux pins de la rivière pour recouvrer la santé. Elle appartenait à la classe des femmes qui ne connaissent aucun terminal dans leur vie, mais acceptent tout comme un passage ouvert vers le large océan de leurs désirs. Elle était obligée de travailler pour survivre et cet effort lui avait presque coûté la vie ; elle doit donc trouver quelqu'un pour entreprendre l'affaire pour l'avenir. Ses ressources étaient apparemment limitées, alors que la nécessité immédiate était pressante. Puisque rien n'était pour elle fini et contraignant, elle regarda Henry Langley et vit en lui une possibilité ; un tremplin. Elle commença aussitôt son attaque, par l'intermédiaire de la pauvre Jo, qui, elle se rendit parfaitement compte, était sa route la plus sûre et la plus sûre vers la citadelle de Langley. Elle fit des efforts presque frénétiques pour inclure le corvée fatiguée dans les frivolités estivales ; sa douce compassion et sa joliesse délicate contrastaient terriblement avec la misère et le manque de charme de Jo. Alors que Langley essayait d'être juste et loyal, il ne pouvait que reconnaître que les refus catégoriques de Jo d'accepter, ce qu'elle ne pouvait bien sûr pas accepter, étaient souvent brutaux et grossiers. Puis, alors que ses sens commençaient à l'aveugler, il devint bêtement critique, tâtonnant et maladroit. Il ne pouvait pas voir, sous les répliques féroces de Jo à ses exigences très raisonnables, la blessure brûlante et la reconnaissance toujours croissante de la défaite.

C'était le vieux jeu joué entre un professionnel et un amateur – et le professionnel gagnait !

À l'insu de la pauvre Jo, travaillant dans la cuisine de Madame Longville, Langley vendit discrètement ses affaires au capitaine et, retirant secrètement son prix, laissa des explications aux autres.

Longville les a fabriqués.

"Maman," dit-il, debout devant Jo alors qu'elle se penchait sur une casserole fumante de plats dans la cuisine étouffante, "nous avons été escroqués d'un joyeux mariage."

"Un mariage?" » demanda Jo avec indifférence, « est-ce qu'il y a un moment pour se marier maintenant ?

"Ils ont pris du temps et se sont enfuis aussi. Langley s'est marié hier soir et est en route, Dieu sait où!"

Jo se releva et fit face à Longville. Ses cheveux pendaient mollement, ses yeux étaient remplis de terreur.

"Langley s'est marié et est parti ?" Elle haleta. Puis : « Mon Dieu !

C'était tout, mais Longville qui la regardait tirait ses propres conclusions néfastes et riait de bonne humeur.

"Tout est dans le travail de la journée, Mam'selle", dit-il, se demandant silencieusement si l'esclave devant lui serait capable de terminer l'été.

Jo a terminé l'été de manière efficace et silencieuse. En septembre, Cécile a tout simplement arrêté de babiller et de jouer avec des chiffons et est morte complètement. Après l'enterrement, Jo s'en alla avec son chien à ses trousses. Personne à part Longville ne l'a remarqué. Son travail chez lui était terminé ; le dernier pensionnaire était parti.

Souvent, la maison de Jo n'était pas visitée pendant des semaines, donc son absence ne provoquait plus aucune surprise. Deux semaines s'écoulèrent, puis elle réapparut, traînée et usée, le chien la suivant de près.

Ce fut tout, et le travail incessant du tissage et du filage reprit. Jo a inventé trois modèles merveilleusement beaux cet hiver-là.

Mais maintenant, en cette glorieuse journée d'automne, elle revoyait victorieusement le passé. Soudain, elle se retourna. Comme s'il jouait un rôle désigné dans ce sinistre drame, Longville se tenait de nouveau près de la porte, l'air un peu plus vif et plus gris, mais un peu plus âgé. Dans ses mains, signés et correctement signés, se trouvaient tous les papiers qui libéraient Jo de lui pour toujours à moins qu'il ne puisse, par une autre méthode, la tirer en son pouvoir. Son argent à la banque pesait lourdement sur son sens des convenances.

« À moins qu'elle ne me paie et ne me paie, réfléchit-il, quel besoin a-t-elle d'argent ? Trop d'argent est mauvais pour une femme : je lui donnerai des intérêts.

Et juste à ce moment-là, Jo le salua du ton et de la manière d'une créature libre.

"Ah, Capitaine, c'est une bonne journée, c'est sûr. Une bonne journée !"

"Voici les papiers !" Longville s'approcha et les tendit vers elle.

"Merci, rien n'était pressé."

"Et maintenant," Longville lança un large regard. "C'est moi qui mendie. Et ces centaines à la banque, Mam'selle ? Je paierai les mêmes intérêts que les autres et un bon coup en mérite un autre."

Mais Jo secoua la tête.

"Non. J'en ai fini avec les emprunts et les prêts, Capitaine. À l'avenir, quand je me séparerai de mon argent, je le donnerai. Je n'ai jamais eu ce plaisir de ma vie auparavant."

"C'est un cours qui se terminera par votre mendicité à nouveau à ma porte." Le sourire de Longville avait disparu.

"S'il en est ainsi", et Jo secoua la tête, "je viendrai humblement, après avoir appris ma leçon du meilleur des professeurs."

Jo plongea ses mains plus profondément dans les poches du vieux manteau de son père.

"Une femme et son argent sont bientôt séparés", grogna Longville.

"Vous citez mal, Capitaine. C'est un imbécile et de l'argent ; une femme n'est pas toujours une imbécile."

Longville réservait son opinion à ce sujet mais assumait son air souriant et enjoué qui rappelait les pitreries d'un chat sauvage.

"Ah, Mam'selle, tu dois acheter un mari. Il gérera toi et ton bon argent."

Une profonde rougeur monta sur le visage sombre de Jo ; ses sourcils renfrognés cachaient ses yeux souffrants.

"Vous pensez que je dois acheter ce que je n'ai pas pu gagner, Capitaine ?" » demanda-t-elle doucement. "Dieu m'aide à ne pas tomber dans une telle folie."

Les deux hommes parlèrent un peu plus longtemps, mais le véritable sens et le véritable objectif qui les avaient unis au cours des dernières années avaient disparu. Ils s'en rendirent tous deux pleinement compte, pour la première fois, alors qu'ils essayaient maintenant de faire parler.

Ils parlèrent d'avenir pour découvrir qu'ils n'avaient pas d'avenir commun. Jo se retira alors que Longville avançait.

Ils se sont accrochés au passé en recul rapide, réalisant que c'était une chose morte et qu'ils leur échappaient déjà.

Il ne restait plus que le présent, chargé d'émotions nouvelles. Longville prit alors conscience d'un désir de blesser Jo Morey, puisqu'il ne pouvait plus la contrôler ; et Jo regarda le Capitaine comme un animal soudainement libéré regarde son défunt tortionnaire : libre, mais hanté par des souvenirs qui entravent encore ses mouvements. Elle voulait se débarrasser de cette présence dérangeante.

"Oui, Mam'selle, puisque tu l'as dit ainsi," Longville se balança d'un pied sur l'autre en repensant aux mots qu'il voyait blessés, "tu dois acheter un mari."

"Je dois entrer," répondit sans détour Jo, "bon après-midi, Capitaine." Et elle le quitta brusquement.

C'était plutôt gênant de se retrouver seul sur la pelouse bien entretenue de Jo Morey, alors Longville marmonna une opinion peu flatteuse à l'égard de sa défunte victime et se dirigea vers chez lui.

CHAPITRE II

MAM'SELLE DOIT ACHETER UN MARI

Longville retournait sans cesse les affaires de Jo Morey dans son esprit intrigant alors qu'il rentrait chez lui. Il avait fait la suggestion d'acheter un mari sur la base d'une idée erronée de plaisanterie, mais son effet sur Jo l'avait amené à prendre l'idée au sérieux, d'abord comme un coup de fouet, puis comme un but. Au moment où il rentrait chez lui, il était parvenu à une conclusion définitive, avait choisi le futur compagnon de Jo et avait pratiquement réglé les détails.

Il prit son repas du soir en silence, d'un air maussade, et observa sa femme d'un air contemplatif.

Il y avait des moments où Longville éprouvait une sensation inconfortable en regardant Marcel. C'était semblable à la sensation qu'on éprouve lorsqu'on découvre qu'on s'adresse à un inconnu au lieu de l'intime qu'on avait supposé.

Il était le genre d'homme qui, parmi son propre sexe, se moque des femmes à cause des attributs qu'il leur confère, mais qui, lorsqu'il est seul avec des femmes, a un doute rampant quant à ses conclusions vantées et cherche à redresser la situation par des méthodes d'intimidation.

Marcel avait été acheté et absorbé par Longville alors qu'elle était trop jeune et ignorante pour résister ouvertement. Ce que la vie lui avait appris, elle le gardait en réserve. Il n'y avait jamais eu ce qui semblait être un besoin impératif de rébellion, c'est pourquoi Marcel avait fait preuve de complaisance en apparence. Elle avait rempli les devoirs que d'autres avaient déclarés siens, parce qu'elle n'était pas claire dans son esprit quant à une autre voie, mais sous sa lenteur extérieure, il y avait des courants allant du cœur au cerveau que Longville n'avait jamais découvert, bien qu'il y ait eu des courants. des moments, comme aujourd'hui, où il avançait avec précaution vers sa femme avec un désir de coopération.

"Marcel," dit-il aussitôt avec son air maladroit et enjoué, "J'ai une idée !"

Il tendit ses longues jambes vers le poêle. Il avait mangé à sa faim et allumait maintenant sa pipe, regardant sa femme penchée sur la casserole fumante de vaisselle dans l'évier.

Marcel ne se retourna pas ; les idées n'étaient pas intéressantes et celles de Longville l'impliquaient généralement dans plus de travail et sans aucun profit.

"Il s'agit de Pierre, ton bon à rien de frère."

"Qu'en est-il de lui?" demanda Marcel. Le sang était du sang après tout et elle n'aimait pas le ton supérieur de Longville.

"Depuis la mort de Margot, il a eu du mal", songea le capitaine, "à s'occuper du garçon et à se déplacer tout seul. Cela a été dur pour Pierre."

« Tu veux lui et Tom… ici ? » Marcel se tourna maintenant, l'eau grasse dégoulinant de ses mains rouges. Elle n'avait que peu d'utilité pour son frère, mais son cœur se languissait de Tom, sans mère.

— À Dieu ne plaise, s'écria Longville, mais il faut plaindre une vie comme celle de Pierre.

« Pierre prend ses plaisirs, soupira Marcel, comme chacun peut en témoigner.

"Tu veux dire qu'un homme ne devrait avoir aucun plaisir ?" claqua le capitaine. "Vous, les femmes, êtes diablement dures."

"Je ne voulais pas me tromper. Cela ne me regarde pas."

« C'est l'affaire de toutes les femmes de marier les bricoles » ; et maintenant Longville était prêt. Il a lancé une déclaration claire sur les finances de Jo Morey et sur la nécessité absolue d'un contrôle masculin sur celles-ci. Marcel écoutait et attendait.

"Mam'selle Jo Morey doit se marier", a poursuivi Longville. Il avait allumé sa pipe et, entre de longues bouffées, cligna des yeux luxueusement tout en esquissant l'avenir. " Elle a trop d'argent pour une femme et… voilà Pierre ! "

"Maman Jo et Pierre !" Marcel a presque ri. "Mais Mam'selle est si simple et Pierre, étant bel homme, déteste une femme laide."

"Qu'importe ? Une fois marié, la bonne loi du pays donne l'argent de la femme à son maître. C'est une loi juste. Et Pierre a une manière avec les femmes qui les brise ou les tue, généralement les deux !"

» C'était voulu pour plaisanter, mais Marcel frémit tandis qu'elle se penchait à nouveau sur la mousse fumante.

"Mais Mam'selle avec de l'argent", murmura-t-elle plus pour elle-même que pour Longville. "Est-ce que Mam'selle se vendra ?"

Cela stupéfia presque Longville. Il ôta sa pipe de ses lèvres et regarda le dos du serviteur près de lui. Puis il parla lentement, avec étonnement :

" Une femme se mariera-t-elle ? Que voulez-vous dire ? Toutes les femmes vendront leur âme pour un homme. Mam'selle, étant laide, doit en acheter une. En plus… " Et ici Longville s'arrêta pour impressionner ses prochains mots.

"D'ailleurs, tu te souviens de Langley ?"

Pendant un instant, Marcel ne le fit pas ; tant de choses s'étaient passées depuis l'époque de Langley. Puis elle se souvint de l'agitation provoquée par sa sortie avec l'un des gens de l'été, et elle hocha la tête.

"Vous savez que Langley a marché et parlé avec Mam'selle avant que cette femme rouge et blanche des États-Unis ne l'attrape dans son jupon et ne l'emmène ?"

Cela commençait à revenir à Marcel maintenant. Elle hocha de nouveau la tête avec indifférence.

"Et quelques mois après", murmurait Longville comme s'il craignait que le chat ronronnant sous le poêle ne l'entende, "quelques mois plus tard, que s'est-il passé alors." Marcel fouilla dans sa litière de sombres souvenirs.

"Oh ! Cécile est morte !" Elle a accouché triomphalement.

"Cécile est morte, oui ! Et Mam'selle est partie. Et pour quoi faire ?" Les mots chuchotés frappaient le cerveau terne de Marcel comme des coups secs.

"Je ne sais pas", balbutia-t-elle.

"Vous ne pouvez pas deviner... et vous êtes une femme ?"

"Je ne peux pas."

"Alors réparez ceci et cela ensemble. Pourquoi une femme s'en va-t-elle et se cache-t-elle alors qu'un homme l'a abandonnée ? Pourquoi ?"

Marcel essuya la mousse de ses mains rouges et ridées. Elle regarda son mari comme une idiote, puis elle s'assit lourdement sur une chaise.

"Et c'est pour ça que Mam'selle achètera Pierre."

Pendant un moment, Marcel regarda son mari comme si elle ne l'avait jamais vu auparavant, puis ses yeux mornes se dirigèrent vers la fenêtre.

De l'autre côté de la route, dans l'obscurité grandissante, se trouvaient trois petites tombes alignées. Marcel les cherchait, maintenant, avec tout l'amour féroce et la loyauté qui étaient au plus profond de son cœur. Et de ces piteux monticules de petites formes, oh ! des formes si minuscules, semblaient se lever et plaider pour Jo Morey.

Qui avait partagé les heures noires où les bébés de Marcel allaient et venaient ? Quelle compréhension et quelle sympathie avaient rendu la vie possible alors que tout le reste avait échoué ?

"Je ne ferai aucun mal à Mam'selle Jo Morey !" Le ton et les mots ont électrisé Longville.

"Quoi?" » demanda-t-il brutalement.

"Si ce que vous insinuez est vrai", dit Marcel de très loin, d'une voix pitoyable; "Je ne l'utiliserai jamais pour blesser Mam'selle, sinon je ne pourrais pas rencontrer mon Dieu."

"Tu feras ce que je dis!"

Mais tandis qu'il parlait, Longville éprouva un sentiment de doute. Pour la deuxième fois de la journée, il eut conscience d'être déconcerté par une femme ; ses desseins étant menacés.

"Vous pourriez regretter," grogna-t-il, "si vous ne nous aidez pas dans cette affaire concernant Pierre. Il viendra un moment où Pierre se couchera à votre porte. Et alors, hein ?"

"Est-ce une raison pour laquelle je devrais le jeter à la porte d'une autre femme ?" Le visage pâle de Marcel se contracta. « Pourquoi un homme devrait-il s'attendre à ce que la porte d'une femme lui soit ouverte, poursuivit-elle, alors qu'il s'est déshonoré toute sa vie ?

Longville bougeait avec agitation. En fait, il n'osait pas frapper sa femme, mais il en avait envie. Il recourut à des arguments éculés.

« C'est la femme altruiste et noble qui sauve… l'homme ! » » marmonna-t-il, à moitié honteux de ses propres paroles.

Marcel en rit ouvertement. Quelque chose remontait à la surface, quelque chose que la vie lui avait appris.

"C'est un mauvais argument à utiliser quand l'indigne profite du désintéressement d'une femme", rétorqua Marcel. "À moins qu'elle aussi ne tire quelque chose d'elle – sa noblesse, je pense qu'un homme détesterait toujours la lui jeter entre les dents."

Longville se leva à moitié ; sa mâchoire était laide.

« C'est mon intention, dit-il lentement et durement, d'épouser Mam'selle et Pierre. J'ai mes raisons, et si vous ne pouvez pas m'aider, vous pouvez rester à l'écart !

"Oui, je peux faire ça", murmura Marcel. Elle s'était mise au tricot et parlait rarement pendant qu'elle tricotait. Elle pensait!

Mais si la suggestion de Longville semblait mourir dans l'esprit de sa propre femme, elle n'avait pas le même sort dans celui de Jo Morcy. Lorsqu'elle entra dans sa maison de correction, après avoir quitté le capitaine, elle posa ses papiers sur la table et resta là à regarder dans le vide. Elle semblait attendre que la vilaine pensée qu'il avait laissée suive son créateur, mais au lieu de cela, elle s'accrochait à elle comme une ortie.

"Achetez un mari!" répéta-t-elle ; "acheter un mari."

Dans le cœur sec et vide de la pauvre Jo, les mots se frayèrent un chemin comme une étincelle dans les pinceaux de l'automne. La flamme laissa une traînée noircie sur laquelle elle travailla tristement pour revenir à ce goût béni qu'elle avait eu de l'amour et du bonheur. Les souvenirs, longtemps considérés comme morts, surgirent de leurs tombes peu profondes comme des spectres, s'appropriant enfin Mam'selle.

Elle s'était crue au-delà de la souffrance. Elle avait pensé que la solitude et le dur labeur l'avaient au moins sauvée de l'agonie qu'elle endurait maintenant , mais avec la conscience qu'elle pouvait ressentir ce qu'elle ressentait, une sorte de terreur l'envahit.

Ses derniers jours de labeur avaient été bénis par des nuits de sommeil épuisé. Mais avec la liberté nouvellement conquise, il y aurait des heures où elle devrait succomber aux tortures de la mémoire. Elle ne pouvait pas continuer à travailler sans avoir besoin de l'encourager, il lui fallait une raison, un motif d'existence. Comme beaucoup d'autres, la pauvre Jo se rendit compte que même si elle avait de nombreuses raisons de se retirer, elle n'avait rien sur quoi se retirer, car dans son seul objectif de se libérer de Longville, elle s'était libérée de tous les autres liens.

Mais Jo Morey n'aurait pas été la femme qu'elle était si les obstacles avaient pu la vaincre. Elle se tourna brusquement et se dirigea vers la grange de l'autre côté de la route. Nick, son chien, s'est matérialisé à ce moment-là. Nick n'avait aucune confiance dans les hommes et se tenait discrètement hors de vue lorsqu'un d'entre eux apparaissait. Il n'était pas un lâche, mais la prudence était une caractéristique marquée chez lui et, à moins que la nécessité ne l'exigeait, il ne se souciait pas, ni ne jugeait souhaitable, de montrer ses sentiments aux étrangers.

Jo éprouvait pour Nick une affection basée sur la tradition et les faits. Sa mère avait été sa seule compagne pendant la période la plus sombre de sa vie et Nick était le digne fils d'une mère fidèle. Jo parlait constamment au chien lorsqu'elle était la plus troublée et confuse. Elle croyait sincèrement qu'elle recevait souvent l'inspiration et les solutions de ses yeux étranges et sérieux.

"Eh bien, mon vieux," dit-elle maintenant alors qu'elle sentait son corps robuste se presser contre son genou. "Que penses-tu de cela?"

Nick poussa un cri aigu et plein de ressentiment.

"Nous ne voulons pas qu'un homme plante son tabac dans notre cour, n'est-ce pas, monsieur ? Il pourrait même s'attendre à ce que nous le plantions !"

Jo parlait toujours de manière éditoriale lorsqu'elle discutait avec Nick. "Et imaginez un homme assis près du nouveau poêle, Nick, crachant, ronflant et donnant des coups de pied, sans doute *à vous* , mon bon ami, sinon à moi !"

Nick refusait d'envisager une absurdité aussi monstrueuse. Il montra les dents dans un sourire sardonique et, pour apaiser ses sentiments, se précipita vers une poule étourdie qui avait oublié le chemin du poulailler et le proclamait frénétiquement dans l'obscurité grandissante.

"Si cette coquine," marmonna Jo, "ne reste pas plus près du perchoir, je la prendrai à dîner !" Puis une lumière apparut sur le visage de Jo. À partir de bagatelles, nos vies sont souvent transformées en de nouveaux canaux. "Je le déclare, je l'aurai de toute façon ! Je vivrai désormais comme les gens."

Jo avait en tête les gens des États-Unis, du genre décontracté et estival. "Du poulet deux fois par semaine, désormais, et sans se lever avant le lever du jour."

Nick avait pourchassé la poule condamnée jusqu'au poulailler et revenait vertueusement lorsque sa maîtresse s'adressa à nouveau à lui.

"Nick, la petite vache rouge est sur le point de vêler. Qu'en penses-tu ?"

Nick n'y prêtait que très peu d'attention. La vache rouge était une nuisance. Elle vêlait à des périodes irrégulières de l'année et avait une affection anormale pour sa progéniture. Elle ne serait pas réconfortée si l'on lui arrachait l'argent pour des raisons financières. Elle faisait connaître ses objections en renversant les seaux de lait et en rendant les nuits hideuses par ses lamentations ; puis aussi, elle avait une façon de voir les choses qui affaiblissait la fibre morale. Nick suivit sa maîtresse jusqu'à l'étable et resta là, contemplatif, tandis que Jo lissait la tête brillante de la vache incriminée et murmurait :

"Pauvre petite fille, tu ne comprends pas, mais tu ne veux pas être seule, n'est-ce pas ?" L'animal se rapprocha et émit un son d'appréciation grave et doux.

"Très bien, ma fille. Je vais remplir Nick et prendre une bouchée, puis je reviendrai et resterai avec toi."

Les doux yeux maternels se posèrent désormais sur Nick et les siens devinrent indulgents !

"Viens, Nick!" appelé Jo. " Il va falloir se dépêcher. La petite vache rouge, une fois qu'elle s'est décidée, ne perd pas de temps. C'est pour nous une collation et une course, mon vieux, jusqu'à ce que les ennuis soient passés. Mais il n'est pas nécessaire de se coucher tôt pour aller au lit. " -nuit, Nick, et avant de dormir, nous allumerons le feu dans le poêle !"

Alors Nick le suivit docilement, mangea avec voracité mais rapidement, et Jo prit son goûter tout en se déplaçant dans la cuisine et en préparant la fête qui devait suivre l'accouchement de la petite vache rouge.

Ce doit être une vie vraiment désolée, une vie dépourvue d'imagination, qui n'a pas eu une sorte d'étoile à laquelle aurait été attelé le char du désir. Jo Morey avait une vaste imagination et cela l'avait protégée pendant toutes ces années de travail et de lassitude. Son étoile était un poêle !

À l'époque où ses relations avec Longville devenaient moins tendues et où elle pouvait regarder au-delà de ses obligations et voir encore - de l'argent, elle avait fermé la cheminée du salon et acheté, à tempérament, une invention des plus merveilleuses en fer, nickel et verre, avec de larges fours et un ventre caverneux, et le mis en état.

La conception de Jo de l'honnêteté ne lui permettrait pas d'allumer un feu dans le monstre avant que chaque centime n'ait été payé, mais elle l'avait poli, presque adoré devant lui, et avait silencieusement juré que le jour où elle serait libre de toute dette envers l'homme, elle se délecterait d'une telle chaleur et d'une telle gloire qu'elle n'en avait jamais connue auparavant.

« Fini les façades rôties et les dos congelés. »

Mam'selle avait secrètement juré. "Plus besoin de se blottir dans la cuisine et de lésiner sur les feux. Du premier gel au premier dégel, j'allumerai deux feux. Le nouveau poêle chauffera la chambre nord et peut-être aussi la chambre haute. C'est un merveilleux radiateur, On m'a dit."

Mais les aventures de la vache rouge avaient reporté cet événement passionnant. Pourtant, ni Jo ni Nick ne s'attendaient à un accomplissement parfait et ils ont pris le retard avec dignité et patience.

Plus tard, ils repartirent vers l'étable, cette fois guidés par une lanterne, car la nuit était tombée sur Point of Pines.

Jo s'assit sur un panier de pommes de terre retourné avec Nick à côté d'elle, et ils attendirent donc. J'ai attendu que tout besoin et tout danger soient passés ; puis, caressant tendrement la tête de la nouvelle maman, Jo parla sur un ton que peu de gens ont jamais entendu. Margot Gavot l'avait entendu alors qu'elle sortait de la vie, ses yeux affamés fixés sur Jo et le garçon en sanglots – Tom. Marcel Longville l'avait entendu alors qu'elle s'accrochait à la main dure et rude qui semblait être son seul point d'ancrage lorsque la vie et la mort se battaient pour elle et finissaient par lui prendre ses bébés. La petite vache rouge l'avait déjà entendu une fois et tournait maintenant ses yeux reconnaissants vers Mam'selle.

"Alors! Alors, ma fille," murmura Jo; "Nous ne comprenons pas, mais nous devions aller jusqu'au bout. Courageuse, câlinez cette petite chose et reposez-vous. Alors, alors!"

Puis Jo et Nick revinrent à la maison, la lanterne se balançant entre eux comme une étoile capturée.

Un sentiment merveilleux et exalté monta dans le cœur de Jo Morey. Elle ne ressemblait plus à elle-même, elle était indifférente, elle prêtait attention à tout ; elle sursauta au moindre bruit et inspira brusquement. Elle avait presque peur de la sensation qui l'envahissait. La dépression avait fui ; l'exaltation avait pris sa place. Un sentiment de liberté, d'aventure l'envahissait. Elle était enfin prête à rompre ses liens et à partir ! Puis Nick s'arrêta net et s'avança comme s'il sentait dans l'obscurité quelque chose que même la lanterne ne pouvait révéler.

« Alors, Nick ! » rit Jo, tu le sens aussi ? Tout va bien, mon vieux. Le mystère du hangar nous a bouleversés tous les deux. C'est toujours pareil, qu'il s'agisse d'une femme ou d'une créature. Quelque chose de caché nous le fait voir, mais nos yeux sont aveugles, aveugles au sens.

Puis Jo est passé à l'action. Elle transportait une charge de bois du tas jusqu'au salon ; en retenant son souffle, elle le plaça dans le poêle.

« Et si ça ne devait pas dessiner ? » murmura-t-elle à Nick et frappa une allumette. Le premier test a prouvé que cette crainte était infondée. Le tirage au sort était si formidable qu'il menaçait de tout gâcher.

Paniquée, Jo a expérimenté les amortisseurs et a rapidement pris le contrôle de la situation. Elle transpirait, et Nick jappait et courait en rond, lorsque le feu prit conscience de sa responsabilité, cessa de rugir comme un taureau sauvage et s'installa dans un corps stable et fiable de chaleur rougeoyante.

Alors Jo approcha une chaise, releva ses jupes absurdes, mit ses pieds chaussés d'homme dans le four et poussa un soupir de contentement suprême.

Nick a compris l'allusion. Comme il ne s'agissait pas d'un accident mais, apparemment, d'une innovation permanente, il lui fallut s'adapter comme l'avait fait sa maîtresse. Derrière le monstre enflammé se trouvait un espace aussi chaud que Tophet, mais offrant une bonne vue. Cela pourrait être utilisé, alors Nick se l'est approprié.

"Il semble qu'il n'y ait pas de limites à ce que ce poêle peut faire", marmonna Jo, se retournant et dédaignant l'odeur du cuir et de la laine surchauffés. " Fini de me déshabiller dans la cuisine et de geler dans mon lit dans la chambre nord. Je n'ai jamais eu chaud en hiver depuis ma naissance, mais c'est fini maintenant ! Je ne devrais pas me demander si je pourrais ouvrir la chambre à l'étage après un moment. — Je ne devrais pas me demander ! »

Puis Jo a aperçu son reflet dans le miroir au-dessus de la cuisinière ! À mesure qu'elle le regardait, son excitation diminua, la dépression de l'après-midi l'envahit. Elle a reconnu qu'elle avait l'air vieille et laide. Une femme d'abord méprisée, puis ridiculisée par les hommes. "Achetez un mari !" Elle, Jo Morey, qui avait autrefois eu sa vision et ses rêves de femme. Elle, qui avait eu tant de choses à offrir dans sa misérable jeunesse, tant de choses belles et nobles. Une intelligence qui avait lutté et surmonté les obstacles ; une passion pour le service, la passion et l'amour. Tout, tout ce qu'elle avait eu, sauf la seule, pauvre et pitoyable chose qu'on appelle la beauté. Cela aurait pu interpréter tout le reste à l'homme pour elle et lui gagner les désirs sacrés de son âme.

Elle avait eu la foi jusqu'à ce que Langley la trahisse. Elle avait méprisé le doute, car ce qui lui manquait pouvait la priver de ses droits.

Durant un printemps et un début d'été inoubliables, elle avait été comme les autres filles. L'amour avait éveillé ses sens et scellé celui qui partageait ses quelques heures de libre. Il avait ressenti la beauté cachée de l'esprit et du caractère de Jo Morey ; s'était délectée de son appréciation et de sa compréhension. Il l'avait aimée; il le lui dit et projeta avec elle un avenir riche de tout ce qui valait la vie. C'était le printemps où Jo avait remarqué pour la première fois comment les chevaliers bécasseaux, tournant sur le ciel bleu, formaient un flou brun qui changeait de forme à mesure que les oiseaux montaient plus haut ou lorsqu'ils plongeaient à nouveau, disparaissant derrière les pins mélèzes laricins au sommet de la colline.

C'était le printemps où la marée montante et rapide du Saint-Laurent faisait de la musique dans le calme parfumé et où elle et Langley avaient chanté ensemble dans leur étrange français hésitant "A la Claire Fontaine" et avaient ri de leurs honnêtes rires anglais à cause de leurs langues maladroites. aux prises avec les mots ondulants.

Et puis; la fille était venue, et... c'était fini !

Jo croyait que quelque chose était mort en elle à ce moment-là, mais elle avait seulement été abasourdie. Il s'est levé maintenant, et dans la pièce encore chaude, il a demandé le sien !

"Il y a quinze ans!" murmura Jo et regarda autour d'elle les preuves de ses années de labeur : la pièce pittoresque et le mobilier. Le sol était peint en jaune et dessus se trouvaient des îlots de tapis aux couleurs gaies, tous tissés par ses mains infatigables. Il y avait des tapis ronds et des tapis carrés, des longs et des courts. Au milieu de la pièce se trouvait une grande table recouverte d'un tissu conçu et travaillé par les mêmes mains agitées. Des chaises soigneusement peintes étaient disposées autour des murs, et sous la large fenêtre basse se trouvait un canapé dur et inflexible sur lequel reposaient une épaisse couverture et plusieurs oreillers brillants rembourrés d'herbes douces.

À la fenêtre se trouvaient des rideaux impeccables, dressés avec raideur comme les jupes amidonnées de petites filles guindées, et derrière eux des rangées de boîtes de conserve dans lesquelles poussaient de magnifiques bégonias et géraniums pressés contre le verre scintillant, comme des enfants curieux scrutant le monde extérieur noir. Ainsi, la vie inarticulée de Jo s'était développée et exprimée dans cette pièce aux allures de maison, tandis que son esprit avait mûri et ses pensées s'étaient approfondies. Puis ses yeux se tournèrent vers l'escalier en colimaçon dans le coin le plus éloigné. Son regard restait fixé sur la bande de peinture jaune au milieu des marches blanches. Il montait de plus en plus haut. Au-dessus se trouvait la chambre haute, la salle d'attente !

Il y a de nombreuses années, alors qu'elle servait chez Madame Longville, Jo avait conçu une ambition qui ne l'avait jamais vraiment quittée malgré tout le temps qui s'était écoulé. Un jour, elle aurait un pensionnaire ! Mais pas aux conditions acceptées par les Longville.

Son pensionnaire ne devait pas simplement payer et payer en argent, mais il serait pour elle une éducation, une expérience enrichissante. Elle seule récolterait la récompense du labeur qu'elle avait consacré à lui. C'est dans cet esprit qu'elle avait meublé la chambre haute, petit à petit, et qu'elle avait calculé à maintes reprises la somme à demander pour les bénéfices à en tirer et à donner.

"Et maintenant", dit Jo, haletant un peu comme si ses yeux montant les escaliers l'avaient fatiguée. "L'été prochain, j'aurai ma pensionnaire, mais amour du ciel ! Quel prix dois-je fixer ?"

Le vent se levait et les pins faisaient ce bruit qui rappelait toujours à Jo le gémissement muet de la pauvre Cécile.

Quelque chose semblait se presser contre la porte. Nick sursauta et se hérissa.

"Qui est là?" demanda Mam'selle. Il n'y eut pas de réponse, seulement cette pression tendue qui fit grincer les panneaux.

CHAPITRE III

MAM'SELLE N'ACHETE PAS DE MARI

La haute horloge de la cuisine sonna huit heures d'une manière aiguë et effrayée, tout comme un chaperon aurait voulu l'appeler insouciante aux exigences de la bienséance.

Huit heures à Point of Pines ne signifiaient, dans des conditions ordinaires, que deux choses : une maison et un lit pour les respectables, Dan's Place – une taverne puante et sale – pour les autres.

Et tandis que la porte de Jo Morey grinçait sous la pression invisible du dehors, Pierre Gavot et le capitaine Longville fumaient et somnolaient près du poêle chauffé au rouge chez Dan, parlant parfois de sujets indifférents.

Ces deux hommes se détestaient et se méfiaient l'un de l'autre, mais ils traînaient ensemble, buvaient ensemble ; pour quelle raison, qui pourrait le dire ? Gavot avait mangé plus tôt dans la journée à la maison Longville et pendant le repas le nom de Jo Morey était apparu assez en évidence. Cependant, Gavot n'y avait guère prêté attention, il n'avait que peu d'utilité pour les femmes et ne s'intéressait pas du tout aux femmes laides. Une longue ascendance française avait donné à Gavot, comme à Longville, une subtile suavité dans ses manières qui masquait quelque peu sa brutalité, et c'était un homme extrêmement bel, du type grand et sombre.

Tout à coup, dans la somnolence enfumée de la taverne, le nom de Mam'selle Morey fut de nouveau introduit.

"Maman'selle ! Mam'selle !" murmura Pierre avec impatience ; "Je me lasse de la mention de la Mam'selle noire. Une telle femme n'a que deux usages : servir tant qu'elle le peut, mourir quand elle ne peut pas servir."

"Mais son service tant qu'elle peut servir, cela a sa valeur", rétorqua Longville, soufflant vigoureusement et soufflant la fumée vers le haut jusqu'à ce qu'elle cache complètement ses yeux, non plus endormis, mais résolument vifs.

"La Mam'selle a de l'argent, beaucoup d'argent", poursuivit-il, "et ses services pourraient être utiles à vous et à Tom."

Et maintenant Pierre s'assit un peu plus droit sur sa chaise.

« Moi et Tom ? répéta-t-il, hébété. "Tu veux dire que je fais venir la Mam'selle dans ma... ma cabane et mon travail ?"

D'une manière ou d'une autre, cette idée fit rire Longville, et ce rire fit apparaître un air renfrogné sur le visage de Pierre.

"Tom partira un jour," dit le capitaine de manière hors de propos, "et alors ?"

"Tom restera", interrompit Gavot, "je vais y veiller. Brisez l'esprit d'une femme ou d'un enfant et ils resteront."

Mais tandis qu'il parlait, le ton de Gavot n'était pas celui de l'assurance. Son garçon Tom n'était pas encore brisé, même après des années de privations et de cruauté, et dernièrement, il avait montré une disposition pour le travail, un travail qui rapportait peu ou pas du tout. Cela inquiétait Gavot, qui ne travaillerait sous aucune condition tant qu'il pourrait survivre sans ces conditions.

"Vous ne pouvez pas compter sur des enfants", répliqua Longville, "une femme est plus sûre et plus maniable, et même si la Mam'selle, ayant de l'argent, ne voudrait peut-être pas vous servir pour rien, elle pourrait..." ici le capitaine laissa un message. pause éloquente pendant qu'il regardait son beau-frère avec séduction. Peu à peu, le sens des mots et le regard sont entrés dans la conscience de Gavot.

"Bon dieu!" s'écria-t-il à voix basse, tu veux dire que je devrais... épouser la vilaine Mam'selle Morey ? Mais tout en parlant, l'homme s'emparait sauvagement de cette idée et, avec une rapidité qui marquait toujours la fin de ses conclusions confuses, il commençait à la ranger parmi les possibilités de sa misérable vie.

"Elle a besoin d'un homme pour gérer son argent", continuait Longville. Il vit que l'étincelle avait enflammé les conneries dans l'esprit de Gavot. "Et c'est une travailleuse et une épargnante puissante. Elle cuisine comme un ange; elle étudie cet art comme un autre étudierait sa Bible. Elle a un esprit supérieur à la plupart des femmes, mais correctement manipulé et avec raison——"

" Que voulez-vous dire, Longville, correctement et avec raison ? Est-ce que n'importe quel homme épouserait Mam'selle ? "

"Un homme sage pourrait le faire, oui," Longville conduisait son beau-frère par le chemin le plus direct, mais il souriait sous le couvert de la fumée. L'argent Morey entre les mains de Gavot signifiait le contrôle de Longville dans un avenir proche. Alors le capitaine sourit.

« Elle se marierait assez vite », divagua-t-il en remplissant sa pipe. "Un homme à part est un grand atout pour une femme comme la Mam'selle. Et puis la loi soutient le mari ; l'esprit d'une femme ne compte pas."

Gavot n'y prêtait pas attention. Son imagination enflammée avait dépassé les paroles de Longville. Une fois qu'il avait maîtrisé l'aspect physique de la matière, le reste devenait un leurre fulgurant. Jamais il n'a douté un instant que Jo Morey l'accepterait. Tout cela était en son pouvoir si…

"Elle est vieille et laide," grogna-t-il à voix haute.

"Qu'importe ?" » rassura Longville, « la laideur ne gêne pas le travail, et son âge est un avantage ».

"Mais quelle était cette histoire de Langley——?" Pierre reculait à tâtons, impuissant.

Point of Pines avait ses normes morales pour les femmes, mais il y avait rarement des commérages ; elle restait autonome, sur la base de principes généraux, aussi longtemps que la sienne exigeait peu et se contentait d'accepter ce qui lui était offert.

"Ça ? Pourquoi, qui s'en soucie après tout ce temps ?" Longville parlait avec douceur. "Si Langley a quitté la Mam'selle avec ce à quoi aucune femme, sans bague, n'a droit, elle a été assez enthousiaste pour se débarrasser de ce fardeau et se frayer un chemin pour retrouver une vie décente. Elle n'a demandé aucune faveur, mais elle donnerait beaucoup pour qu'un homme la place à nouveau parmi ses semblables.

Un profond silence s'ensuivit, brisé seulement par les gloussements et les ronflements des autres occupants de Dan's Place.

Soudain, Gavot se leva et attrapa son chapeau. Son visage enflammé témoignait de son véritable état.

"De retour à Mastin's Point ?" » demanda Longville en s'étirant et en bâillant.

"Non, par le ciel ! mais chez Mam'selle Jo Morey."

Cela stupéfia presque Longville. Il était plus lent, plus sûr que le frère de sa femme.

"Mais tes vêtements," haleta-t-il, "tu n'es pas du genre à faire la cour."

"Une cour?" Gavot éclata de rire. Sa consommation d'alcool ajoutait un élan à chaque impulsion et désir. "Est-ce que Mam'selle doit faire enrober sa pilule ? Ne l'avalera-t-elle pas sans poser de questions ?"

"Mais il est tard, Gavot..."

"Et la chaste Mam'selle respecte-t-elle les premières heures des meilleures femmes ?"

"Mais demain, le lendemain", plaida Longville, cherchant à contrôler la situation dans laquelle il avait évolué. Il craignait d'être vaincu par la force qu'il avait mise en mouvement.

"Non, par le ciel, ce soir !" » murmura Gavot d'une voix rauque et farouche, « ce soir ou jamais pour la brune et laide Mam'selle Jo. Ce soir me rendra les lendemains sûrs. Si j'y réfléchissais, je ne pourrais pas y passer.

Avec ce Gavot, grand, beau et respirant fort, sortit à grands pas de la taverne et se dirigea vers la route royale.

Le vent le dépassait ; poussé en avant; pressé à la porte de Jo avec son avertissement. Mais elle ne parlait pas, et ce n'est que lorsque Gavot lui-même frappa sur le panneau que Jo fut tiré de sa rêverie et Nick de ses rêves de chiot.

"Qui est là?" cria Mam'selle en s'agglutinant sur le sol dans les vieilles bottes de son père. Elle glissa sur l'un des tapis et glissa jusqu'à l'entrée avant de retrouver son équilibre.

"C'est moi, Mam'selle, moi, Pierre Gavot."

Jo ouvrit aussitôt la porte.

"Eh bien," dit-elle avec un calme et une sérénité qui glaçèrent l'homme excité, "il y a loin d'ici chez Mastin et il est tard, raconte tes affaires et repars, Pierre Gavot. Entrez, asseyez-vous près du feu. Quel vent souffle. Maintenant, alors, finissons-en !

Cette introduction grossière à ce que Pierre espérait être une scène dramatique, balayant Jo Morey de ses pieds, ne laissa pas peu perplexe le futur galant. Il s'assit lourdement et regarda Nick avec inquiétude. Le chien reniflait ses talons d'une manière très suspecte. Chaque poil de son corps était sur ses gardes et ses yeux étaient alertes et menaçants.

"Eh bien, Pierre Gavot, quelle est ta mission ?"

Cela n'a pas amélioré les choses et un mouvement traînant vers Nick avec une lourde botte a conclu l'enquête de la part du chien. Nick était convaincu du caractère de son interlocuteur ; il montra les dents et grogna.

"Allons, allons," rit Mam'selle en lui sifflant Nick, "tu vois, Pierre Gavot, j'ai un bon gardien. Cela étant réglé, allons-y." Puis, comme Gavot continuait à remuer les pieds avec inquiétude, elle reprit :

"Peut-être que c'est Tom. J'ai entendu l'autre jour que l'on murmurait parmi vos bons amis qu'à moins que vous ne fassiez votre devoir envers Tom, une somme serait récoltée pour donner une chance au pauvre garçon, loin de son père aimant." Jo eut un rire dur. Elle plaignait Tom Gavot avec son cœur de femme alors qu'elle détestait l'homme qui privait le garçon de ses droits.

Gavot ferma ses lèvres cruelles, mais il contrôla son désir d'exprimer ses véritables sentiments concernant ces ragots.

"En effet, mes voisins n'ont pas besoin de montrer leur haine, Mam'selle. Le meilleur bien de Tom est ce que je recherche. Il est jeune, assez jeune pour être soigné et surveillé. Je pense plus à Tom qu'à moi, et pourtant je ne vous demande rien pour lui, Mam'selle Jo.

"Alors, Gavot ! Eh bien, je suis dans le flou. Tu ne pourrais sûrement rien me demander pour toi !"

De nouveau, Pierre était glacé et enclin à la colère. Tout son feu et sa fureur l'abandonnaient ; son intention de prendre Jo d'assaut disparaissait ; il soupçonnait presque qu'elle prenait le contrôle de la situation. Il regarda sournoisement son visage sombre et intimidant et évalua les possibilités de l'avenir. Jo, réalisa-t-il, était désormais en sécurité dans sa position indépendante inhabituelle. Une fois qu'il s'appuierait sur la bonne loi qui couvre le mari juste et l'injuste de son manteau d'autorité, il s'emparerait de son avenir et de son corps, il y parviendrait... ah ! ne voudrait-il pas utiliser l'un et dégrader l'autre !

"Mam'selle, je viens à toi comme un homme solitaire et impuissant. Mam'selle, je dois... Mam'selle, je veux que tu vives le reste de notre vie... avec moi !"

Jo était excitée, effrayée. Elle tourna vers l'homme ses yeux lumineux.

— Vous... vous me demandez de vous épouser, Pierre Gavot ?

Gavot, croyant que le sens de sa visite l'avait enfin relevée au premier coup de feu direct, répondit par un regard narquois :

"Eh bien, quelque chose comme ça, Mam'selle."

Et maintenant les sourcils de Jo se rapprochèrent ; les yeux étaient assombris, les lèvres se contractaient de façon menaçante. Comme pour souligner ce moment, Nick, les poils et les dents visibles, grogna sombrement en regardant les pieds de Gavot.

"Quelque chose comme ça?" répéta Jo avec un frisson dans le ton de sa voix. "Tu m'insultes, Gavot ! Un truc comme ça. Que veux-tu dire ?"

"Dieu de miséricorde, Mam'selle", Gavot était véritablement alarmé, "je te demande d'être... ma femme."

Jo s'appuya contre le dossier de sa chaise. "J'aimerais que tu parles moins du Tout-Puissant, Gavot. Je pense que le Seigneur peut parler pour lui-même, si des hommes, en particulier des hommes comme vous, s'écartent de son chemin. Cela me rend malade de devoir trouver le sens de Dieu à travers — des hommes. Et vous me demandez d'être votre femme ? Vous. Et j'étais avec Margot quand elle est morte !

Les yeux de Gavot tombèrent un instant.

"Margot était folle", marmonna-t-il. "Elle a parlé de folie."

"C'était plus de vérité que de fièvre, Gavot. Sa langue s'est déchaînée – de vérité. Je sais, je sais."

"Eh bien, Mam'selle, on dit qu'une seconde épouse récolte la récolte que la première a semée. J'ai appris, Mam'selle Jo."

"C'est presque une plus grande insulte que ce que je pensais au départ !" Jo soupira tristement. "Mais c'est le meilleur que vous ayez à offrir - je ne dois pas l'oublier - et certaines femmes insisteraient beaucoup sur la chance que vous m'offrez. Une chose que Margot a dite, Gavot, n'est jamais sortie de mes lèvres jusqu'à présent - bien que souvent je J'y avais pensé. Quand elle avait vidé sa pauvre âme de tout ce que vous y aviez versé, quand elle s'était ratatinée et était prête à rencontrer son Dieu, le Dieu que vous ne lui aviez jamais laissé trouver auparavant parce que vous y étiez. Entre les deux, elle regarda Tom. Le pauvre garçon était assis recroquevillé au pied du lit et regardait sa mère sortir. " Jo, " murmura-t-elle, " en fin de compte, ça a payé à cause de Tom ! Quand je parle à Dieu de Tom et ce que Tom voulait dire, il pardonnera beaucoup d'autres choses. Il le fait avec les femmes.'"

Gavot n'osa pas lever les yeux, et pendant un instant un silence de mort tomba dans la pièce chaude et bien rangée. Jo regarda autour d'elle son lieu de sécurité et de liberté et se demanda comment elle pourrait faire sortir l'élément perturbateur.

C'est alors que Gavot parla. Il avait saisi la seule paille en vue sur le ruisseau turgescent.

"Maman, tu n'es pas encore trop vieille pour avoir un enfant, mais tu ferais mieux de ne pas perdre de temps." Et puis il eut un sourire répugnant qui avait ses racines dans tout ce qui avait souillé et tué la vie de la pauvre Margot Gavot. Jo recula comme si quelque chose d'impur se trouvait effectivement près d'elle.

"Ne le fais pas," frissonna-t-elle en guise d'avertissement, "ne le fais pas !" Puis, tout à coup, elle se tourna vers l'homme, les yeux flamboyants, la bouche tordue de révolte et de dédain.

"Je me demande... si tu pourrais comprendre, si je te montrais le cœur d'une femme ?" » demanda-t-elle avec une curieuse pause dans la voix. "De très, très longues années, j'ai eu envie de montrer à quelqu'un la pauvre chose morte qui gisait ici," elle posa ses mains aguerries sur sa poitrine, "à quelqu'un. Il y a eu des moments où je me suis demandé si cela ne pourrait pas aider les autres. "

L'expression criait à haute voix, et l'incongruité de la situation ne frappa pas Jo Morey dans son enthousiasme.

"Il faut m'écouter, Pierre Gavot", a-t-elle poursuivi. "Tu es venu, Dieu sait pourquoi, pour m'offrir tout ce que tu as à donner en échange de... eh bien ! je vais te donner tout ce que j'ai à te donner... tout, tout !

« Il fut un temps, Gavot, où j'aspirais à la chose à laquelle aspirent la plupart des femmes, la chose qui faisait que Margot t'emmenait, toi ! Elle connaissait ses chances, la pauvre âme, mais tu semblais le seul moyen de réaliser ses désirs, alors elle t'a pris !

"'Ce n'est pas une honte pour une femme de vouloir ce que sa nature réclame, et l'appel vient au moment où elle est le moins capable de comprendre et de choisir. Ici, à Point of Pines, une fille n'a pas le choix. Tout cela est assez bien pour celles qui le font. je ne sais pas parler d'amour et du reste. Le désir ardent chez l'homme et la femme est là avec ou sans amour; c'est la miséricorde de Dieu quand l'amour s'y ajoute. Je savais ce que je voulais, tout ce qui comptait pour moi devait venir par l'homme, et l'amour, mon propre amour, a tout sanctifié pour moi. Je n'ai pas compris, je n'ai pas essayé, j'ai été élevé... "

Jo s'étrangla et Gavot se tordit avec inquiétude sur sa chaise. Tout cela était très ennuyeux, mais il devait le supporter pour le moment.

"Je... j'étais prête à jouer le jeu et à tenter ma chance," Jo avait repris le contrôle d'elle-même, "et je n'ai jamais eu peur, jusqu'à ce qu'on me l'impose, que ma laideur me fasse obstacle. Tout ce que j'avais à offrir. , et j'avais beaucoup, Gavot, beaucoup, cela ne comptait pour rien chez les hommes parce que leurs yeux étaient fixés sur mon visage et ne pouvaient pas voir ce qu'il y avait derrière.

"Peut-être que c'était la façon dont Dieu m'a sauvé. C'est ce que j'ai pensé pour la première fois lorsque j'ai vu Margot mourir.

« Mon amour a été tué en moi, mais le désir était là depuis des années et des années ; le désir d'avoir mon propre foyer et… des enfants, des enfants ! Après que l'amour soit parti, après que je sois revenu à mes sentiments, il y avait des moments où je Je me serais troqué, comme beaucoup d'autres femmes, contre des droits qui *sont* des droits. Mais comme ils devaient venir de la faveur de l'homme, j'ai été refusée et affamée. Puis l'âme est morte en moi, d'abord de désir, puis de mépris et de haine. " Peu à peu, je me suis mis à prier, si l'on peut appeler ma prière d'État. J'ai prié le Dieu de l'homme. J'ai exigé quelque chose - quelque chose de la vie, et le Dieu de cet homme était juste. Il m'a permis de réussir comme les hommes, et cela , voici le résultat !"

Jo ouvrit grand les bras comme pour révéler aux yeux stupides de Gavot tout ce que son avidité désirait posséder : ses champs et ses granges ; sa maison et son gros compte en banque. Mais l'homme n'osait pas parler. Il semblait être confronté à une terrible Présence. Il regarda faiblement Jo Morey, estimant ses chances après qu'elle ait eu ses bêtises avec lui. Vaguement, il savait qu'à l'avenir, cette explosion de sa part serait une arme supplémentaire dans sa main ; il ne doutait même pas encore de ce qu'il obtiendrait dans son but.

"C'est tout à fait faux", poursuivit Jo, oubliant apparemment son compagnon, "que les femmes soient obligées d'attendre ce pour quoi leur âme désire et meurt jusqu'à ce qu'un homme, regardant leurs visages, le rende possible. Un joli visage n'est pas tout et tout : cela ne doit pas être la seule chose qui compte contre le reste. Eh bien, le moment est venu, Gavot, où un homme ne signifiait rien pour moi comparé à... à d'autres choses.

Le feu et le but se sont éteints. L'épidémie, provoquée par l'expérience de la journée, a laissé Jo faible et tremblante. Elle tourna vers Gavot un regard honteux et haineux. Elle avait laissé libre cours à la pensée de ses années de solitude.

"Et maintenant tu viens, toi !" dit-elle, "et propose-moi, quoi ?"

Pierre respirait fort, son heure était enfin venue.

"Mariage, Mam'selle. Je suis prêt à prendre le risque."

"Le mariage ! Mon Dieu ! Le mariage, qu'est-ce que cela signifie pour vous, Pierre Gavot ? Et vous pensez que j'abandonnerais ma vie propre et sûre pour tout ce que vous avez à offrir ? Les hommes ont-ils une si mauvaise opinion des femmes ?"

Gavot grogna à cela, ses lèvres se retroussèrent en un vilain sourire.

"Dieu a fait la loi pour l'homme et la femme, Mam'selle——"

"Arrêt!" Jo se leva et rejeta la tête en arrière. " Arrêtez ! Que savent vos semblables de Dieu et de sa loi ? C'est votre propre loi que vous avez établie pour couvrir toute votre méchanceté et votre égoïsme et ensuite vous... vous l'étiquetez avec la marque de Dieu. Mais ce n'est pas la faute de Dieu. Nous, les femmes, devons découvre la fraude et apprends le vrai du faux. Oh ! J'ai réfléchi à cela dans mon esprit toutes ces années pendant que j'ai travaillé et réfléchi. Mais, Gavot, pendant que nous parlions, quelque chose m'est venu à l'esprit. C'est clair, ce n'est pas intentionnel, vous m'avez rendu un bon service.

" Il existe un moyen d'obtenir quelque chose de ce que je veux, et il a fallu cette scène pour me montrer le chemin. Venez demain. Vous verrez, vous tous, que je ne suis pas la chose impuissante que vous pensez. Ce n'est pas tout. Quand nous avons réfléchi à notre issue, nous devons agir. Et maintenant, allez-y, Gavot, le Seigneur prend des chemins bizarres et des gens pour élaborer ses plans. Bonne nuit à vous et merci!"

Pierre se releva et se dirigea vers la porte que Jo tenait ouverte.

Indigné et bafoué, ne connaissant ni pitié ni justice, il n'avait qu'une chose à dire :

"Maudis toi!" il murmura; "Je te maudis et je te fais exploser."

Puis il s'est faufilé dans la nuit noire et sauvage.

Une femme méprisée et un homme rejeté ont beaucoup de points communs, et il y avait l'explication à donner aux Longville !

CHAPITRE IV

MAIS MAM'SELLE FAIT UN VOEU

Après que Mam'selle fut certaine que Gavot ne voyait pas son prochain mouvement, elle ouvrit grande la porte, laissant l'air frais et pur de la nuit traverser la pièce chaude.

Nick se leva d'un bond mais, décidant que le changement de température n'avait rien à voir avec l'invité tardif, il se dirigea vers Jo qui se tenait sur le seuil et fourra son nez interrogateur dans sa main.

« Viens, mon vieux, dit-elle doucement, nous ne voulons pas dormir ; sortons et regardons le ciel. Cela nous fera du bien à tous les deux.

Ils sortirent tranquillement dans la nuit et se tinrent sous un bosquet de pins derrière la maison et près du pied de la colline.

Les nuages étaient splendides et le vent, tel un puissant sculpteur, changeait de forme et de dessin à chaque instant. C'étaient des nuages aux bords argentés, car une lune était cachée quelque part parmi eux ; çà et là, dans les failles, des étoiles brillaient et le murmure des pins, si semblable au cri de Cécile, touchait étrangement Mam'selle. Il lui semblait, debout avec Nick à ses côtés, que quelque chose du passé ancien et heureux lui était rendu. Elle souriait, pâlement, bien sûr, et des larmes, plus douces que celles qui lui avaient brouillé les yeux depuis de nombreuses années, mouillaient ses cils. D'une manière engourdie, elle essayait de comprendre le langage de la nuit et de l'heure ; cela lui apportait la paix – après toutes ses tempêtes. C'était comme si on sortait d'un endroit insalubre dans une vallée sombre, pour se retrouver dans un espace dégagé avec un chemin sûr menant... ? Avec cette pensée, Jo inspira brusquement. Aussi sûrement qu'elle l'avait déjà ressenti dans sa vie, elle sentait maintenant que quelque chose de nouveau et d'irrésistible était sur le point de se produire. Le sens et le but de sa vie semblaient sur le point d'être révélés. Jo était une mystique ; une fataliste, même si elle ne s'en rendit jamais compte. Debout sous le ciel balayé par le vent, elle ouvrit grand les bras, prête à accepter ! Et puis, cette pensée qui lui était venue lors de son entretien avec Gavot lui vint sous une forme définitive. Elle avait dit qu'elle aurait pu se passer des hommes si seulement le reste lui avait été accordé.

Eh bien, que restait-il ? Elle avait une maison, des terres et de l'argent. On pouvait peut-être lui refuser le travail et le mystère d'avoir un enfant, mais il y avait des enfants ; des enfants oubliés et déshérités. Ils étaient possibles, et si elle acceptait ce qui lui appartenait, sa vie n'aurait pas besoin d'être sans but et sans joie. Elle savait peut-être encore, par procuration, ce que sa pauvre âme avait désiré.

Une vague d'exaltation religieuse déferla sur Jo Morey. De tels moments ont marqué une époque depuis la création du monde. Les bergers des plaines de Judée, saisis par la puissance de cette émotion, levèrent les yeux et virent l'étoile directrice qui les conduisait à la Mangeoire et au salut du monde ! Au fil des âges, il a tourné les yeux d'hommes et de femmes de moindre importance vers la voie qui leur revient, et il a maintenant dirigé Jo Morey vers son nouvel espoir !

"Je vais adopter un enfant !" dit-elle à haute voix et avec révérence, comme si elle se consacrait. "Un homme, un enfant."

Et puis, en imagination, elle suivit l'étoile.

À St. Michael's-on-the-Rocks, il y avait une institution catholique où les bébés bois flottés étaient recueillis sans aucun doute. St. Michael's était une ville portuaire dotée d'une colonie d'été. Là-bas comme ailleurs, les femmes payaient pour trop de foi ou pour une cupidité non sanctifiée, et l'institution était souvent la solution à un résultat pitoyable.

Jo avait contribué à plusieurs reprises au foyer. Elle n'avait aucune affiliation avec l'Église qui la soutenait, mais le prêtre de Point of Pines avait gagné son respect et son appréciation, et pour lui, elle avait secrètement aidé des causes qu'il approuvait. Tom Gavot, par exemple, et l'institution St. Michael's.

"Viens, Nick," dit-elle à présent, "nous allons dormir dessus."

Toute la nuit, Mam'selle s'est retournée sur son lit, essayant de se convaincre du bon sens. Lorsqu'elle redescendit des hauteurs, sa décision lui parut sauvage et déraisonnable.

Que diraient les gens ?

Jo y avait rarement pensé, mais cela la rattrapait et la retenait maintenant. Sa vie dure et détachée l'avait mise à l'écart des conditions communes des femmes proches d'elle. À bien des égards, elle était aussi innocente et naïve qu'une enfant, même si les significations les plus profondes de la souffrance et du chagrin ne lui avaient pas été cachées. Qu'on la soupçonne d'être ce qu'elle n'était pas, cela ne lui était jamais venu à l'esprit. Elle s'était éloignée de tout le monde au moment de la désertion de Langley, parce qu'elle ne voulait ni ne recherchait ni sympathie ni compréhension. Elle était reconnaissante de l'indifférence qui avait suivi cette période de sa vie, mais jamais elle n'avait eu connaissance de ce qui se cachait dans le silence de son peuple.

Pauvre Jo ! Ce que Point of Pines était destiné à penser lui était impossible à concevoir, car ses projets étaient si éloignés de la réalité qui allait en découler. Hésitante et agitée, Jo essayait de rire de sa soudaine résolution de mépriser, mais elle ne voulait être méprisée ni par la raison ni par la gaieté.

"Très bien!" Elle a conclu pour la deuxième fois : "J'adopterai un enfant, un enfant de sexe masculin ! Pas de choses de fille pour moi. Je ne pouvais pas les voir lutter pour leur vie avec le risque de le perdre. Un homme peut obtenir ce qu'il veut et Je ferai de mon mieux, sous Dieu, pour le rendre miséricordieux. »

Vers le matin, Jo dormit.

Le lendemain, elle cuisinait et planifiait aussi calmement que si elle organisait un invité. Toute son excitation et son feu furent étouffés, mais sa détermination ne faiblit pas. Expliqua-t-elle à Nick en lui lançant des restes. Nick était obligeamment large dans son appétit et ses goûts, les os et les morceaux de pâte étaient également acceptables, et il tapotait le sol avec reconnaissance avec sa solide petite queue chaque fois que Jo se souvenait de lui.

« Nous prendrons cela comme un signe, Nick, » dit-elle, « que ce que j'essaie de faire est bien s'il y a à St. Michael's une chose masculine, belle et âgée de moins d'un an. Nous devons l'avoir. beau, c'est la moitié de la bataille, et il doit être si jeune qu'il ne s'en souvient plus. Je veux commencer par lui.

"Maintenant, je te parie, Nick, que la Maison regorge de petites filles et que nous n'en aurons aucune."

Nick accepta tout cela avec véhémence, mais gardait un œil sur une assiette de biscuits que Mam'selle sucreait abondamment. Nick ne rejetait pas les bribes mais, comme d'autres, il avait envie de friandises.

Toute la journée, Jo a travaillé, cuisinant et mettant de l'ordre dans sa maison.

En fin d'après-midi, elle envisagea de percer une porte entre les deux chambres nord, la sienne et celle utilisée par son père, qui n'avait jamais été occupée depuis.

"L'enfant aura bientôt besoin d'un endroit à lui", songea Jo, regardant déjà vers l'avenir comme aurait pu le faire une vraie mère. Soudain, elle sursauta, rappelant pour la première fois depuis avant l'appel divertissant de Pierre Gavot son ambition concernant un pensionnaire.

"Eh bien, le pensionnaire devra attendre", pensa-t-elle, "ils détestent les bébés et les garçons sont terriblement bruyants et salissants. Je prendrai un pensionnaire quand le garçon ira à l'école. J'aurai alors besoin de compagnie."

À la tombée de la nuit, la petite maison blanche était impeccable et en ordre. Le parfum de la cuisine mêlé à l'odeur du feu de bois apaisait les nerfs fatigués de Jo ; cela signifiait foyer et réussite.

"Je ne parlerai pas de l'enfant", a-t-elle conclu juste avant de s'endormir. "Quand les portes de Saint-Michel se ferment sur un enfant qui entre ou sort, elles se ferment, et c'est tout. Si les gens veulent bien forcer, cela leur donnera quelque chose à faire et les maintiendra en vie, mais c'est peu qu'ils". je l'obtiendrai des sœurs ou de moi.

"Je suis une idiote, une grande idiote, mais je peux payer pour ma folie et c'est bien plus que ce que beaucoup de femmes peuvent faire."

Tôt le lendemain matin, Jo partit dans son petit chariot au large ventre dans lequel se trouvaient un panier de friandises pour les restes de St. Michael's, et un plus petit panier contenant le repas de midi de Jo. Jo, elle-même, s'assit sur le puits à côté de la grosse Molly et se balançait de la meilleure humeur.

"Tu dois surveiller les lieux, Nick," ordonna-t-elle, "et s'il revient, tu sais qui, garde-moi juste une bouchée de lui, c'est une bonne bête."

Avec cette possibilité d'aventure, Nick devait se contenter.

Madame Longville vit passer Jo et dit au Capitaine qui mangeait les crêpes que sa femme préparait :

"Voilà Mam'selle, et si tôt aussi; d'une manière ou d'une autre, elle n'a pas l'air d'avoir pris Pierre."

"Elle ressemble à quoi?" demanda le capitaine la bouche pleine.

"Plutôt facile et joyeux."

"Imbécile", marmonna Longville en cherchant d'autres gâteaux. "Est-elle en marche ?"

"Non. Elle est dans le petit chariot et il est vide."

"Elle va chercher Gavot, sac et bagages." Longville sentait qu'il avait résolu le problème. "Il faut une femme comme Mam'selle pour conclure une bonne affaire."

Puis Longville rit et bafouilla.

"C'était une bonne chose que j'ai fait pour ton coquin de frère quand je l'ai exposé à Mam'selle", a-t-il poursuivi. "J'ai pris les choses en main."

"Je suis content que tu l'aies fait", répondit Marcel, "mais tout de même Jo Morey n'a pas l'air d'avoir pris Pierre."

Cette répétition irrita Longville et il marmonna à nouveau « imbécile ! puis j'ai ajouté "putain d'imbécile" et j'ai laissé l'affaire en suspens.

Mais Jo était hors de vue à ce moment-là et semblait avoir le monde vide pour elle seule. Et quel monde c'était. Le vent des dernières heures avait balayé le ciel sans nuages et pour cette période de l'année, la journée était chaude.

Bientôt, Jo se surprit à chanter : "A la Claire Fontaine" et s'étonna que cela ne lui cause aucun chagrin. Elle en fut si reconnaissante qu'elle descendit de cheval et se plaça sous l'une des hautes croix au bord de la route et pria silencieusement et sans paroles, se rappelant les années écoulées comme quelqu'un d'autre compterait les grains d'un chapelet. Son état d'esprit était des plus déroutants et surprenants, mais il était merveilleux. Qu'importait la cause qui aboutissait à ce sentiment de liberté et, en même temps, d'être utilisé et contrôlé ? Jo se sentait partie intégrante d'un plan grand et puissant. Il n'y a sûrement pas de liberté plus vraie que celle-là. A midi, les toits de Saint-Michel étaient bien visibles au-dessus des pâturages ; Au bord de la route se trouvait une délicieuse pinède avec une ouverture suffisamment large pour y entrer en voiture, alors Jo s'y rendit. Elle détacha Molly et la nourrit, puis apportant sa propre nourriture sur une bûche posée dans la chaude lumière du soleil, elle prépara son festin et s'assit sur les aiguilles de pin parfumées. Elle avait amplement faim et soif et, pendant quelques minutes, elle mangea et but sans se soucier de rien d'autre que de ses besoins. Puis un mouvement dans les buissons attira son attention. Elle leva les yeux et remarqua que les branches d'un sumach cramoisi près de la route bougeaient avec agitation. Pensant qu'une créature des bois affamée mais timide se cachait, Jo resta parfaitement immobile, tendant un morceau de nourriture de manière alléchante.

Les branches cessèrent de trembler, il n'y eut aucun bruit, mais soudain Jo réalisa qu'elle regardait droit dans des yeux qui retenaient les siens par un étrange magnétisme.

"Que veux-tu?" elle a demandé. "Qui es-tu?"

Il n'y eut aucune réponse de la part du buisson enflammé, seulement ce regard d'effroi et de vigilance.

"Viens ici. Je ne te ferai pas de mal. Personne ne te fera de mal."

Soit les mots, soit la nécessité réelle, imposaient l'obéissance : les branches s'écartaient et une silhouette humaine rampait couverte d'une grossière couverture de cheval sur l'uniforme crasseux de St. Michael's.

Pendant un instant, Jo ne fut pas sûre si l'étranger était un garçon ou une fille, car un bonnet de garçon grossier reposait sur la tête, mais lorsque la forme se souleva avec raideur, elle vit en tremblant que c'était celui d'une fille. Elle était pâle et maigre, avec de longues tresses de cheveux connues sous le nom de couleur étoupe, un visage légèrement tacheté de rousseur et des yeux merveilleux. C'étaient les yeux qui avaient attiré et retenu Jo depuis le début, des yeux jaunes et bordés de noir. Ils étaient comme des étangs dans un paysage hivernal ; piscines dans lesquelles la lumière du soleil se reflétait.

"Je... je meurs de faim", dit la jeune fille en avançant lentement et prudemment.

"Alors asseyez-vous et mangez", ordonna Jo, et sa gorge se contracta comme elle le faisait toujours lorsqu'elle était témoin de souffrance. "Quand tu en auras assez, parle-moi de toi."

Pendant quelques minutes, il sembla qu'il n'y avait pas assez de nourriture pour satisfaire l'enfant affamé. Elle mangeait, non pas avec avidité ou dégoût, mais tragiquement. Enfin, après une gorgée de lait, elle s'appuya contre un arbre et fit à Jo un sourire reconnaissant et pitoyable.

"Et maintenant," dit Jo, "d'où viens-tu ?"

"Là-bas", un os de poulet dénudé pointait vers la Maison.

"Tu vis là-bas?"

"J'avais l'habitude de le faire. Je me suis enfui la nuit dernière. Je me suis enfui plusieurs fois. Ils m'ont toujours attrapé avant."

Les mots ont été prononcés dans un anglais bon et simple. Pour cela, Jo était reconnaissant. Le français, ou le composite, l'a toujours gênée.

"Où étais-tu la nuit dernière ?" elle a demandé.

"Ici, dans les bois."

En se souvenant de la manière dont c'était la nuit, Jo frissonna et son visage se durcit.

« Étaient-ils cruels envers toi là-bas ? dit-elle d'un ton bourru.

"Voulez-vous dire, est-ce qu'ils m'ont battu ? Non, ils n'ont pas battu mon corps, mais ils ont battu quelque chose d'autre, quelque chose à l'intérieur de moi, tout déformé. Ils ont essayé de faire de moi quelque chose que je ne suis pas, quelque chose que je fais. Je ne voulais pas l'être. Ils m'ont aplati. Ils m'apprenaient toujours, m'apprenaient.

Il y avait une férocité comique dans les mots. Jo Morey en reconnut l'esprit et serra la mâchoire.

« Je ne vous ai jamais vu à la Maison, » dit-elle ; "J'y suis souvent allé."

"Ils ne montrent que les bons, ceux dont ils peuvent être sûrs. Je m'occupais des bébés quand je n'étais pas puni, enfermé, vous savez. Vous voyez, j'ai appris et je pouvais enseigner."

"Ils t'ont enfermé ?" Mam'selle et l'enfant étaient liés par des liens qu'aucun des deux ne comprenait.

"Oui, pour m'empêcher de m'enfuir. Tu ne vas pas leur parler de moi, n'est-ce pas ?"

Les yeux merveilleux semblaient fouiller l'âme même de Jo.

"Non. Mais où vas-tu ?"

"Je cherche quelqu'un." Pendant qu'elle parlait, la lumière disparut des yeux jaunes, un vide s'étendant sur le visage pâle et maigre.

« Vous cherchez qui ?

"Je ne sais pas."

"Quel est ton nom?" Jo fut frappée par le changement de la jeune fille, elle était devenue apathique, ennuyeuse.

"Je ne sais pas. Là-bas, on m'appelle Marie, mais ce n'est pas mon nom."

"Je ne peux pas te laisser partir seule", Jo parlait plus à elle-même qu'à la fille.

" Alors, qu'allez-vous faire de moi ? S'il vous plaît, essayez de m'aider. Vous voyez, j'ai été très malade une fois et je... je ne me souviens pas de ce qui s'est passé avant cela, mais cela continue de se rapprocher et de se presser de plus en plus fort - ici ". La jeune fille porta la main à sa tête. "De temps en temps, j'attrape des petits morceaux, puis je les tiens près de moi et je les garde. Si on pouvait me laisser tranquille, je pense que je m'en souviendrais bientôt."

Les yeux suppliants se remplirent de larmes, les lèvres tremblèrent.

Maintenant, la chose évidente à faire, Jo le savait très bien : elle devait mettre la jeune fille dans le chariot et conduire le plus vite possible jusqu'au Foyer. Mais Mam'selle Jo savait qu'elle n'allait pas faire la chose évidente, et avant d'avoir eu le temps de planifier un autre parcours, elle aperçut deux silhouettes en robe noire traversant le pâturage en face. La jeune fille les vit aussi et se précipita vers Jo. Elle s'accrocha farouchement à elle et implora :

"Dieu du ciel, sauve-moi ! S'ils m'attrapent, je me suiciderai."

Cet appel a transformé Jo en pierre.

"Montez dans la charrette", ordonna-t-elle, "et couvrez-vous de paille."

Les deux sœurs du Foyer étaient sur la route tandis que Jo se penchait pour ramasser les débris du repas.

"Ah, c'est la Mam'selle Morey", dit la sœur aînée. « Vous veniez peut-être à Saint-Michel avec vos beaux cadeaux ? Les paroles ont été prononcées dans un français pur.

"Je venais, ma sœur, pour adopter un enfant !"

Cette déclaration brutale, avec des mots maladroits, fit regarder les deux sœurs.

"C'est comme si vous aviez bon cœur de penser à cette chose, Mam'selle Morey. Nous y réfléchirons un autre jour."

"Pourquoi pas aujourd'hui, ma sœur ? Mon temps n'est jamais vide. Je veux un garçon très jeune et... et beau à regarder."

" Oh, mais Mam'selle Morey, on n'adopte pas un enfant comme on adopte un chat errant. Un autre jour, Mam'selle, et nous y réfléchirons volontiers, mais aujourd'hui... "

"Et aujourd'hui, ma sœur ?"

"Eh bien, une de nos petites ouailles s'est égarée, une enfant qui manque cruellement mais qui est chèrement aimée ; il faut la retrouver."

"Elle est partie depuis longtemps ?" Jo se dirigeait vers le chariot avec son panier et ses bouteilles.

"Elle vient de nous manquer. Nous la retrouverons bientôt."

La main de Jo, fouillant la paille, tapotait celle froide qui tremblait sous son contact. "Puis-je vous emmener le long de la route ?" » demanda-t-elle sombrement, l'humour de la chose la frappant tandis qu'elle rassurait la jeune fille cachée par un mot murmuré.

" Merci, non, Mam'selle. Nous ne nous en tiendrons pas aux routes. La perdue aimait les bois. Elle les chercherait. "

Jo attendit le départ des Sœurs, sa main n'ayant jamais quitté celle tremblante sous la sienne.

"Tu vas... m'emmener avec toi ?" Les mots sortaient étouffés, sortis de la paille.

"Oui."

"Et où?"

"À la pointe des pins."

"Quel joli nom. Et toi, comment puis-je t'appeler ?"

"Jo, Mam'selle Jo."

"Mam'selle Jo. C'est joli aussi, comme Point of Pines. Comme tu es gentille et bonne. Je ne savais pas que quelqu'un pouvait être aussi bon."

"Allonge-toi maintenant, mon enfant, et dors."

Jo attelait Molly au chariot ; ses mains tâtonnaient et il y avait un feu profond dans ses yeux sombres.

"Nous rentrons à la maison", dit-elle tout à l'heure, mais la jeune fille dormait déjà.

Au coucher du soleil d'automne et sous les étoiles claires, la petite charrette se dirigea vers Point of Pines. Le remuement de la paille, le contact, de temps en temps, d'une petite main tâtonnante étaient tout ce qui troublait les pensées troublées de Jo. Lorsqu'elle atteignit sa maison sombre, Nick la rencontra à la porte. Très solennellement, Jo descendit de cheval et prit la tête du chien dans ses mains.

"Nick", expliqua-t-elle, "Nick, c'est une fille, et laide en plus. Elle est assez vieille pour s'en souvenir aussi, mais elle ne le fait pas - elle ne le fait pas, Nick. Que Dieu m'aide ! Je suis un imbécile, mais je ne pouvais rien faire d'autre.

CHAPITRE V

ENTRE DONELLE.

Au cours des semaines suivantes, Jo Morey a répété à plusieurs reprises : « Je ne pouvais rien faire d'autre ». C'était comme une défense de son action face à toutes les forces adverses.

Pauvre Jo ! Elle, qui s'était tenue devant Longville, femme libre, il y a peu de temps ; elle qui avait bafoué Gavot et juré d'avoir quelque chose à lui de la vie malgré l'homme, était désormais tenue dans les griffes du Destin.

La fille qu'elle avait amenée chez elle était furieuse de fièvre et se tournait sans cesse sur le lit de Jo, dans la petite chambre nord. Personne n'a jamais envoyé chercher un médecin à Point of Pines avant que le besoin ne soit pratiquement passé. Chaque femme était formée pour soigner les malades, et Mam'selle Jo était un maître dans l'art, alors elle surveillait et soignait le malade, mécaniquement étourdie par les conditions et répétant qu'elle n'aurait rien pu faire d'autre.

Le doux temps de l'automne avait soudainement changé et l'hiver arrivait en hurlant sur les collines, enveloppées de pluies glaciales qui fouettaient les arbres et les maisons et inondaient les routes. Personne n'est venu déranger Jo Morey, et son secret était pour le moment gardé. Mais les longues nuits sombres et semées d'orages ; les journées ennuyeuses, remplies d'anxiété et de travail acharné, pesaient sur Jo. Des déplacements constants jusqu'au tas de bois étaient nécessaires pour que les feux continuent à fonctionner pleinement ; il fallait fournir de la nourriture et soigner les animaux.

Nick devint calme et nerveux ; il suivait de près sa maîtresse et s'asseyait souvent près du lit sur lequel gisait l'étranger qui avait causé tout le désordre.

Ainsi, la tempête a fait rage et, dans la solitude, la pauvre Jo, comme Nick, a développé ses nerfs.

Elle se déplaçait, regardant par-dessus son épaule avec effroi si elle entendait un bruit inhabituel. Elle se forçait à manger et quand elle le pouvait, elle dormait, allongée à côté de la malade, la main sur le corps brûlant. Dans de tels moments, la chair perd son emprise sur l'esprit et des choses étranges se produisent. Dans de tels moments, depuis la création du monde, des miracles se sont produits, et Jo a été convaincue, tout à coup, qu'elle avait été conduite à faire ce qu'elle avait fait, par un Pouvoir sur lequel elle n'avait aucun contrôle et qu'elle n'avait plus aucune envie de faire. defier. Elle s'est soumise; a cessé de se rebeller; n'a même pas répété qu'elle n'aurait rien pu faire d'autre.

D'abord, elle écouta les divagations de la malade, espérant qu'elle pourrait apprendre quelque chose du passé, mais comme aucun nom ni aucun lieu n'entrait dans les paroles confuses, elle se désintéressa. Néanmoins, les mots s'enfoncèrent dans son subconscient et firent forte impression. Le cerveau enfiévré remontait à l'époque de la Saint-Michel, tâtonnant dans des endroits étranges et lointains, mais sans jamais rien trouver de précis. Il semblait y avoir des voyages longs et fastidieux, il y avait des appels pathétiques à s'arrêter et à se reposer. Plus d'une fois, la voix rauque et faible s'écria : « Ils me croiront si je le dis. J'ai vu comment c'était. Laissez-moi le dire, ils me croiront.

Mais lorsque Jo lui posa la question, ses yeux brûlants se contentèrent de se fixer et ses lèvres se fermèrent. À d'autres moments, la jeune fille s'immobilisait étrangement et son visage s'adoucit.

"La chaussure montante blanche est toute rose", murmura-t-elle un jour en regardant vers la fenêtre nord contre laquelle se précipitait la nappe de pluie glacée ; "c'est le matin!"

Jo est devenu superstitieux ; elle s'est sentie hantée et effrayée pour la première fois de sa vie et a finalement décidé d'appeler Marcel Longville et de la laisser partager la veillée secrète.

La nuit du jour où elle a décidé cela, quelque chose de remarquable s'est produit. Vers le soir, la pluie cessa et le vent se mit à sangloter de remords en longs et las halètements. La jeune fille dans la chambre nord se reposait avec une température basse et un pouls plus stable. "La crise est passée", murmura Jo, et quand tout fut rassuré, elle se rendit au salon, mit les pieds dans le four et regarda dans la vitre son visage las et hagard. Cette réflexion ne l'émouvait pas, elle était trop épuisée, mais elle pensait au lendemain et à l'arrivée de Marcel.

"Maintenant que ce n'est plus nécessaire," marmonna-t-elle, "il me faut quelqu'un. Je suis presque fichue. Je n'arrive pas à penser clairement, et il faut qu'il y ait une pensée claire à partir de maintenant."

Elle regardait toujours son visage ordinaire dans la vitre lorsqu'elle entendit l'horloge de la cuisine sonner dix heures et entendit la respiration régulière de la jeune fille dans sa chambre nord. Elle regardait toujours dans la glace, entendait toujours… quoi ? Eh bien, des pas qui montent sur le petit chemin aux coquillages blancs ! C'étaient des étapes familières, mais venant, oh ! une telle distance, et parmi tant d'années ! Ils ne provoquèrent cependant ni surprise ni inquiétude, et Jo sourit. Elle vit très distinctement le visage souriant dans la glace, et maintenant il n'était plus vieux et hagard, et il semblait juste que ces marches soient proches. Le sourire de Jo s'élargit.

Les marches se rapprochèrent ; ils étaient à la porte. Il y eut un coup rapide et sec, comme si le venu se dépêchait joyeusement. Mam'selle se leva d'un bond et... se retrouva debout au milieu de la pièce, le feu presque éteint, la lampe crépitant !

"J'ai rêvé !" murmura Jo en repoussant ses cheveux de son visage.

"Pseudo!"

Mam'selle était maintenant complètement réveillée et ses yeux étaient rivés sur son chien. Il se tenait près de la porte, tout hérissé, comme s'il attendait l'entrée de quelqu'un qu'il connaissait et aimait. Puis il gémissait et gambadait partout, comme s'il se flattait aux pieds de quelqu'un.

"Nick, viens ici !"

Mais Nick n'y prêta aucune attention.

"Rien de tout cela, monsieur !"

La sueur froide était sur le visage de Jo Morey. "Rien de cela!" Puis, avec un halètement : « Toi aussi, tu as entendu les pas, les pas qui n'ont pas droit ici. Nick !

Et maintenant le chien se retourna et s'avança abjectement vers sa maîtresse. Il avait l'air stupide et désolé.

"Nous devenons fous tous les deux !" » marmonna Jo, mais elle se pencha pour apaiser le pauvre Nick avant de se tourner vers la chambre nord.

Sous le charme de son rêve, elle tremblait et était pleine d'appréhension. Comme la chambre des malades était silencieuse ! La bougie crépitant dans son bougeoir produisait des éclairs de lumière et projetait des ombres étranges. La jeune fille ne dormait pas, ses yeux étaient grands ouverts, ses mains tâtonnaient faiblement.

"Père," gémit-elle tandis que Jo se penchait sur elle, "père, où es-tu ? Je m'en souviendrai, père. Le nom : Mam'selle Jo Morey, et elle comprendra !"

Alors... tout était calme, mortel, terriblement calme. Au cours des dernières semaines de tension et d'observation, une porte s'était progressivement ouverte sur une pièce sombre, mais maintenant une lumière soudaine a jailli et Jo a vu et compris !

Sans aucun doute, abasourdie, mais profondément vivante, elle croyait contempler l'enfant d'Henry Langley et sentait qu'elle l'avait toujours su ! C'était tout à fait naturel que Langley revenait chez elle : parce qu'il pouvait lui faire confiance ; savait qu'elle comprendrait. Comprendre quoi? Mais est-ce important ? Quelque chose s'était passé, Jo avait l'intention de découvrir tout ça plus tard. Il lui faut désormais agir, et agir vite. La crise n'était pas passée ; C'était ici. Jo s'est mise au travail et pendant des heures, elle a combattu la mort par des moyens primitifs mais efficaces. Elle connaissait le danger ; elle comptait les chances et mettait tous ses nerfs à rude épreuve pour sa tâche. Le matin venu, elle vit qu'elle avait sauvé la jeune fille et elle tomba à côté du lit, faible et apathique, mais élevant son âme, là où une autre femme aurait prié, vers la Puissance qu'elle reconnaissait et en laquelle elle avait confiance.

Mam'selle n'a pas fait venir Marcel Longville, on lui a donné la force de continuer seule encore un peu. La jeune fille malade s'est relevée avec une merveilleuse réponse aux soins de Jo qui avaient désormais une nouvelle signification. Elle était docile, douce et pathétiquement reconnaissante, mais elle ne voulait pas que Jo reste longtemps hors de sa vue.

« C'est bizarre, Mam'selle, disait-elle parfois, mais quand tu sors de la porte, j'ai l'impression que quelque chose, un sentiment m'a saisi. Et quand tu rentres, ça s'en va.

"Quel genre de sentiment, mon enfant ?"

"Je ne sais pas, mais j'en ai peur et *Il* a peur de toi. Tu es comme une lumière qui fait disparaître les ténèbres. Quand j'étais le plus malade, parfois j'avais l'impression d'être perdu dans l'obscurité. Puis j'ai touché ton main, et j'ai retrouvé mon chemin.

Au bout d'un certain temps, le terme « Mam'selle » fut abrégé en « Mam'sle », puis, tout à fait inconsciemment, en Mamsey. A cela la jeune fille s'accrochait toujours. Et Jo, sans raison autre qu'un caprice suranné, dédaignait la Marie par laquelle la jeune fille avait été connue et l'appelait Donelle en l'honneur de la pauvre Mme Morey décédée à la naissance de Cécile.

L'hiver qui a suivi la tempête de verglas s'est sérieusement calmé. Il n'avait plus de crises de colère, mais devenait immobile, blanc et solitaire. La neige était profonde et luisante, le ciel bleu et sans nuages et les pins craquaient dans le froid comme les fusils des chasseurs dans les bois. Donelle se glissa, petit fantôme pâle, de la chambre nord au salon ensoleillé. En posant sa main sur la tête de Nick, elle marchait plus régulièrement et riait des progrès qu'elle faisait. Jo la borda sur le canapé dur sous les bégonias et les géraniums brillants.

"Bon Mamsey ! C'est comme revenir d'un endroit très très lointain", murmura la jeune fille. À mesure que les forces revenaient, Donelle devenait souvent étrangement pensive.

"Je pensais", confia-t-elle un soir à Jo, "que quand j'étais seule, je pouvais me souvenir, mais je ne peux pas."

Puis Jo a pris les choses en main. Elle était toujours du genre à rassembler toute l'aide en vue, et à ne pas être trop exigeante. Elle développait une profonde passion pour la fille qu'elle avait sauvée ; elle avait l'intention de voir la chose jusqu'au *bout* . Dès qu'elle le pourrait, elle avait l'intention d'aller à Saint-Michel et d'apprendre tout ce que les sœurs savaient du passé de la jeune fille. Elle sentait qu'elle avait sur eux un pouvoir capable d'arracher la vérité à leur silence figé. Ensuite, elle avait l'intention d'utiliser son dernier dollar pour acquérir les compétences médicales appropriées pour la jeune fille. Il y avait un grand médecin chaque été à l'hôtel St. Michael's ; Jusqu'à l'été, Jo doit faire de son mieux.

Alors que ses nerfs devenaient calmes et stables, les expériences de la nuit de la crise de Donelle perdirent leur emprise.

"Elle a entendu mon nom au Foyer", argumenta Jo, "et je l'ai moi-même prononcé lorsqu'elle était le plus effrayée et au bord de la fièvre. Dans le désordre et la confusion du délire, il est revenu à la surface avec le reste du message flottant. morceaux. C'est tout.

Pourtant, il y avait une familiarité cachée chez la jeune fille qui hantait les heures les plus prosaïques de Jo. Il s'agissait de la bouche de la jeune fille, de la façon dont elle regardait Jo comme perplexe, puis d'un lent sourire se brisant. Langley avait le même truc, au printemps et à l'été passés. Il jetait un long regard, puis souriait avec contentement comme si la réponse à un désir était venue. Mais quelque chose d'autre a attiré et retenu l'attention de Jo Morey alors qu'elle observait la jeune fille. Ce charme de manières, cet équilibre et cette aisance ; comme c'était le cas – mais Jo n'osait pas prononcer le nom, car la blessure avait réapparu après toutes ces années !

"Mais de telles choses n'arrivent pas dans la vraie vie", a-t-elle soutenu dans son esprit sain et honnête. « Elle ne se serait pas cachée dans ces buissons juste au moment où je m'arrêtais pour manger ! Je deviens fou d'avoir envie de telles choses, sauvage !

Alors Jo s'est détournée de l'impossible et s'est attaquée au possible, mais comme cela arrive souvent dans la vie, elle a confondu les deux.

"Regarde, mon enfant", dit-elle un jour alors que Donelle était maussade et triste, "Tu as été très malade et tu es encore faible, mais alors que tu étais au pire, tu t'es souvenu, et tout cela reviendra bientôt. ".

La jeune fille s'éclaira aussitôt.

"De quoi je me souvenais, Mamsey ?" elle a demandé.

Jo, tissant un nouveau motif, fronça les sourcils. "Oh, tu as raconté des voyages avec ton père", puis avec inspiration, "ils devaient être dans des endroits lointains, car tu parlais de chaussures montantes blanches de neige et le soleil les rendant roses. Elles devaient être belles. "

Les yeux de Donelle s'écarquillèrent et devinrent tendus.

"Oui," dit-elle rêveusement; "Ils devaient être beaux. Mais mon père, Mamsey, et mon père ?"

"Eh bien, mon enfant, il est mort." Jo a franchi le pas et a cherché les résultats.

"Oui, je pense que je savais qu'il était mort. Connaissais-tu mon père, Mamsey ?"

Jo plongea de nouveau.

"Oui, mon enfant, il y a longtemps. Il a dû t'amener vers moi quand quelque chose est arrivé. Puis tu es tombée malade et les Sœurs t'ont emmenée..."

"Mais pourquoi ne m'ont-ils pas amené vers vous ?" Donelle s'accrochait à chaque mot.

"Je pense qu'ils ne le savaient pas. Vous avez oublié ce qui s'était passé. Votre père était mort———"

"Oui, je vois. Mais j'ai toujours essayé de m'enfuir. Plusieurs fois, je suis sorti par les portes, mais toujours ils m'ont trouvé jusqu'au moment où je t'ai trouvé. Les choses arrivent parfois très bizarrement."

Puis, changeant rapidement de sujet ;

"Mamsey, tu connaissais ma mère aussi ?"

"Oui, mon enfant." Et maintenant, la pauvre, honnête et simple Jo Morey pencha la tête au-dessus du métier à tisser.

« Était-elle une bonne... mère ?

Pour sa vie, Jo ne pouvait pas répondre. Les grands yeux ensoleillés de la jeune fille étaient fixés sur elle, la terrible acuité d'un esprit en éveil scrutait son visage et ce qui se cachait derrière ses yeux troublés.

Le moment de silence rendit le suivant plus difficile ; la jeune fille était parvenue à des conclusions. Elle s'approcha de Jo, se plaça devant elle et posa les mains sur ses épaules.

« Mamsey », balbutia-t-elle ; "nous ne parlerons pas de ma mère si cela te blesse." La gratitude et la sympathie rapides effrayèrent presque Jo.

Et pendant plusieurs années, ils ne parlèrent plus de la mère de Donelle.

"Mais, mon enfant," plaida Jo, "ne te force pas, tout te reviendra un jour. Tu dois me faire confiance comme ton père. Et autre chose, Donelle, tu dois vivre avec moi maintenant, et – et c'était le souhait de votre père, il est préférable que vous preniez mon nom. Et vous ne devez pas parler de… de… de la maison de St. Michael.

Donelle frissonna.

"Je ne vais pas!" dit-elle. "Est-ce qu'ils savent où je suis?"

"Non. Mais quand tu pourras partir, je leur dirai !" Cela est venu fermement. "Ils seront assez heureux de t'oublier et de me laisser le reste. Ils ont de grands pouvoirs d'oubli et de mémorisation, quand cela paie. Mais ils en ont fini avec toi, mon enfant, pour toujours."

"Oh ! Mamsey, Dieu merci !"

Donelle croisa ses bras minces sur sa poitrine et se balança d'avant en arrière. Ce geste était caractéristique. Quand elle était heureuse, elle allait et venait ; lorsqu'elle était troublée, elle se déplaçait d'un côté à l'autre, tenant son corps mince contre elle.

"Cela ne me dérangera plus, Mamsey, maintenant. Je vais commencer par toi !"

"Et moi", murmura Jo d'un ton bourru, "je vais commencer par toi, Donelle. Toi et moi, toi et moi."

Mais bien sûr, il fallut bientôt tenir compte du monde extérieur. Les gens venaient à la porte de Jo Morey pour une course ou une autre, mais ils n'allaient pas plus loin.

"Je n'arrive pas à distinguer Mam'selle, confia Marcel Longville au capitaine, elle a toujours été prompte à répondre à un appel quand la maladie en était la raison. Voici maintenant le pauvre Tom couché avec une gorge si mauvaise que je ne sais quoi. à faire et quand j'y suis allé, elle a ouvert sa porte mais à moitié et a dit : « envoie chercher un médecin ! » » grogna Longville. Il avait des soupçons sur Mam'selle et Gavot, mais il ne pouvait rien obtenir de précis de Pierre et il n'y avait sûrement rien d'espérant dans l'attitude de Jo Morey.

"Je m'appellerai", décida-t-il. Mais il n'obtint aucune réponse à ses coups répétés ; puis il a donné un coup de pied à la porte. A ce moment-là, Jo ouvrit une fenêtre, risquant ainsi la vie et la santé de ses bégonias et géraniums.

"Bien?" » fut tout ce qu'elle dit, mais son visage simple et hagard fit sursauter le capitaine. Il n'avait formulé aucune mission particulière ; il s'était fié à l'évolution de la situation, et cet accueil inattendu de ses avances le rejeta sur un rapport fragile sur le mal de gorge de Tom Gavot.

"Je suis désolée, Capitaine", dit Jo, "mais je ne peux rien faire pour vous aider. Il n'y a aucune raison pour que vous ne consultiez pas un médecin. Si c'est une question d'argent, je paierai la facture. pour le bien du pauvre garçon et de sa mère décédée. »

"Maman, tu n'es pas toi-même", rétorqua Longville.

"Je suis juste moi-même", répliqua Jo. "Je viens de me retrouver. Mais je pars pour quelques jours, capitaine, alors au revoir."

Longville se retira de la maison dans un état tristement confus. Il y avait sûrement quelque chose de grave qui se passait avec Jo Morey. Elle avait l'air malade et se comportait de façon bizarre, presque suspecte. Et elle s'en allait ! Personne ne s'éloignait de Point of Pines à moins qu'une grave nécessité ne l'y pousse. Pourquoi les gens devraient-ils s'éloigner de n'importe où à moins d'y être forcés ?

Puis les pensées de Longville revinrent à l'époque où Mam'selle était partie auparavant et était revenue si débraillée et épuisée.

Tout cela était très étrange et troublant.

"Sûrement Mam'selle a besoin d'être surveillée", marmonna Longville et il décida de regarder.

La nuit favorisait ses projets. Il quitta la taverne et se rendit furtivement à la petite maison blanche, pour être accueilli par une obscurité totale, à l'exception d'une faible lueur sur les bords du rideau de la fenêtre de la petite chambre nord.

"Mam'selle n'est pas encore partie", conclut Longville, mais ce n'était guère rassurant. Puis une nuit, il devint plus audacieux et se glissa près de l'arrière et écouta sous la fenêtre de la chambre.

Jo parlait à... À cet instant, la porte de la cuisine s'ouvrit brusquement et Nick s'enfuit en courant.

« Sur lui ! » ordonna Mam'selle, debout dans le panneau de lumière, en riant diaboliquement, "C'est une mouffette, sans aucun doute ; chasse-le, Nick ; ne le touche pas !"

Longville s'est échappé, comment, il ne pouvait le dire, car Nick reniflait ses talons qui reculaient tout au long de l'autoroute.

Trois ou quatre nuits après, Longville, restant discrètement sur la route où il avait parfaitement le droit de se trouver, s'arrêta de nouveau devant la maison blanche. C'était une nuit sombre, avec des éclairs occasionnels de clair de lune tandis que le vent dispersait les nuages.

Bientôt, la porte de la maison s'ouvrit et Mam'selle sortit avec Nick près d'elle. Ils restaient immobiles sur la petite pelouse, le visage tourné vers le haut. Et juste à ce moment-là, Longville aurait juré avoir entendu un sanglot, un sanglot profond et étouffé, et Nick gémissait certainement pitoyablement. Puis tous deux rentrèrent dans la maison et Longville, avec un sursaut nerveux, se tourna et fit face : Gavot !

"Qu'est-ce que vous en faites?" murmura Pierre.

"Faire de quoi ?" demanda Longville.

"Oh, j'ai fait un peu de surveillance moi-même", répondit Gavot, "Je vous ai surveillé, toi *et* elle ! Un homme ne tient pas la nuit quand la taverne a un endroit chaud pour lui. Je t'ai tenu compagnie, Longville, quand tu ne le savais pas. »

"Eh bien, qu'est-ce que tu comprends, Pierre ?"

"La Mam'selle Morey prépare des... des tours", acquiesça Gavot d'un air entendu, "et elle ne va pas m'échapper."

"Ce n'est pas la première fois qu'elle fait un cabriolet," grogna Longville, "et elle aura bien besoin d'être surveillée."

Ensuite, les deux se sont rendus amicalement, bras dessus bras dessous, chez Dan's Place.

"Quatre yeux, frère Longville", dit Gavot qui devenait toujours nauséeux quand il l'osait. "Quatre yeux sur Mam'selle et quatre *de ces* yeux !"

CHAPITRE VI

MAM'SELLE ENTEND UNE PARTIE DE LA VÉRITÉ

Jo Morey est sortie de chez elle avec audace et a verrouillé la porte !

Elle avait laissé Nick à l'intérieur, un procédé des plus inhabituels. Puis elle attela Molly au caliche, procédé également inhabituel, car la calèche pittoresque était réservée à l'usage des estivants et rapportait un bon prix lorsqu'elle était conduite par l'un des jeunes Canadiens-français de la colonie située à quelques kilomètres de là. Ouvertement, encourageant même les hochements de tête et la conversation, Jo se dirigea vers St. Michael's dans sa tenue du dimanche et bien assise sur le siège haut.

"Bonjour, Capitaine", salua-t-elle en passant devant Longville sur la route ; "Je pars enfin, tu vois ! Pour que tu puisses te reposer de regarder."

"Quand reviens-tu, Mam'selle ?" demanda le capitaine, tout étonné par ce spectacle.

"Cela dépend", et Jo sourit, un autre procédé rare, sûrement ; "Les routes ne sont pas très bonnes et le temps m'appartient ces jours-ci."

Puis elle se balança, la haute plume de son absurde chapeau agitant un air de défi.

Mais Jo était une tout autre personne pour le jeune Tom Gavot qu'elle rencontra un kilomètre plus loin. Le garçon était un bel homme minable et, à présent, sa gorge était étroitement liée par une bande de flanelle rouge. Ses vêtements étaient fins et en lambeaux et ses mains nues reposaient sur le manche d'une pelle qu'il tenait. Il s'appuya légèrement dessus et s'arrêta pour saluer Mam'selle Morey.

"Tom, tu as été malade", dit Jo, s'arrêtant net et se penchant vers lui. "Je détestais ne pas venir vers toi, mais je ne pouvais pas."

" Tout va bien, maintenant, Mam'selle. Je suis allée chez le curé au moment où ma gorge était la plus mauvaise et le bon Père m'a accueilli et a fait venir le médecin. "

"Je m'en souviendrai, Tom, quand le curé demandera de l'aide cet hiver. Et, Tom, comment va la vie ?"

Les yeux clairs et sombres du garçon semblaient troublés. "Je veux m'enfuir, Mam'selle Jo. Je ne pourrai jamais rien faire de moi-même ici. Parfois," sourit sombrement le garçon, "parfois j'ai envie de tout oublier dans…"

"Non, Tom, pas la taverne ! Souviens-toi de ce que je t'ai toujours dit, mon garçon, à propos de la nuit où ta mère est allée. Elle a dit que tu avais payé pour tout ce qu'elle avait souffert ! Tom, quand tu descends et que les choses semblent noires, souviens-toi juste et continuez à valoir ce qu'elle a enduré. C'était pire que tout ce que vous serez jamais appelé à supporter.

Les yeux du garçon s'assombrirent.

"Je me tiens près", dit-il sombrement. « Se tenir près de… je ne sais pas quoi.

"C'est ça, Tom, on ne sait pas quoi ; mais c'est quelque chose, n'est-ce pas ?"

"Oui, Mam'selle."

"Maintenant, écoute, Tom. Quel âge as-tu ? Laisse-moi voir——"

"Seize ans, Mam'selle."

" Bien sûr. Et tu étudies dur à l'école, m'a dit le curé. Et tu répares les routes l'été avec les hommes ? "

"Oui, Mam'selle," sourit Tom, "et prends un peu d'argent et cache-le bien. Il y a près de vingt dollars maintenant."

"Bien ! Eh bien, Tom, cet hiver, étudie comme tu ne l'as jamais fait auparavant et l'été prochain, si les hommes viennent, travaille et économise. Tu partiras un jour, je le jure. Je te le promets, mais il faut que ce soit un secret. Vous aurez votre chance.

« Maman elle ! » Tom ôta instinctivement son chapeau et se tint à côté de Jo comme un chevalier en haillons et désespéré.

"Tu dois payer pour tout ce que ta mère a souffert !" Les lèvres de Jo tremblèrent. "C'est le moins que tu puisses faire."

Puis, avec un signe de tête et un joyeux adieu, Jo s'est mis à avancer pendant que Tom Gavot retournait à sa tâche qu'il s'était imposée : combler les ornières sur la route. Parfois, un voyageur lui jetait une pièce de monnaie, et le travail l'occupait, mais surtout, il assumait la dignité d'un travail et le rendait capable d'aider intelligemment lorsque les vrais ouvriers arrivaient à la fin du printemps.

Juste après midi, Jo Morey s'est arrêté devant la maison de St. Michael's-on-the-Rocks. Elle était très calme, très digne et ferme, mais son cœur battait distraitement contre sa taille raide. Elle allait enfin apprendre tout ce qu'il y avait à savoir sur la jeune fille qui, à ce moment-là, était enfermée dans la maison blanche derrière des stores tirés, avec pour instruction de rester cachée jusqu'au retour de Jo.

Il n'y avait plus aucun doute dans l'esprit de Mam'selle, mais les conclusions fantastiques qu'elle avait tirées pendant les heures fatigantes de la maladie n'étaient que des fictions sur lesquelles il ne fallait pas se fier. Ils pourraient tous être facilement expliqués, sans aucun doute.

Pauvre Jo !

Mais peu importe ce qu'elle allait entendre, et ce serait sans doute des plus prosaïques, elle entendait garder la jeune fille même si pour cela elle devait la menacer ! Elle, la simple et peu aimable Jo Morey, avait développé une envie soudaine et violente pour la fille qu'elle avait sauvée. Jo avait presque honte de ses émotions, mais elle ne pouvait pas, intérieurement, les contrôler. Extérieurement, elle pouvait avoir un air renfrogné et un regard noir, mais son cœur battait vite au contact des mains de la jeune fille, ses couleurs montaient au ton de la voix basse ; certaines femmes sont ainsi émues par les petits enfants. Jo, réprimée et réprimée, était comme un instrument délicat sur lequel son propre instinct maternel affamé jouait maintenant de manière déchaînée.

Elle fut conduite dans la petite salle de réception du foyer et laissée à elle-même pendant qu'une petite servante s'enfuyait en toute hâte pour appeler la sœur responsable.

Seule, Jo s'assit sur le bord d'une chaise dure et essaya de croire qu'elle était prête à tout – ou à rien, mais elle devenait de plus en plus agitée. Quand les choses étaient les plus tendues, elle avait toujours l'air la plus sévère, alors quand Sœur Angèle entra dans la pièce, elle fut plutôt déconcertée par le visage que Mam'selle tournait vers son doux salut. Sœur Angela était la plus âgée des deux religieuses qui avaient interrogé Jo alors que la jeune fille perdue gisait cachée sous la paille dans la charrette ce premier jour.

"Ah, c'est Mam'selle Morey ! Bonne journée à toi, Mam'selle."

"As-tu déjà trouvé cette fille ?" dit franchement Jo.

La manière et la question prirent la sœur de sa garde.

"Oh ! la fille ! Je me souviens, Mam'selle. Nous vous avons rencontré pendant que nous la cherchions. L'enfant est en sécurité, merci. Nous voulions depuis longtemps lui trouver un bon foyer."

"Alors tu l'as trouvée ?"

Mam'selle se débattait avec les fragments de français dont elle disposait et ne travaillait pas bien avec eux. La sœur faisait semblant de ne pas comprendre.

"La fille," Jo perdait le peu de contrôle qu'elle avait, "est chez moi ; elle a été terriblement malade."

Le visage de sœur Angela devint cendré et elle rapprocha sa chaise. "Et maintenant?" elle a chuchoté.

"Elle va se rétablir." Jo se réinstalla.

"Et... et elle a parlé ? Elle a eu une maladie ici une fois, le médecin nous a dit qu'un autre choc pourrait lui restaurer la mémoire. Cela arrive parfois. Mam'selle, la jeune fille s'est souvenue et... a parlé ?"

"Elle a parlé, oui !" Jo tâtonnait. "Je veux son histoire, ma sœur."

" Qu'y a-t-il à dire, Mam'selle ? " Sœur Angela a tenté sa chance. "Nous donnons toujours aux mères pécheresses une heure pour réfléchir si elles garderont ou non leurs enfants. Nous essayons de leur faire comprendre leur devoir, si elles ne le font pas, nous l'assumons. Et le passé est mort. Vous connaissez notre voie ici, nous faisons de notre mieux pour les enfants. Il est plus sage d'oublier... beaucoup.

"Sœur Angela, j'ai dit que la fille parlait et elle s'en souvenait !"

Sous les sourcils baissés de Jo, les yeux sombres brillaient.

"Alors, Mam'selle, si la jeune fille se souvient et a parlé, tu comprends sûrement pourquoi il valait mieux taire son histoire ?"

La couleur du visage de sœur Angela disparut à nouveau. Elle n'avait pas l'air coupable, mais elle avait l'air anxieuse.

Elle avait fait circuler un rapport selon lequel la jeune fille disparue était en probation dans un bon foyer ; elle avait poursuivi inlassablement une chasse au calme ; et maintenant, si Mam'selle Jo Morey pouvait être convaincue d'adopter la fille, comme tout se passerait parfaitement. Et il devait y avoir une réunion des managers dans une semaine !

"Ma sœur, j'ai l'intention d'emmener cette fille si cela peut être fait légalement et discrètement, mais je ne le ferai pas à moins d'entendre tout ce que je peux de votre part, tout ce qu'il y a à savoir."

" Très bien, Mam'selle, nous n'avons que le bon cœur de la fille, je vous l'assure. C'est notre sœur Mary qui nous a amené la fille il y a quatre ans. Je vous l'enverrai. Quant aux démarches judiciaires, ils sont pratiques et faciles, et quand un de nos troupeaux va à un autre, c'est la fin ! Nous avons soigneusement éduqué cette fille ; elle est bien dressée. Nous avons toujours eu son intérêt à cœur. Et maintenant j'enverrai Sœur Mary.

De nouveau seule, Jo joignit les mains et se raidit comme pour une épreuve.

La porte s'ouvrit et se ferma. Une petite Sœur très pâle prit une chaise près de Mam'selle et, tenant son crucifix comme à une ancre, elle dit doucement :

" Je dois vous parler de la petite fille, Marie. Ce n'est pas une grande histoire. Nous savons très peu de choses, mais il valait mieux oublier les petites ; ce n'est pas une jolie histoire.

"Il y a quatre ans, une taverne dans les collines a appris qu'un homme et un enfant y étaient très malades et je suis allé les soigner. La fille était tombée et s'était blessée à la tête. Elle était complètement folle et j'ai décidé de Amenez-la ici, le médecin a dit qu'elle pouvait être déplacée. L'homme, c'était le père de l'enfant, était mourant. J'ai envoyé chercher un prêtre et j'ai attendu que le prêtre vienne.

" L'homme était un peu en délire et parlait avec indifférence, mais à chaque question il se tut brusquement comme s'il avait mortellement peur de quelque chose.

"Il a dit qu'il ne voulait pas de prêtre, il a insisté sur le fait qu'il pouvait commencer. Il emmenait l'enfant chez quelqu'un qui, répétait-il, le croirait et comprendrait.

"Quand je lui ai demandé ce qu'il y avait à croire et à qui il emmenait l'enfant, il m'a regardé bizarrement et a ri ! Il est mort avant l'arrivée du prêtre. J'ai emmené la fille et d'une manière ou d'une autre, la rumeur a couru qu'elle aussi, était mort, et nous avons pensé qu'il valait mieux en rester là.

« Un an plus tard, deux hommes sont venus entendre ce que nous avions à dire sur l'homme décédé ; il était recherché pour... meurtre !

To Morey se leva d'un bond.

"Pas ça!" elle haletait. Puis reprenant rapidement son contrôle d'elle-même, "Je vois maintenant pourquoi vous avez senti que vous deviez garder l'histoire secrète", a-t-elle poursuivi, et elle s'est laissée tomber mollement sur sa chaise.

"Exactement", acquiesça Sœur Mary, puis jeta un coup d'œil autour de la pièce et baissa la voix.

"J'ai parlé aux hommes de la mort du père - et - j'ai dit que la fille était morte plus tard. Mam'selle, j'ai suivi ce cours parce que l'un des hommes, il a dit qu'il avait connu le mort, qu'il voulait la fille, et je pouvais Je n'avais pas confiance en cet homme ; ses yeux étaient mauvais. J'avais peur pour l'enfant. "Il valait mieux qu'elle reste là où elle était, protégée, soignée. J'avais appris à l'aimer. Je lui ai appris avec soin, elle m'a été d'une grande aide avec les plus jeunes enfants. J'espérais qu'elle entrerait dans la Fraternité, mais il est peut-être préférable qu'elle ait un foyer sûr.

"C'est tout ? Ces hommes ne vous ont rien dit du passé ?" Les mots de Jo étaient comme des coups durs et rapides.

Le visage de cire de sœur Mary ne changea pas d'expression. Elle avait laissé les problèmes sordides de la vie si loin derrière elle qu'ils n'étaient pour elle que de simples mots.

"Oh ! ils avaient leur histoire", dit-elle. "Le mort avait tiré sur sa femme parce qu'il avait découvert qu'elle avait un amant. Il lui a tiré dessus en présence de la petite fille et de l'amant. Mam'selle, je crois que l'homme avec l'officier était l'amant. Il voulait l'enfant. pour des raisons qui lui étaient propres, c'est pourquoi j'ai dit : elle était morte.

"C'est tout, Mam'selle."

Jo Morey éprouvait une étrange sympathie pour la pâle petite Sœur et une profonde gratitude.

"Vous êtes une bonne femme!" dit-elle à sœur Mary.

" J'ai fait de mon mieux pour la jeune fille, " continua la sœur, tenant toujours son crucifix, " elle n'a jamais retrouvé la mémoire pour cela, Dieu soit loué ! Mais elle avait un esprit brillant et je l'ai entraîné avec soin. Elle sait beaucoup de choses de des livres ; tout ce que j'ai pu lui procurer. Elle n'a jamais aimé la religion, et c'est pourquoi sœur Angela songeait à lui trouver un foyer ; la jeune fille n'était pas heureuse ici, mais nous avons fait de notre mieux.

"Je suis sûr que c'est le cas, ma sœur!" Jo avait l'air reconnaissant. "Je comprends. Mais ces hommes, n'ont-ils pas mentionné le nom de l'homme qu'ils recherchaient ?"

Sœur Mary fronça les sourcils. "Le nom ? Oui, mais il m'a échappé. C'était un nom anglais si je me souviens bien, quelque chose comme... Long... non... oui... c'était Longley ou Longdon, quelque chose qui ressemblait à ça."

Jamais de sa vie Jo ne s'était évanouie, mais elle craignait de le faire maintenant. La petite pièce nue s'effaçait comme si une immense noirceur glaciale l'enveloppait. Dans l'obscurité, une horloge sur une étagère battait un tic-tac fou, frénétique, comme coup sur coup sur du fer.

"Voici un verre d'eau, Mam'selle, tu es malade."

Sœur Mary a porté le verre aux lèvres de Jo et elle l'a bu jusqu'à la dernière goutte.

"J'ai soigné cette fille pendant une longue maladie", a-t-elle expliqué. "Je suis fatiguée. Mais je la garderai. Dites à sœur Angela de prendre des dispositions et de me le faire savoir."

"Très bien, Mam'selle. Et la fille Marie, elle s'en souvient, dit sœur Angèle. C'est un miracle. Elle va me manquer, mais Dieu a été bon avec elle."

"Elle ne se souviendra plus que de ce que je lui dis, désormais !" Jo serra les dents sur sa langue qui picotait. "Et maintenant, je dois y aller."

Mam'selle s'attendait presque à trouver la nuit en sortant de la pièce sombre, mais il faisait grand jour, et quand elle regarda l'horloge du clocher de l'église, elle vit qu'elle n'était restée qu'une heure à l'intérieur.

Au cours de toutes les années de sa vie, elle n'avait jamais vécu autant de choses que pendant le temps passé avec les deux sœurs. Elle était consciente d'essayer de garder hors de son esprit ce qu'elle avait entendu au foyer ; elle avait peur d'y faire face ouvertement. Il y avait des enfants qui jouaient ; une ou deux sœurs la regardaient avec curiosité ; elle devait être seule avant d'oser prendre en considération ses terribles connaissances. Gravement elle se dirigea vers la calèche, avec raideur elle prit les rênes et cliqua vers Molly. À un kilomètre et demi de St. Michael's, au grand dégoût de Molly, ils ont quitté la route principale et se sont engagés dans un sentier forestier où la neige fondante rendait les déplacements difficiles. Jo n'est pas allée loin, elle voulait simplement se cacher de tout passant fortuit. Puis elle laissa tomber les rênes sur ses genoux et regarda droit devant elle : réfléchie !

Il faisait de plus en plus froid, ce froid mortel qui arrive quand le mercure baisse. Mais Jo était de retour à l'été de sa vie, elle étudiait Langley et la femme qui l'avait attiré, avec le pouvoir mature que la souffrance avait développé des années plus tard chez Jo elle-même. Grâce à une force psychique, elle semblait capable de les suivre très loin. Elle est allée si loin dans son imagination qu'elle a vu les "montantes blanches" changer de teinte en teinte. Jo, qui n'avait jamais été à cinquante milles de son lieu de naissance, est allée loin en cette heure-là !

Elle comprenait Langley comme jamais auparavant. Elle souffrait avec lui, non plus à cause de lui. La scène épouvantable dans la cabane solitaire en bois ; l'étranger qui avait raconté son histoire ! Et contre cette histoire, qui pourrait prévaloir ? Mais Langley serait-il venu la voir avec son enfant s'il avait été coupable du crime dont il était accusé ? Et les mots de Donelle : "Ils me croiront. Laissez-moi vous le dire, j'ai vu comment c'était."

Mam'selle, raidie de froid, souriait avec un rare éclat, comme le ferait quelqu'un qui, la considérant comme morte déshonorée, sait dans son cœur qu'il est innocent.

"Si jamais l'enfant se souvient, alors je pourrai parler", pensa la pauvre Jo. "Je crois que l'homme qui est venu au Foyer est le coupable. Il voulait la fille, voulait faire taire son histoire. Il doit la croire morte, morte, à moins qu'elle ne puisse prouver... la vérité."

La noire tragédie dans laquelle était plongée la pauvre Mam'selle éveillait tous les sens. Sa seule détermination était de cacher l'enfant de Langley, non seulement pour sa propre sécurité, mais aussi pour que l'horrible histoire du crime puisse être apaisée. Langley était mort, il doit reposer en paix. Mais cet homme pourrait être vivant ; le simple soupçon de l'existence de Donelle entraînerait le plus grand désastre. Il pourrait revendiquer la fille, en prétendant avoir une relation, puis faire tout son possible pour assurer son silence. Non; quoi qu'il arrive, tout doit être caché.

Il faisait nuit lorsque Mam'selle Jo atteignit la Pointe des Pins. Elle emmena Molly à l'écurie et la nourrit, puis se dirigea silencieusement vers la petite maison. Pas une lueur ne brillait aux fenêtres ; tout était calme et sûr.

Mais l'était-ce ? Alors que Jo atteignait la marche la plus basse du porche, elle aperçut une silhouette noire accroupie sous la fenêtre du salon. L'observateur était tellement absorbé qu'il n'avait pas entendu l'approche de Jo ; il ne remarqua pas non plus quand, sur la pointe des pieds, elle montait et se tenait derrière lui, pour mieux voir quel pouvait être l'objet de son espionnage.

Le store de la large fenêtre était baissé, mais le fond reposait sur les pots de fleurs, et il y avait un espace par lequel on pouvait regarder dans la pièce. Le feu brûlait vivement et son éclat montrait clairement Donelle sur le canapé près de la fenêtre, profondément endormie, Nick accroupi à côté d'elle, ses yeux fixant l'intrus dehors et ses dents visibles !

"Eh bien, Capitaine !"

Longville sursauta comme si on lui avait tiré dessus. Pendant un instant, Jo eut la position de maître, mais seulement pour un instant ; puis Longville parla.

"Alors c'est ce que tu caches !" il a dit.

"Et c'est comme ça que tu prends pour le découvrir ?" Jo avait l'air dangereux. Elle réfléchissait rapidement. Elle avait eu l'intention de protéger l'avenir en prenant des mesures sûres, mais elle n'avait plus guère le choix désormais. Une seule chose était claire : elle devait garder le secret qu'elle venait d'apprendre. En arrivant à cette conclusion, Jo ne considérait pas à quel point elle s'enfonçait dans des profondeurs dangereuses. Pour elle-même, elle ne pensait pas, son innocence et son ignorance la rendaient aveugle ; elle se tenait devant son persécuteur et répondait sans voix, comme quelqu'un qui doit répondre et ne compte pas le prix.

« À qui est cette fille ?

"Le mien."

"Le vôtre et celui de Langley, par Dieu ! Et vous avez l'impudeur de rester là et de me le dire en face. C'est donc pour cela que vous êtes parti, l'été où Langley vous a fait dériver. Toutes ces années, vous avez caché votre disgrâce... où?"

Horrifiée, Jo recula et confronta Longville avec des yeux désespérés. Elle avait voulu lui dire qu'elle avait adopté la fille ; avait même pensé qu'elle pourrait aller jusqu'à mentionner la Maison, mais maintenant ! Qu'avait-elle à faire? Cet esprit mesquin et méfiant s'était attaché à une explication de la présence de l'enfant dans sa maison qui ne lui était même pas venue à l'esprit. Peu importe ce qu'elle disait, elle doutait que Longville la croirait. Elle se tenait dans le noir, face à face avec le capitaine, tandis que son esprit se débattait avec la question. "Dois-je dire que l'enfant est le mien ?" pensa Jo. "Cela mettra fin à toutes autres questions, personne n'aura jamais besoin d'être au courant du meurtre, et Donelle pourra être protégée des soupçons haineux que je——" elle ne pouvait même pas se dire cette horrible chose.

"Réponds-moi!" Longville, sentant que sa victime avait peur, jeta tout déguisement de côté.

Elle se regardait toujours et débattait avec elle-même. Elle savait que si elle disait qu'elle avait adopté Donelle, Longville ne croirait pas sa simple déclaration ; il faudrait qu'elle raconte toute cette horrible histoire à ce marchand de scandales ; l'homme s'attendrait à des preuves, il dénicherait le dernier détail. Tout le monde dans le village le saurait le lendemain, l'enfant serait interrogée, sa maison serait le centre des curieux.

L'autre aspect du dilemme serait plus sûr pour l'enfant ; ils seraient laissés tranquilles, elle pourrait faire oublier ce mauvais nom. Parfois, la vérité éclatait.

Jo avait décidé. Elle faisait face à Longville, la tête haute, les mâchoires serrées, silencieuse.

"Réponds-moi, espèce de prostituée !"

Le mot piqua Jo Morey et elle se précipita en avant. Longville crut qu'elle allait le frapper et, en lâche qu'il était, il esquiva.

"Vous n'osez pas parler pour vous-même", gronda-t-il.

Puis Jo a ri. Le bruit l'effrayait. Elle n'avait pas envie de rire, Dieu le savait ; mais le soulagement la stabilisa. Puis, comme on voit que la lutte est inutile, elle se laissa aller.

" Oh ! oui ; je peux parler pour moi, capitaine. La fille est à moi. Là où je l'ai gardée, ce sont mes affaires, et vous et moi avons terminé nos affaires ensemble. Ce... votre beau-frère est venu après mon " Il était prêt à m'épouser pour cela et m'a lancé quelques paroles haineuses à la face. Mais il m'a fait réfléchir. Pourquoi une femme devrait-elle se passer d'un enfant parce qu'un homme ne veut pas d'elle, ou seulement ce qu'il veut ? Si Je ne pourrais pas avoir la mienne à la manière des hommes, je la prends à ma manière. J'ai mon enfant, et maintenant, que ferez-vous ? Si vous faites de ma vie et de la sienne un enfer ici, j'ai de l'argent et je peux aller ailleurs. Allez-y. loin que vos paroles noires ne soient pas entendues. D'un autre côté, si vous vous occupez de vos affaires et laissez-moi et les miennes tranquilles, nous resterons. Et maintenant, quittez ma propriété.

Longville était si complètement abasourdi qu'il s'est faufilé hors du porche et s'est retrouvé sur la route avant de reprendre le contrôle de lui-même. Puis il repartit, mais Jo était entrée, avait verrouillé la porte bruyamment et tirait le store jusqu'à l'extrême limite !

CHAPITRE VII

MARCEL PREND SON POSITIONNEMENT AUX CÔTÉS DE JO

Apparemment, Longville avait décidé de s'occuper de ses affaires, mais cela, déclara-t-il, n'excluait pas celles de Mam'selle. L'avidité, la curiosité et l'indécision l'ont amené à s'abstenir de toute persécution. En fait, la psychologie de la situation était particulière. Pour la première fois de sa vie, Jo Morey est devenue intéressante. Une femme avec un passé peut être heureuse ou non, mais elle se prête certainement à la spéculation et à la conjecture. Pointe des Pins, lorsqu'elle avait envisagé Jo auparavant, éprouva pour elle une sorte de pitié amusée et, comme elle ne lui demandait rien, la laissa complètement seule. Mais maintenant, à cette heure tardive, il naviguait à découvert d'une manière si inattendue qu'il inspirait la crainte plutôt que le mépris ou le mépris indigné de Point of Pines. Sans agitation ni bruit, elle annexa simplement l'enfant et suivit la démarche qu'elle avait jusqu'alors faite seule.

Elle était un mystère, et les hommes, généralement dans l'atmosphère parfumée de Dan's Place, discutaient de son élégance et de son indépendance avec ressentiment et une admiration – étouffée ! Les femmes, surtout celles avec qui Jo avait partagé des heures de douleur et de chagrin, se demandaient où elle avait été lorsque son heure la rattrapait ; dont les mains l'avaient aidée et qui n'a jamais refusé l'aide aux autres. Et qui avait gardé l'enfant de Jo ? Cette question remuait chez Dan's Place et dans les maisons du rond-point.

« Peut-être qu'une femme des collines a gardé l'enfant », murmuraient les femmes à propos de leur travail ; mais chasser parmi les collines serait vain. D'ailleurs, l'argent de Mam'selle avait sans doute fermé toutes les lèvres qui pourraient fournir des faits.

C'était une situation passionnante. Un hameau solitaire à ne pas mépriser. Les uns étaient pour, les autres contre, Mam'selle Morey ; mais personne ne voulait ni n'osait l'ignorer complètement. Marcel Longville sortit du nuage de l'indécision, enfila son armure et porta un coup à Jo Morey.

Afin de faire connaître sa position, elle s'enveloppa un jour dans un châle et se dirigea hardiment vers la maison de Jo au milieu de l'après-midi, alors que plusieurs hommes, dont son mari, étaient assis autour du poêle dans la taverne, le visage tourné vers l'autoroute.

« Une femme comme Mam'selle Morey peut corrompre une ville à moins que... » Ce fut Gavot qui parla, et il renifla désagréablement en regardant vers la route. Longville regardait passer sa femme ; il s'enflamma de colère, mais ne répondit rien.

"Marcel peut la découper avec sa langue. Il faut une femme pour taillader une femme", a poursuivi Pierre.

Le propriétaire, Dan Kelly, s'est fait remarquer. Il prenait rarement part aux conversations. Il était comme une grande atmosphère silencieuse et agréable. Il envahissait sa place, mais ne se matérialisait pas souvent dans les conversations. Maintenant, il parlait.

" Bizarre, n'est-ce pas, " dit-il d'une voix traînante, " comme nous détestons naturellement que nos femmes soient mélangées ? Dieu sait que nous devons avoir les deux sortes - nous avons arrangé les choses de cette façon - mais quand elles se rapprochent l'une de l'autre, nous obtenons sacrément religieux et moral, n'est-ce pas ? Pourquoi ?

Les mots roulèrent dans la pièce étouffante comme une bombe. Tout le monde esquivait, ne sachant pas si l'engin était dirigé contre lui ou non, et tout le monde avait peur qu'il n'explose.

"Pourquoi?" continua Dan.

Puis, n'obtenant aucune réponse verbale, il se dirigea vers la chaise derrière le bar, son trône, et redevint une Atmosphère.

Mais à ce moment-là, Marcel était assis dans un fauteuil à bascule au milieu du joyeux salon de Jo Morey, regardant Donelle endormie sur le canapé. Jo était devant son métier à tisser et les deux femmes chuchotaient tout en parlant.

"Je devais venir, Mam'selle," dit Marcel, "pas parce que tu as besoin de moi ou parce que je veux jouer un rôle, me rendre meilleur ou différent; ce n'est pas ça. Je veux juste me tenir un peu plus près parce que Je pense que tu es une bonne femme. J'ai toujours pensé cela et mon opinion n'a pas changé, je veux seulement que tu le saches.

Jo essaya de ne pas sourire ; elle avait l'impression de prendre le meilleur de Marcel sous de faux prétextes. Si elle avait été ce qu'ils pensaient tous, cet acte de bon voisinage l'aurait saluée avec gratitude. Elle éprouvait pour Marcel une sympathie plus profonde qu'elle n'avait jamais ressenti, et elle désirait se confier à lui, mais elle n'osait pas.

"Les nuits, je réfléchis", continuait Marcel tandis que les doigts occupés de Jo volaient vers sa tâche, "comment c'était avec toi quand elle est venue", Marcel hocha la tête en direction du canapé.

Et maintenant, le visage de Jo se contracta. Comme personne ne devinait, ou ne pouvait deviner, comment cela s'était passé pour elle au moment où une autre femme avait donné naissance à la fille.

"J'ai réussi d'une manière ou d'une autre," répondit-elle vaguement.

"On n'arrive jamais devant un mur sans trouver une ouverture pour ramper, Marcel. C'est peut-être un passage assez serré, mais on passe à travers."

"Dieu sait que ces temps sont durs pour une femme, Mam'selle."

"Ils le sont, amers et durs."

"Et les hommes n'en tiennent pas compte."

"Comment le peuvent-ils, Marcel ? Il ne serait pas raisonnable de s'attendre à cela."

"C'est étrange, Mam'selle, comment cette... cette chose qui pousse les femmes à accepter cela, continue encore et encore. Cela signifie une chose pour une femme, une autre pour un homme, mais cela semble payer, même si le Seigneur sait. pourquoi ou comment. »

Jo pensait à ce quelque chose de subtil auquel elle, ce pauvre Tom Gavot, Marcel et tous s'accrochaient. Ce qu'aucun d'eux n'a compris.

"Je suis content que tu l'aies!" » Marcel interrompit soudain violemment, hochant de nouveau la tête en direction de la jeune fille endormie. "Cela prouve simplement que vous, Mam'selle, aviez la raison de la femme, pas celle de l'homme. Cela fait la différence. Une femme ne peut pas, une femme honnête, je veux dire, pardonner à une femme d'agir comme un homme, de rejeter ses jeunes et tout... ça, mais elle peut comprendre... ça ! Et n'est-elle pas belle et rare, Mam'selle. C'est une autre chose étrange, combien d'enfants qui viennent par le chemin droit et étroit ne sont pas la moitié de ce qu'ils devraient être. Je n'ai tout simplement pas assez d'esprit pour rester, pas le mien, et puis des enfants comme... comme le vôtre, Mam'selle, semblent avoir la bénédiction de Dieu qui brille partout sur eux.

Marcel avait si fermement et si simplement accepté ce qui, en réalité, n'existait pas, que la pauvre Jo sentait l'inutilité de l'aveu se rapprocher d'elle de plus en plus. Depuis quelques jours, elle considérait Marcel comme le destinataire de la vérité, car Jo détestait accepter, sans aucune protestation, la croyance qu'elle sentait se répandre parmi son peuple silencieux. Cela pourrait apaiser sa propre conscience de se confier à Marcel ; cela pourrait être une preuve à l'avenir, mais à moins qu'elle ne dise toute la vérité, elle ne pourrait guère espérer impressionner même le gentil Marcel, car elle voyait que la femme minable et opprimée l'acceptait comme la chose la plus vitale et la plus absorbante. cela ne lui était jamais arrivé dans sa vie. Jo, en elle-même, n'avait jamais inspiré Marcel. Jo, sous sa forme actuelle, non seulement revendiquait de l'intérêt, mais suscitait un but. Elle a donné vie à la noblesse en difficulté qui était inhérente à Marcel mais que la vie n'avait jamais utilisée auparavant.

"Je vais me tenir à ses côtés," Marcel hocha la tête en direction du canapé, "à ses côtés et à toi, alors aide-moi, mon Dieu !"

Jo s'approcha de la femme tremblante et posa la main sur l'épaule fine et tombante. Elle remerciait silencieusement Marcel au nom de toutes les femmes qui avaient cruellement besoin d'un tel soutien.

"J'aurais préféré être une... une mauvaise femme", frémit Marcel, utilisant ce terme avec presque révérence, "et avoir eu une telle chose pour me réconforter, plutôt que d'être la chose que les hommes pensent que je devrais être, et avoir..." Elle n'eut pas fini, mais Jo savait qu'elle parlait de ces pitoyables petites tombes à flanc de colline.

« Ça ne paie pas d'être bonne, Mam'selle ! »

"Oui, c'est vrai, Marcel, c'est vrai." La voix de Jo trembla. "Cela vaut la peine de faire de son mieux avec les choses qui *sont*, telles que vous les voyez. C'est lorsque nous essayons de faire ce que les autres pensent être bien, d'autres qui n'ont pas nos problèmes, que nous nous perdons. Nous, les femmes, devons flamboyer. notre propre voie et nous y tenir. Aucun homme, ni le Dieu des hommes, ne me détournera jamais. Et, Marcel, je te remercie pour ce que tu es venu faire pour moi. Il y aura peut-être un moment où tu pourras servir moi, et je suis sûr que vous le ferez. Mais si jamais je vous ai rendu un bon service, vous m'avez plus que remboursé aujourd'hui.

Longtemps après que Marcel fut parti dans sa triste maison, Jo Morey réfléchit et réfléchit, et à mesure que son cœur s'adoucit, sa tête se durcit. Tandis que ses lèvres tremblaient, ses yeux brillaient de feu, et à partir de ce moment elle put, d'une manière étrange et perplexe, se projeter dans la position qui lui était faussement imposée. En l'acceptant, l'épouse de Langley fut en grande partie éliminée. C'était Jo elle-même qui avait suivi Langley dans des endroits lointains ; c'était elle qui avait enfanté et élevé son enfant par son grand amour. C'était elle, Jo Morey, qui l'avait soutenu, l'avait protégé jusqu'au bout, et était maintenant déterminée à prendre sa place et la sienne envers la jeune fille ! — et à garder le secret ! Langley aimait les belles choses, les livres, la musique. Jo se rappelait comment il pouvait jouer du violon et siffler, eh bien, il pouvait imiter n'importe quel oiseau qui chantait dans les bois en été. Eh bien, d'une manière ou d'une autre, Donelle devrait avoir ces choses ! Jo se rendit plus tard au grenier et y rapporta des livres, des livres longtemps cachés, parmi lesquels Langley lui avait offert parce qu'il aimait certains vers. Donelle devrait aussi apprendre. Jo avait l'intention de consulter le curé à ce sujet. Bref, la jeune fille devrait avoir sa chance. Pauvre Jo ; même alors, elle n'a pas pris en considération le mal qu'elle faisait inconsciemment à la jeune fille. Elle se sentait toute-puissante. Son affection affamée et ardente s'est étendue à Donelle et n'a rencontré aucun obstacle, car la jeune fille, sa santé retrouvée, était la créature la plus ensoleillée et la plus reconnaissante qu'on puisse imaginer. Inutile de la mettre en garde contre le silence à propos de St. Michael's, cette expérience était apparemment comme si elle n'avait jamais eu lieu.

Les démarches juridiques avaient été entreprises et Jo avait le contrôle total. Les portes de Saint-Michel étaient fermées pour toujours à la jeune fille connue sous le nom de Marie. Elle affrontait désormais le monde, sans le savoir, en tant qu'enfant illégitime de Mam'selle.

Parfois, cela effrayait Jo, mais elle connaissait assez bien son peuple. L'horrible croyance qu'elle avait à son sujet avait été si silencieusement supportée qu'elle avait confiance que lorsque Donelle irait parmi eux, son arrivée ne délierait pas les langues. Pour le reste; elle avait l'intention de garder constamment la jeune fille et, avec le temps, de l'envoyer à l'école. Jo rêvait de longs rêves et, mentalement vive et sage, était stupide dans son ignorance des aspects les plus sordides de la vie.

"S'ils voulaient bien rester tranquilles !" espérait-elle avec ferveur. Et c'est là-dessus qu'elle a fondé sa vie actuelle.

Entre-temps, Donelle, d'une manière merveilleuse, s'était tout approprié d'elle, y compris Jo. Nick était l'esclave abject de la jeune fille. Parfois, il tournait son regard vers sa maîtresse avec remords, alors qu'il se dirigeait vers Donelle ; ses affections étaient profondément déchirées. Les animaux ont tous appris à surveiller Donelle, Molly, le cheval, était bêtement sentimentale. La maison résonnait de rires et de chansons de fille. Dans les pièces autrefois immobiles, une conversation constante se poursuivait chaque fois que Jo et la jeune fille étaient ensemble. Donelle, en particulier, avait beaucoup à dire et elle le disait d'une manière étrange et originale qui incita Jo à réfléchir sur de nombreuses lignes nouvelles.

Comment pouvait-elle empêcher cette fille de connaître la vérité, une fois qu'elle se mêlait aux autres ? Et comment allait-elle la séparer ? Donelle avait une passion pour la convivialité. Pour Jo, qui avait vécu sa vie seule, le désir constant de conversation et de compagnie de la jeune fille était tout simplement épouvantable. Et puis, Donelle était un mélange surprenant de précocité et d'enfantillage. Son esprit avait été bien entraîné ; très tôt, elle avait été utilisée pour enseigner aux plus jeunes enfants du foyer. Elle avait absorbé tous les livres dont elle disposait ; son imagination était débridée et certaines des sœurs lui avaient partagé des confidences qui avaient alimenté son esprit curieux et brillant.

Il y avait des moments où Jo Morey se sentait ridiculement jeune comparée à Donelle, jeune et grossière. Puis soudain, la lumière s'éteignait sur le visage de la jeune fille, quelque chose, probablement son incapacité à revenir en arrière sur sa vie au Foyer, la rendait impuissante, faible et attrayante.

Jusqu'à présent, la petite maison blanche, Jo et les animaux, répondaient à tous les besoins de Donelle, mais Mam'selle pressentait des complications pour l'avenir. Elle a regardé et écouté pendant que Donelle lisait, puis a développé de manière romantique ce qu'elle lisait ; elle se sentait déjà perdue face au problème.

"Mamsey", s'est soudainement exclamée Donelle un soir, "Je veux que tu enlèves ces horribles choses de vieil homme. Brûlons-les."

Jo portait les vêtements anciens de son père ; elle était allée aux latrines pour travailler longtemps et durement.

"Qu'est-ce qu'ils ont ?" » demanda-t-elle à moitié coupable.

"Ils sont laids et sentent mauvais." C'était vrai. "En plus, ils te cachent et la plupart des gens ne te trouveront pas. Ils vont avec ton froncement de sourcils froncé," ici Donelle imita l'attitude la plus rébarbative de Jo, "et ta bouche serrée. Eh bien, Mamsey, cela a pris, même moi, beaucoup de temps. pour te trouver derrière ces choses. Je devais continuer à me rappeler à quoi tu ressemblais pendant que j'étais si malade pendant les longues et sombres nuits ; à quoi tu ressemblais quand tu le gardais à l'écart.

Le regard vague se glissa dans les yeux de Donelle, elle se frappait rarement contre le mur qui cachait son passé. Pour cela, Jo était reconnaissante à chaque heure.

"Mais bien sûr, maintenant, je peux toujours te trouver, Mamsey. Je dis juste à la chose que tu as placée devant toi : 'Écarte-toi' et puis je te vois, mon espèce, ma chère, fidèle et bienheureuse Mamsey. , brillant!"

La pauvre Jo en tant qu'objet brillant était plutôt absurde ; mais la couleur montait sur son visage sombre, comme elle aurait pu le faire sur le ton d'un amant.

"Tu es une belle Mamsey quand tu ne te caches pas. Je suppose que mon père pourrait te trouver, et c'est pourquoi il voulait m'amener à toi. Mamsey, est-ce que tu aimais mon père ?"

La pauvre Jo, debout près du poêle, ses vilains vêtements fumants et brûlants, regardait la jeune fille comme le ferait un coupable effrayé ; puis elle vit que la question était posée du point de vue le plus primitif et dit alors :

"Oui, je l'aimais."

"Bien sûr. Eh bien, maintenant, Mamsey, vas-tu me laisser brûler ces vieux vêtements laids et malodorants ?"

"Non, mais je vais les mettre au grenier, mon enfant."

"C'est une bonne Mamsey. Et le renfrogné et la bouche serrée, tu les mettras aussi au grenier ?"

Jo sourit. La détente était quelque chose de plus complet qu'un sourire.

"Tu es stupide", fut tout ce qu'elle dit, mais ses yeux profonds et splendides rencontrèrent les yeux clairs et dorés avec un abandon pathétique.

Et puis, plus tard, vers le printemps, alors que Jo se délectait de la richesse de sa vie et mettait de côté les pensées qui la perturbaient concernant l'avenir de Donelle, plusieurs événements se produisirent qui la concentraient sur une action précise.

Un soir, elle et la jeune fille étaient assises dans le salon tandis qu'une pluie douce et pénétrante crépitait contre les fenêtres.

"Cette pluie", remarqua Jo en faisant claquer ses aiguilles à tricoter, "va aller au cœur des choses et leur faire penser à grandir." Donelle leva les yeux de son livre. Ses yeux étaient pleins de chaleur et de soleil.

"Tu dis parfois de belles choses, Mamsey." Puis, tout à fait hors de propos, "Pourquoi personne ne vient jamais ici ? Je devrais penser que tout le monde serait là tout le temps, d'autres endroits sont si laids et d'autres gens tellement… tellement… eh bien, tellement somnolents."

Ce que Jo avait craint refait surface. Elle arrêta de tricoter et regarda Donelle, impuissante.

"Au début," continua la jeune fille d'un ton songeur, "je pensais qu'il n'y avait personne ; c'était tellement vide dehors. Puis, de temps en temps, j'ai vu des gens ramper. Pourquoi rampent-ils, Mamsey ? Toi et moi, ce n'est pas le cas. Et puis j'ai couru un peu, quand personne ne regardait, et il y a des endroits horribles, un endroit où seuls les hommes vont. C'est méchant, sale et mauvais. Ça donne un peu l'impression que toutes les maisons sont sales. Il y avait un grand homme à la porte, et il m'a vu et il a dit : 'Alors tu es la fille de Mam'selle Jo Morey !'" juste comme ça. Et avec cela, Donelle s'est fait passer pour Dan Kelly pour que sa simple connaissance l'ait reconnu. "Et j'ai fait un très joli salut", à la grande horreur de Jo, Donelle a montré comment elle l'avait fait, "et j'ai dit 'Je le suis, monsieur ; et qui êtes-vous ?' Et il a mis sa main dans ses poches, alors ! et il a dit : "Je m'appelle Dan, Dan Kelly, et chaque fois que vous voulez discuter un peu, venez à la porte latérale. Mme Kelly et moi vous accueillerons." Et… qu'y a-t-il, Mamsey ?

Car le tricot de Jo était tombé par terre et son visage était hagard.

"Tu... tu ne dois plus jamais t'approcher de cet endroit", haleta-t-elle.

"Je ne le ferai jamais, Mamsey, car l'odeur me revenait sans cesse pendant des jours et des jours. Et les yeux de l'homme, je les ai vus dans mon sommeil, c'étaient des yeux sales !"

"Mon Dieu!" gémit Jo, mais Donelle était partie sur une autre piste.

"Mais Mamsey, pourquoi n'avons-nous pas de monde dans nos vies. Est-ce parce que c'est l'hiver et que les routes sont mauvaises ?"

"Oui..." cela fut dit avec doute ; mais il fallait dire quelque chose.

"Eh bien, j'en suis content, car j'aime les gens. J'ai même aimé certaines sœurs. Il y en avait une qui me faisait deviner chaque fois que je la voyais, c'était sœur Mary, elle était petite et jolie et avait un visage désolé comme si elle était perdue et ne parvenait pas à trouver la sortie. J'avais presque envie de lui demander de s'enfuir avec moi à chaque fois que j'essayais de le faire moi-même. Et les bébés étaient si joyeux, Mamsey. J'avais l'habitude de jouer pour pouvoir le faire. " Je l'ai appelée Patsy, elle s'appelait Patricia - un nom si grand et si dur pour un petit enfant si rusé. J'ai arrangé une vie parfaitement chère pour eux. " Patsy, mais la pauvre Patsy ne semblait vouloir aucune sorte de vie. Elle préférait s'allonger dans mes bras et me bercer. Je lui chantais. Puis elle est morte !"

La tragédie a étrangement touché Jo. Elle avait peu entendu parler des détails de la vie en institution de Donelle ; mais ces détails, aussi rares soient-ils, avaient été vitaux et impressionnants.

"Oui, Patsy est morte. Elle m'a terriblement manqué. Oh ! Mamsey, je ne pourrais pas me passer des gens. Pourquoi, je veux te dire quelque chose ; tu aimes que je te dise tout, n'est-ce pas, Mamsey ?"

"Oui oui." Jo se remit à tricoter, laissa tomber deux mailles, fit une remarque impatiente dans sa barbe et les rattrapa. "Si tu ne me disais pas tout, je me sentirais plutôt mal", continua-t-elle boiteusement.

"Eh bien, c'est comme ça, Mamsey. Je ne pleure plus parce que je ne m'en souviens plus. Je commence par toi et moi. Tu vois, ce dont je ne me souviens pas, c'est comme la préface d'un livre; je ne l'ai jamais lu et cela n'a pas d'importance, de toute façon. Alors nous commençons – vous et moi, et tout le monde est censé nous connaître sans le dire ; et les choses qui se sont produites avant ne sont qu'une aide pour nous amener dans le premier chapitre. Puis, après cela, les gens arrivent et nous ne leur posons pas de questions, ils se mélangent simplement à notre histoire et nous continuons tous jusqu'à ce que ce vieux mot stupide Fin nous fasse sursauter. Mamsey, chérie, je veux tout emmêler avec des histoires et des histoires et des gens et des gens ; je veux en faire partie. Je suis prêt à payer, vous devez le faire, tous les livres le montrent. Je vais souffrir et lutter, et tomber et me relever, mais Je dois faire partie de tout cela. »

Jo avait retiré une aiguille pleine, laissant béants tous les points inutiles. "Seigneur!" murmura-t-elle à mi-voix, et, sur le moment, elle décida d'aller demain chez le père Mantelle pour obtenir l'aide qu'elle pourrait.

Elle dit tout haut, très calmement, très tendrement pour elle, la pauvre âme :

"J'aurais aimé que tu prennes ce vieux livre", c'était celui que Langley lui avait donné ; il n'y avait ni nom ni date dedans, "et lisez-moi certains de ces versets qui vous font en quelque sorte vous sentir bien, bien et… endormi."

"J'adore ça", a déclaré Donelle, prompte à se mettre dans l'humeur de Jo :

L'écarlate des érables peut me secouer comme un cri

Des clairons qui passent.

Et mon esprit solitaire frémit

Aux asters glacials comme la fumée sur les collines.

"Pourquoi, tu n'aimes pas les mots ? Tes yeux sont mouillés, Mamsey !"

"Je suis fatiguée, j'ai mal aux yeux à force de tricoter et de tisser. L'hiver m'attrape toujours." Jo rassemblait son travail. "Nous devons aller nous coucher, mon enfant. Je suis content que le printemps arrive et que nous puissions travailler en plein air."

Mais Donelle chantait, sur un air qui lui était propre, d'autres vers du poème interrompu :

Et mon cœur est comme une rime

Avec le jaune et le violet qui gardent le temps.

CHAPITRE VIII

LE PRÊTRE ET LE RÉPARATEUR DE ROUTE

Le lendemain, il faisait chaud. Jo se rendit tôt dans la journée dans les pâturages supérieurs pour planifier les semailles du printemps. C'était une journée pleine de promesses ; l'hiver semblait presque un souvenir.

Donelle avait dû terminer les travaux de la maison. Cela aurait dû lui prendre jusqu'au retour de Jo, mais les choses sont passées entre les mains de la fille, elle avait tellement hâte de sortir. Elle chantait et gavotait avec Nick qui, d'ailleurs, s'était caché plutôt que de choisir s'il devait suivre Jo ou rester avec Donelle. Quand il est sorti, toute responsabilité a pris fin. Il est resté avec Donelle !

"Nick," dit-elle à ce moment-là, "ça te plairait de faire une promenade ?"

Un bruit sourd frénétique témoigna des sentiments de Nick.

"Très bien, allez ! Nous devons trouver des gens si les gens ne nous trouvent pas, Nick. Je suis presque mort de faim pour les gens !"

Donelle fit un grand retour vers Dan's Place. Les paroles de Jo étaient dans son esprit, mais plus encore, le souvenir des « yeux sales » de Dan l'avertissait. Elle s'est rendue dans les bois au bord de la rivière et fut bientôt fascinée par la nécessité de sauter de rocher en rocher pour échapper à la terre pâteuse et moussue. Nick était fou de joie. Jo ne sauterait jamais ni ne fouinerait parmi les arbres où se cachaient de si délicieuses odeurs.

Finalement, les deux hommes émergèrent sur la route à un kilomètre au-delà du petit groupe de maisons qui était Point of Pines, et rien n'était en vue à part une silhouette solitaire et enfantine, transportant apparemment de la boue d'un endroit sur la route et la déposant à un autre.

"C'est une chose terriblement drôle à faire", songea Donelle. "Peut-être que c'est un veau lunaire."

Donelle avait vu Marcel et Longville, avait même parlé avec Marcel et l'aimait bien. Elle avait entendu Jo parler d'autres personnes, parmi lesquelles les Gavot, mais ce n'étaient que des noms auxquels, de temps en temps, Jo avait ajouté une description éclairante.

« Cette basse bête, Gavot, avait dit un jour pittoresquement Mam'selle à Marcel alors qu'elle ne remarquait pas la présence de Donelle, il faudrait qu'on lui enlève Tom. Ce garçon sera conduit chez Dan, si nous n'y prêtons pas attention. Nous devrions récolter des fonds et donner un bon départ au garçon. »

"Je ne devrais pas me demander", songea maintenant Donelle, debout sur la route et regardant la seule autre silhouette dans le paysage, "Je ne devrais pas me demander si c'était le Tom de Gavot. Je vais juste voir!" Elle continua donc son chemin d'un pas tranquille et tomba sur sa proie de manière inattendue.

"Je crois," dit-elle en montrant ses dents dans un sourire amical, "je crois que tu dois être Tom Gavot."

Le garçon se retourna brusquement, renversant en même temps la pelle de terre molle qu'il portait.

"Et... tu... es la fille de Mam'selle !"

Tom était très beau avec un regard franc et attrayant qui semblait dévaloriser les haillons et la sordidité qui gênaient son apparence.

"Oui que fais-tu?"

"Réparer les routes. Et vous ?"

"Faire une promenade sur la route que tu répares."

Ils rirent tous les deux de cela, Tom rejetant la tête en arrière, Donelle croisant les bras sur son corps mince.

"Comment m'as-tu connu?" demanda Tom.

"Pourquoi… pourquoi, j'ai entendu Mamsey parler de ton père."

Le visage de Tom s'assombrit. Son père, comme ses haillons, gênait ses pensées.

"Comment m'as-tu connu?" Donelle devenait timide.

"Je pense que peut-être tu n'aimeras pas si je te le dis."

Tom se sentait très vieux comparé à cette fille avec ses jupes courtes et ses longues tresses légères. Il ne s'était jamais senti jeune de sa vie, mais il avait hérité de cette aisance et de cette grâce dont son père abusait tant.

"J'adorerais entendre", Donelle touchait nerveusement les oreilles de Nick.

"Eh bien, je t'ai espionné. Tout l'hiver, j'ai espionné. Je les ai entendus parler de toi, et j'ai dû voir par moi-même. Il faut toujours que je sache les choses par moi-même."

"Moi aussi. Mais après que tu as espionné," rit Donelle, ses yeux jaunes brillants, "qu'as-tu pensé ?"

"Oh ! Je ne sais pas." Tom a changé de position. "Je pensais que tu allais bien."

Ils rirent encore tous les deux.

"Etes-vous principalement sur les routes ?" » demanda Donelle à ce moment-là. Nick devenait agité sous ses mains.

"Oui, quand je ne suis pas ailleurs. Je pêche un peu, et le Père Mantelle m'apprend et je lis beaucoup, mais je suis beaucoup en route."

"Je pense", rayonna Donelle, "je pense que votre père Mantelle va m'apprendre. J'ai entendu Mamsey en parler. Est-ce qu'il va à l'école ?"

"Non. C'est le curé. Il n'enseigne que quelques-uns. Il sait tout du monde. Il a vécu autrefois à Québec. Il est vieux alors on l'a envoyé ici."

"Bien!" Donelle se retourna brusquement. "J'y vais maintenant, mais je marcherai souvent sur la route." Elle le rejeta malicieusement. A distance, sa timidité disparut.

Quelques jours plus tard, elle rencontra à nouveau Tom, cette fois elle était plus à l'aise. Ils étaient jeunes, seuls, et le printemps contribua à faire fondre la croûte superficielle des conventions.

C'est après s'être vus plusieurs fois que Tom confia à Donelle son ressenti sur les routes.

"Ils sont comme des amis", dit-il en rougissant et en riant.

"Une route ne signifie rien pour moi", a répondu Donelle, "mais quelque chose sur lequel marcher ou rouler, quelque chose qui vous mène quelque part."

"Oui, cela vous mène quelque part, mais vous n'êtes pas toujours obligé de monter ou de marcher dessus. Si vous y réfléchissez, cela vous mène quelque part", a déclaré Tom.

Donelle s'arrêta pour siffler Nick en retour, le chien cherchait quelque chose dans les buissons.

"Tu es très bizarre," dit-elle enfin en regardant Tom furtivement. "Maintenant, je considère les chiens, les chats et les oiseaux comme étant réels, mais je n'ai jamais pensé qu'une route soit réelle."

Donelle regardait le sol comme s'il s'agissait d'un objet vivant sur lequel elle avait marché par inadvertance.

"Parlez-m'en davantage sur les routes", dit-elle.

"Il n'y a pas grand-chose, je ne l'ai jamais dit à personne auparavant, ils riraient."

"Je ne rirai pas." Et en effet Donelle était très sérieuse.

"Cela a commencé quand j'étais petit. Je n'avais pas grand chose avec quoi jouer et un garçon doit avoir quelque chose. Je me demandais où menait la route et quand j'avais seulement cinq ans, j'arrivais au sommet de la colline et J'ai regardé au-delà. Mon père m'a reproché de m'être enfui. Je ne fuyais pas vraiment, mais bien sûr, il n'aurait pas compris, et ma mère avait peur. Je n'y suis pas retourné pendant longtemps. J'ai toujours été un un peu lâche et je me suis souvenu du fouet.

"Je ne crois pas que tu sois un lâche, Tom Gavot."

"Je le suis, un peu. Vous voyez, je déteste être blessé, je le redoute en quelque sorte, mais une fois que j'ai commencé, j'oublie et je continue comme tout le monde."

"Je pense que c'est être plus courageux que la plupart des gens. Si vous avez peur et continuez à faire des choses, ce n'est pas lâche." Donelle parla loyalement et Tom lui lança un long regard de gratitude.

Le printemps était dans le sang de Tom, cet ami récemment arrivé le développait rapidement.

"Eh bien, de toute façon, à l'âge de sept ans, j'ai de nouveau réussi la colline. À partir de ce moment-là, j'y suis allé tous les jours. Je pense qu'il doit y avoir une entaille dans un rocher où je m'asseyais pour jouer avec la route."

"Jouer avec la route ! Jouer avec la route !" répéta Donelle. "Oh ! mais tu es pédé. Qu'as-tu joué, Tom Gavot ?"

"Oh ! J'ai envoyé des gens de haut en bas. Les gens que je n'aimais pas, je les ai envoyés et je ne les ai jamais laissés revenir."

"C'est tout à fait charmant. Continue, Tom."

"Et puis j'ai décidé que quand je serais assez grand, je m'enfuirais avec ma mère. J'ai toujours voulu lui expliquer la route, mais je ne l'ai pas fait. Parfois, j'avais l'impression que des gens viendraient par la route. m'apportant les choses que je voulais.

« Quelles choses, Tom ?

"Oh ! toutes sortes de choses que les garçons veulent et n'obtiennent pas. Après avoir grandi et que le Père Mantelle ait commencé à m'enseigner, j'avais encore l'impression que la route était une amie, mais je ne jouais plus avec. Alors un été, des géomètres et des ingénieurs sont venus et un homme, c'était un type formidable, je me suis laissé lui parler et il m'a fait penser aux routes d'une toute autre manière. Je vous le dis, ma route était devenue assez défoncée, alors j'ai commencé à remplir " Les trous. C'était la seule chose décente que je pouvais faire quand je l'avais utilisé ainsi ; et en plus, cela me maintenait près des hommes et ils m'aidaient à savoir les choses que je voulais vraiment. "

"Quoi, Tom Gavot ?"

"Eh bien, je veux apprendre à construire des routes. Quand je le peux, je m'en vais et je ne reviendrai que lorsque je pourrai faire plus que combler des trous."

"Tu vas terriblement me manquer quand tu partiras !" dit Donelle. Tout cela lui semblait désormais imminent et réel. "Bien sûr que tu dois y aller, mais... eh bien, la route sera plutôt solitaire jusqu'à ton retour." Puis la jeune fille leva les yeux.

"J'ai en quelque sorte l'impression", dit-elle d'un ton fantaisiste, "que je devrais être le bon genre de fille pour marcher sur votre route, Tom Gavot."

"Eh bien, vous êtes."

"Non, je n'ai pas dit à Mamsey que je te connais. Je suis venu avec Nick quand Mamsey était à la ferme. Elle pense que je suis en train de filer ou de tisser, mais je me dépêche et je sors. J'ai espéré que quelqu'un lui dirait, mais ce n'est pas le cas."

« Est-ce que cela la dérangerait si elle le savait ? » demanda Tom, et son visage sombre rougit.

"Je ne sais pas, mais je pense que je dois *penser* qu'elle l'aurait fait ou je l'aurais dit. Elle et moi parlons de tout sans détour ; de tout sauf de toi."

Pendant un instant, les deux hommes marchèrent en silence. Puis Tom parla.

"Tu ferais mieux de lui dire", dit-il. Puis avec une tentative courageuse de gaieté : "Quand je reviendrai, Donelle, tout le monde pourra nous voir marcher sur la route et cela n'aura pas d'importance."

"Je vais le dire à Mamsey aujourd'hui", murmura Donelle. D'une manière ou d'une autre, elle avait l'impression d'avoir fait du tort à Tom. "Ce jour même."

Gavot la regarda en face. Il se sentit soudain vieux et détaché, comme s'il avait pris une longueur d'avance sur elle sur la route.

"Vos yeux sont d'une couleur étrange", dit-il, "on dirait qu'il y avait une lumière derrière eux qui brillait à travers."

Ils rirent tous les deux, puis Donelle lui siffla Nick et se tourna.

"Je vais dire à Mamsey," dit-elle, "au revoir."

Tom s'occupa d'elle et ses yeux devinrent durs et solitaires.

"Au revoir", répéta-t-il. "Au revoir", mais la jeune fille était hors de vue.

Cet après-midi-là, elle le dit à Jo, mais elle avança vers sa confession par une voie si indirecte qu'elle induisit Mam'selle en erreur.

"J'aimerais que tu me parles de Tom Gavot", dit-elle.

"Pourquoi ? Qu'importe Tom ? Pauvre garçon, il a un père bête."

« Sa mère était-elle une bête ?

"Non. C'était une âme triste et traquée."

"C'est dommage qu'elle soit morte, si elle avait attendu, Tom l'aurait emmenée sur sa route."

Jo leva les yeux de son travail de couture.

"De quoi parles-tu?" elle a demandé.

"Tom Gavot. Il jouait avec la route et maintenant il la répare. Un jour, il fera des routes. Ce seront des routes magnifiques, j'en suis sûr, et..."

"Que sais-tu de Tom Gavot, Donelle ?"

Jo a commencé comme elle l'avait fait lorsque Donelle lui avait parlé de Dan Kelly.

"Mamsey, ne sois pas en colère, je sais que j'aurais dû te le dire. Je ne sais pas pourquoi je ne l'ai pas fait, mais pendant que tu étais absent, je me suis dépêché et j'ai fait mon travail et puis j'étais si seul. Je suis sorti sur la route, Nick et moi, et j'ai trouvé Tom Gavot.

« Vous l'avez vu... souvent ?

Et maintenant, les yeux de Jo étaient sévères et effrayés.

"Eh bien, oui, je suppose. Je n'ai pas compté. Il semble que je l'ai toujours connu. Il est merveilleux. En plus de connaître les routes, il connaît les livres de toutes sortes. Le Père Mantelle lui enseigne. J'aimerais bien allez aussi apprendre du Père Mantelle.

"Eh bien, tu n'étudieras pas avec Tom Gavot !" Jo était perplexe. Elle décide de se rendre dès le lendemain chez le curé.

"Pourquoi pas, Mamsey ?"

"Une sorte d'apprentissage pour les filles, une autre pour les garçons." Jo a cassé son fil.

"Je me demande pourquoi, Mamsey ! Ils parcourent tous les deux le même chemin."

Ce mot rendit Jo nerveuse.

"Non, ils ne pas!" » dit-elle brusquement.

"Eh bien, je le ferai. Tu peux choisir ta route, n'est-ce pas, Mamsey ? Je veux dire le genre de choses que tu apprends ?"

"Non."

"Alors tout va mal."

"Arrête de poser des questions stupides, mon enfant, sur des choses que tu ne connais pas", l'interrompit Jo.

"Mais c'est pour ça que je pose des questions, parce que je ne sais pas. Sont-ils stupides ?"

"Oui, très bien. Maintenant viens, Donelle, et aide-moi à préparer le dîner."

C'était le lendemain en milieu d'après-midi que Jo partit pour chez le Père Mantelle. Sa mission était très simple : elle voulait que le vieil homme enseigne à Donelle. Mais pas pendant qu'il instruisait Tom Gavot !

Tandis qu'elle marchait sur la route boueuse, choisissant son chemin comme elle le pouvait, Jo réfléchissait à ce qu'elle devrait dire de ses relations avec Donelle. Elle avait appris à accepter ce qu'elle pensait que les gens croyaient et cela ne provoquait plus son indignation ; il y avait des problèmes plus graves. Mais l'incident que Donelle avait raconté de sa conversation avec Dan Kelly l'avait profondément excitée. Sa conscience de l'injustice ne pouvait la sauver du choc provoqué par le sens brutal de l'attitude de Dan.

"Ils finiront par penser que cette fille est la propriété commune si je ne la mets pas hors de leur portée", marmonna Jo, puis elle se demanda s'il ne serait pas plus sûr de révéler la vérité au père Mantelle. Serait-il plus sûr pour Donelle de se manifester sous son vrai caractère, en tant que fille d'un meurtrier présumé, ou de rester telle qu'elle était, la prétendue fille d'amour d'une femme abandonnée ? Pour elle-même, Jo Morey n'y prêta guère attention ; le respect d'elle-même qui l'avait toujours soutenue lui venait maintenant en aide. Si Donelle avait été la sienne, elle pensait que son héritage aurait été meilleur que celui qui lui revenait de droit de sa vraie mère.

"Les paroles d'un pasteur ne peuvent ni faire ni gâcher ces choses", murmura-t-elle, "et comme mon sang ne coule pas dans les veines de la jeune fille, mon bon sens peut la sauver, Dieu m'aide !"

Tandis qu'elle avançait péniblement, Jo pensait à Langley lui-même. Elle n'avait jamais cru à l'accusation portée contre lui. Elle ne le pouvait pas, mais quelle preuve avait-elle pour étayer sa croyance ? Et quelque part, dans le monde, peut-être, était encore vivant cet homme qui avait porté l'accusation. Ne pourrait-il pas, à cette heure tardive, se matérialiser et menacer Donelle si elle, Jo, laissait toute la lumière sur elle ?

Quelle raison y avait-il pour que cet homme étrange veuille prendre possession de l'enfant de Langley ? Avait-il peur d'elle ? Voulait-il la faire taire, ou – et ici la pauvre Jo s'est arrêtée sur la route et a respiré fort – avait-il cru que Donelle lui appartenait ?

Pendant un instant, Jo eut le vertige. Supposons qu'il le pense. Comment prouver le contraire ? Son insistance quant à la ressemblance ou sa croyance innée dans la réalité de son amour pèseraient-elles contre les preuves que cet inconnu pourrait avoir ?

Jo croyait de moins en moins que Donelle se souviendrait un jour du passé. Et si elle le faisait, à quoi cela servirait-il ?

"Je pense que je vais devoir laisser la pauvre enfant chanceler avec moi, attachée à son passé", a-t-elle conclu, "ses chances de sécurité sont meilleures, même si elle ne le saura peut-être jamais. Je pourrai peut-être l'empêcher d'entendre, les gens oubliez, et mon argent et son apprentissage peuvent aider. Jo soupira et continua son chemin.

Les relations entre le Père Mantelle et Mam'selle étaient très particulières. Le vieux prêtre admirait son intelligence et était amusé par son esprit vif et son indépendance. Il ne pouvait tout simplement pas lui rendre compte, ce qui ajoutait à son intérêt. Il n'était pas à Point of Pines depuis longtemps, il en quittait rarement et n'avait jamais de compagnie à moins qu'un père de passage ne s'arrête pour un rafraîchissement ou un rapport. Bref, Mantelle était autant un mystère que Mam'selle, et c'est précisément pour cette raison qu'ils se respectaient inconsciemment.

Ils n'avaient jamais discuté de religion, mais l'attitude de Mantelle envers Jo avait toujours été une attitude d'estime et de bon voisinage.

"Dans la solitude, la pauvre âme a trouvé sa propre rédemption", avait décidé Mantelle. Au début, il avait réfléchi à la solitude de Mam'selle, mais ne l'avait jamais remise en question, éprouvant beaucoup de sympathie pour quiconque, pour une raison quelconque, ne pouvait pas se mêler librement à ses semblables.

Lorsque Jo entra dans la maison du prêtre, sa servante, une vieille Indienne, lui montra une pièce du fond dans laquelle elle n'était jamais allée auparavant.

Il a surpris Jo par son confort et même son luxe. Des livres tapissaient les murs, des tapis recouvraient le parquet en planches grossières ; il y avait des chaises confortables, de larges tables et un feu clair brûlant dans l'âtre impeccable.

Le vieil homme était assis devant le feu et, lorsqu'il leva les yeux et vit Jo, son visage délicat rougit. Quelque chose dans ses manières attira immédiatement son attention. Aussi subtil que cela puisse être, elle en était extrêmement sensible.

"Il a entendu !" pensa Jo en se raidissant.

Le Père Mantelle l'avait entendu et il pensait, il espérait certainement que la fille égarée était venue se confesser. Ce n'était pas dans l'église, mais cela n'avait pas d'importance ; On arrachait davantage aux âmes lourdement chargées dans cette chambre confortable qu'on n'en avait jamais obtenu dans la petite église sur la colline.

Le curé se voulait très gentil, très tolérant ; il connaissait le monde en dehors de Point of Pines et était extrêmement humain lorsque les hommes et les femmes méritaient sa gentillesse. Mais jusqu'à ce qu'ils soient amenés au bon état d'esprit, la pitié devait leur être refusée, et cette révélation du passé de Jo l'avait énormément secoué. Certainement, quoi qu'il ait pensé d'elle, il n'avait pas pensé à ça ! Il sentait que lui, dans sa fonction et dans sa personnalité, avait été grossièrement trompé. Il avait été autorisé à s'associer sur un pied d'égalité avec une femme hors du commun. C'était scandaleux.

Quelque chose d'intangible, mais qui ressemblait étrangement à l'attitude de Dan Kelly envers Donelle, marquait l'attitude de Mantelle à l'heure actuelle. Une familiarité à moitié dissimulée, une prise d'autorité.

"Eh bien, eh bien, tu es venue, ma fille", dit-il en désignant Jo vers la chaise de l'autre côté de la cheminée. Il pensait que Jo avait été poussée vers lui dans son extrémité, il ne l'avait jamais appelée « fille » auparavant.

"Père," commença sans détour Jo, "je viens te demander de l'aide pour cette jeune fille que j'ai adoptée."

Le curé a trouvé Mam'selle durement. En effet, Longville lui avait dit, dans la plus stricte intimité, qu'elle était dure et provocante. Pour le bien de sa propre âme et de celui des autres femmes susceptibles de défier les lois de Dieu et des hommes, elle doit être amenée à un état de repentance. Maintenant qu'il comprenait les conditions, Mantelle était prêt à réduire Jo à cet état désirable. Il sourit gentiment, doucement ; il était un peu intimidé mais il réalisa que, malgré l'erreur de Mam'selle, elle n'était pas une femme ordinaire.

Il l'a gentiment conduite.

"Même si tu as accompli ton devoir tardivement, ma fille," dit-il doucement, "il est encore temps de lutter pour le meilleur bien de l'enfant."

Puis Jo lui fit part de manière assez concise de ses désirs pour Donelle.

"Je veux qu'elle apprenne tout ce que vous pouvez lui apprendre, Père," dit-elle, "et après ça, eh bien, je n'ai aucun projet, mais mon argent et ma vie seront consacrés à cette fille."

Il y avait un soupçon de défi et d'amertume dans le ton de Mam'selle.

Or, Mantelle n'avait aperçu la fille adoptive de Jo que de loin. N'ayant aucune autorité sur la paroisse de St. Michael's, il n'avait pas relié le passé de la jeune fille à l'institution qui s'y trouvait. Il avait demandé à Longville d'où Mam'selle Morey avait amené la jeune fille, mais comme Longville ne le savait pas, il avait laissé tomber l'affaire comme étant non essentielle, mais cela l'intriguait.

« Pensez-vous qu'il soit sage de garder l'enfant à Point of Pines ? Il a demandé. « Vous pensez que c'est pour son bien, après toutes ces années, de… de ramener le passé malheureux à… la surface ?

"Oui," répondit Jo et ses lèvres se rapprochèrent. Elle pensait à Dan Kelly, mais elle croyait au père Mantelle et elle pouvait le déjouer.

"Ma fille, penses-tu que ce serait juste pour la fille ?"

"Pourquoi pas?"

« Est-il juste, ou juste, qu'elle souffre pour le tort d'un… d'un autre ?

"Non, ce n'est pas bien." Jo a dit cela comme une vérité générale.

"Mais vous pensez que votre argent peut acheter des faveurs ? Mam'selle, vous avez tort. Il y a certaines choses que l'argent, même des années de vie irréprochable, ne peut acheter.

"Votre peuple, j'en suis sûr, vous a traité avec gentillesse et compassion, et il continuera à le faire si vous faites preuve de l'esprit approprié. Mais vous ne devez pas, ma fille, penser que l'or peut effacer le résultat du mépris des lois. de Dieu et de l'homme. Vous devez vous repentir, prouver que vous avez à cœur le meilleur intérêt de cette fille, et alors seulement l'avenir pourra être assuré.

Le visage mince et délicat était pâle et sévère, les yeux profonds brûlaient. Non seulement le caractère sacré de l'autorité de Mantelle, mais aussi sa position parmi les hommes étaient remis en question par la femme devant lui. Et Jo était provocante, cela ne faisait aucun doute.

"Votre bon cœur, ma fille, vous a trahie dans l'erreur. Avant d'amener cet enfant ici, vous auriez dû me consulter. Beaucoup de choses auraient pu être épargnées pour nous tous."

"Qu'auriez-vous conseillé ?" Mam'selle baissa les yeux et les sourcils menaçants semblaient cacher toute expression bienveillante de son visage.

"J'aurais dû fortement déconseiller de laisser des innocents souffrir pour des coupables !" La voix de Mantelle était sévère.

"Oui, mais il lui fallait un foyer, des soins, les meilleurs possibles."

"Donner cela, ma fille, n'est pas en votre pouvoir. En violant les émotions les plus sacrées de la vie, en méprisant les garanties mêmes de la société, vous vous mettez hors de portée, en ce qui concerne le meilleur bien de l'enfant. Les femmes devraient pleinement Comprenez-le avant de prendre la mesure fatale. Le prix doit être payé ! Si, en assumant vos fonctions à ce jour tardif, vous pouviez tolérer le passé, je vous aiderais, mais je ne peux pas vous conseiller de garder cette fille ici. Pour son plus grand bien, elle doit être sauvée, là où seuls ces malheureux peuvent être sauvés. »

"Et c'est?" La voix de Mam'selle était lente et égale.

"Au sein de l'Église, ma fille. Envoyez l'enfant à Saint-Michel ; qu'on l'y forme à une vie de dévotion et de service dans un domaine où la tentation, la faiblesse héritée..."

Mantelle n'est pas allée plus loin pour Jo – elle a ri !

Le prêtre se leva sur sa chaise, blanc de colère.

"Tu rigoles?" » dit-il comme si son ouïe l'avait trahi.

"Pardonnez-moi, Père, mais cela m'a semblé plutôt dur envers la jeune fille que, pour un tort qu'elle n'a jamais commis, elle soit condamnée à... à l'exil ; sans même lui donner sa propre chance."

"Tu lui as volé ça, ma fille!"

"Moi ? Pourquoi, comment le pourrais-je ? Et l'Église est-elle capable d'accepter n'importe quel service que ma... cette jeune fille pourrait rendre, alors que le monde est incapable de le faire ?"

"Ça peut."

Alors Mam'selle se leva. Ses mains patientes et fatiguées par le travail étaient croisées devant elle, elle levait ses yeux profonds et tristes.

"Père," dit-elle calmement, "vous sentez-vous que vous avez le droit d'adopter cette attitude à mon égard, sans même entendre mon point de vue ? Ma vie, telle que vous la connaissez, n'a rien fait pour me sauver de cette... de cette erreur de votre part. . Vous avez pris mon argent, quelle aide je pouvais apporter, et j'ai cru que vous étiez mon ami.

"Je le suis, votre véritable et unique ami." Mantelle fut trompé par le ton et les paroles.

"Vous m'avez montré qu'un homme ne peut pas être l'ami d'une femme ! Il ne peut pas lui rendre justice."

"Tu ne parles pas à un homme, ma fille !"

L'envie de rire consumait à nouveau Jo, mais elle la maîtrisait.

" C'est seulement à ce titre que je vous ai considéré, Père Mantelle, et vous m'avez fait défaut. Pour le reste, je n'ai laissé personne s'interposer entre ma conscience et mon Dieu ! Non. Si je demande encore de l'aide, ce sera à une femme ; elle au moins je peux comprendre."

"Une femme est plus dure envers les femmes dans des cas comme le vôtre, Mam'selle!"

Jo était reconnaissante que le prêtre ait enfin laissé tomber la « fille » répréhensible.

"Elle sera la première à se retourner contre toi."

"Et est-ce une femme qui est venue vers vous, Père, avec mon—mon problème ?"

Le visage de Mantelle rougit et Jo secoua tristement la tête.

"Je vois que ce n'était pas le cas. Donc le premier et le deuxième qui se sont retournés contre moi ont été des hommes. Bonjour, Père, et" - Mam'selle s'arrêta à la porte - "si jamais vous avez besoin d'aide pour donner à ce pauvre Tom Gavot son chance, je suis prêt à faire ce que j'ai toujours promis de faire, et je le fais pour le bien de sa mère.

La condamnation et le mépris résonnaient dans la voix de Jo. C'était sa dernière flèche et elle est tombée jusqu'au fond.

Le prêtre était pratique et, après avoir accompli son devoir chrétien, il pouvait se permettre d'être humain.

« Cela témoigne bien de votre bon sens, Mam'selle, » dit-il ; "que vous ne vous éloignez pas complètement de votre peuple." Puis Mantelle fit une pause : « Mam'selle ! il a dit.

"Oui père." Jo se tourna et leva ses yeux profonds vers son visage.

"Je me demande si tu *as* quelque chose à me dire que je devrais savoir en justice pour toi ?"

"Tu aurais dû y penser en premier, Père. Il est trop tard maintenant."

"Nous pouvons" (les manières récentes de l'homme lui tombèrent comme un vêtement inutile) "être amis, quand même?"

Jo rit encore une fois. Elle sentait que, grâce à quelque pouvoir bienveillant, elle avait retrouvé quelque chose de sa position perdue auprès de ce vieil homme solitaire. Puisqu'il ne pouvait pas la comprendre, ni la sauver, il était prêt à l'accepter.

"Père, j'ai trop peu d'amis pour les rejeter sans réfléchir."

Et puis elle sortit, plus mystérieuse que jamais pour Mantelle.

CHAPITRE IX

FEMME ET FEMME

C'était au début du mois de juin que Mam'selle apprit que la Walled House, la maison de campagne de quelques riches venus des États-Unis, allait être inaugurée.

Elle était fermée depuis de nombreuses années, mais récemment le maître était décédé et sa femme, accompagnée d'une équipe de domestiques et d'un vieil homme aveugle aux cheveux blancs, était revenue.

Au moment où Jo a entendu cela, son moral s'est élevé. C'était là une occasion inattendue de recevoir des conseils et, peut-être, de l'aide.

Les Lindsay de la Maison Fortifiée s'étaient toujours mêlés librement à leurs voisins ; M. Lindsay était un Canadien. Jo, dans ses premiers jours, les avait souvent servis ; leur avait vendu ses draps et ses laines à des prix qui lui semblaient fabuleux. Mme Lindsay, ayant pris goût à Mam'selle, essaya souvent de l'annexer à son établissement, mais l'indépendante Jo n'y consentit pas.

"Eh bien, Mam'selle", avait dit Alice Lindsay lors de leur dernier entretien, "si jamais je peux vous aider, laissez-moi s'il vous plaît."

"Je vais la voir maintenant!" décida Mam'selle.

Une semaine plus tard, vêtue de ses plus beaux atours absurdes, elle faisait le voyage dans sa caliche. Ses jours assis sur le puits près de Molly, ses économies en vêtements étaient terminés, elle était à la hauteur de ses ambitions pour Donelle et de son mépris de la moralité de Point of Pines. Extérieurement, Jo était assez impressionnante et même Dan Kelly était impressionné ; intérieurement, Jo était très châtiée par sa visite au Père Mantelle.

Elle avait maintenant des doutes quant au rôle qu'elle avait assumé pour le bien de Donelle. Peut-être vaudrait-il mieux laisser la jeune fille assumer le crime éventuel de son père et les méfaits de sa mère insensée, plutôt que le déguisement que Jo lui avait confectionné avec abnégation.

Et pourtant, même maintenant, elle ne pouvait pas se résoudre à exposer Langley mort à une accusation qu'elle ne croyait pas, mais qu'elle ne pouvait pas réfuter, et la jeune fille, elle-même, au danger. Ainsi, alors qu'elle se dirigeait vers la Maison Fortifiée, elle était très calme, très réservée, mais sa foi était forte. Elle entendait donner tout ce qu'elle avait osé du passé à la femme dont elle allait intéresser la sympathie et l'assistance. Elle était prête à mettre toutes ses futures laines et draps à la disposition de Mme Lindsay en échange de toute aide qu'elle pourrait obtenir pour le bien de Donelle. La pauvre Jo était prête à abdiquer, si cela valait mieux. Après ses mois de bonheur avec la jeune fille, après avoir vécu dans la chère compagnie et l'amour de la jeune nature ensoleillée, elle était prête à se tenir à l'écart pour le bien futur de la jeune fille.

"Elle ne sera pas condamnée à mort !" Jo renifla et Molly se cabra. "Saint-Michel ne l'aura pas. Mais il doit y avoir une place pour elle, et je l'aime assez pour m'écarter de son chemin. Je ne l'ai prise que pour le meilleur, pour son meilleur, et si je ne peux pas la garder, je je peux la laisser partir !"

Jo trouva Mme Lindsay sur le magnifique porche ombragé, la trouva changée, mais néanmoins charmante et gentille.

"Eh bien, c'est la chère Mam'selle au merveilleux linge !" Cria Alice Lindsay en étendant ses mains fines en guise de bienvenue. "J'ai pensé à toi. Comme je suis heureux de te voir. Tu as entendu ?" Mme Lindsay baissa les yeux sur la fine robe noire qu'elle portait.

"J'ai entendu", dit Jo et sa gorge devint sèche.

« Je… je suis revenue parce que mon mari semble plus ici que n'importe où, maintenant. Il aimait tellement la Maison Fortifiée ; il aimait son Canada, Mam'selle.

Jo pensait à deux semaines sombres et solitaires de son propre passé, lorsqu'elle s'était enfuie et s'était rendue dans la cabane déserte de Langley parce que lui, celui *qu'elle* avait connu et aimé, semblait plus là que partout ailleurs. Elle y avait enterré sa haine et son amertume à son égard. Elle le savait, maintenant, comme elle ne l'avait jamais su auparavant. Les deux femmes se rapprochaient par des courants de sympathie.

Ils prirent le thé ensemble, ils parlèrent des futurs lins et laines, puis Jo raconta son histoire, sans se soucier de l'impression qu'elle donnait. Elle ne pensait aveuglément qu'à Donelle, et Mme Lindsay ne la blessait pas par ses questions ou ses doutes.

Cette nuit-là, alors qu'un grand silence régnait sur la Maison Fortifiée, rompu seulement par les sonorités douces et tendres d'un violon joué au loin dans le jardin éclairé par la lune, Alice Lindsay écrivit une longue lettre à Anderson Law, le plus vieil ami de son père, le sien. fidèle conseiller et confident le plus proche.

Law était un artiste et un critique. C'est sur ce nom que le vieux Testy était appelé par ceux qu'il sauvait souvent de la folie de leurs fausses ambitions ; L'épreuve finale, par ceux qui sont venus humblement, tremblants, fidèles à lui avec leurs grandes espérances. Pour certains, il était Man-Andy, le nom qu'Alice Lindsay lui avait donné lorsqu'elle était petite.

MAN-ANDY : J'ai passé une merveilleuse journée. J'ai attendu pour vous dire que vos conseils quant à ma venue ici étaient bons. Je sais qu'il est lâche de fuir ses ennuis, ma chère. Les problèmes, comme tu le dis, ont leurs leçons divines, mais au début je ne pouvais pas croire que je trouverais Jack ici. Je redoutais le vide et la solitude, mais tu avais raison, n'est-ce pas ! Je ne suis pas désolé ici et j'éprouve le sentiment béni de paix qui ne peut survenir que lorsque l'on a choisi la bonne voie.

J'avais l'impression que tout ce qui valait la peine avait été pris : Jack, mes bébés. Il ne restait que l'argent, et ça, je le détestais, car il ne pouvait pas garder ce que je voulais. Mais vous avez été splendide lorsque vous avez dit : « faites de ce que vous méprisez une bénédiction ! » J'ai essayé, Man-Andy, d'en faire une bénédiction pour les autres, et cela devient une bénédiction pour moi. J'ai l'impression que je l'utilise pour Jack et pour les bébés et qu'ils le rendent sacré. J'avais peur que dans cette grande maison vide les fantômes ne me hantent ; pas les étranges fantômes de la vieille histoire de grandes dames et d'hommes fringants qui oubliaient leur mal du pays pour leur mère patrie en se délectant de cet abri du Nouveau Monde. Je n'y ai pas pensé, car vous ne vous souvenez pas des comiques chasses aux fantômes de Jack ? Comment a-t-il plaisanté à ce sujet, en disant qu'il attirerait encore un vieil aristocrate anglais ou français pour qu'il reste et sanctifie notre présence par son parrainage ? Mais ah ! Je redoutais les souvenirs des manières chères et joviales de mon homme, les jolis bavardages de mes petits bébés.

Et puis — je sais que je divague honteusement, mais je n'arrive pas à dormir, le clair de lune inonde le jardin — j'entends le violon du professeur Revelle. Andy, il a effectivement récupéré au niveau de la musique quand il pense que je ne sais pas. En regardant cette chère vieille âme, si semblable à un doux spectre, je me souviens à quel point vous, votre père et Jack adoriez sa musique et comment Jack a été affligé lorsque la maladie et la pauvreté l'ont arrêtée. Mais tu l'as trouvé, Man-Andy, et tu me l'as prêté pour le sauver, et au moins sa musique lui a été restituée. Pas avec son ancien feu et sa passion – je pense que si on lui faisait une demande, il pourrait être excité. Je prendrai peut-être des cours moi-même un jour. Mais il joue rêveusement, doucement lorsqu'il est seul, généralement dans le jardin et la nuit. Il oublie alors sa cécité.

Mais aujourd'hui, j'ai reçu un appel. Je me demande si vous vous souvenez de la gentille Mam'selle Jo Morey dont Jack et moi parlions ? Vous avez certains de ses draps dans votre studio. Vous vous souviendrez peut-être de l'incident de l'été où nous vous parlions de ses ennuis ; sa désertion par un homme du lieu et la mort de sa sœur imbécile ? Moi-même, je l'avais presque oublié, tant de choses s'étaient passées depuis, mais tout cela m'est revenu en mémoire aujourd'hui lorsqu'elle m'a raconté son histoire.

Andy, son histoire est la plus tragique qu'une femme puisse avoir ; de telles choses arrivent même ici. Elle n'a pas grincé des dents ni gémi, je l'aurais détestée si elle l'avait fait ; tu sais ce que je ressens à propos de telles choses. Ma Mam'selle Jo ne râle pas !

Il y avait un enfant, et maintenant que Mam'selle peut se permettre de s'en sortir, elle l'a pris. Elle l'a fait si doucement et simplement que cela a coupé le souffle à la très morale Point of Pines. Pourtant, avant que le souffle ne quitte le corps du hameau, il siffla ! Et quand il aura repris souffle, il va traquer cette pauvre Mam'selle, dont il n'est pas digne de toucher les chaussures. Il va traquer, grogner et casser, deux de ses habitants l'ont déjà fait, et la Mam'selle Morey ne va pas laisser son enfant harceler pour ce dont elle est innocente !

N'est-ce pas une situation ?

Mais la Mam'selle connaît son monde, et tous les mondes se ressemblent à peu près, Andy, et elle est prête, en échange du bonheur de son enfant, à y renoncer ! Cela m'a presque brisé le cœur lorsqu'elle me l'a dit ; elle ne voyait pas d'autre issue et elle exige farouchement que justice soit rendue à la jeune fille. Je vous le dis, il faut du beau et du grand courage pour renoncer, quand l'amour tente. Mam'selle aime cet enfant comme on aime souvent ces enfants, passionnément parce qu'ils coûtent cher.

Et cette Mam'selle Morey est venue me voir. Elle sentait que je pouvais comprendre, conseiller. Eh bien, je comprends à cause de l'attitude de Jack envers de telles choses, ainsi que de la vôtre et de celle de votre père. Dieu merci, les hommes que j'ai connus m'ont aidé à maintenir mes standards, et je comprends grâce à mes très chers bébés, qui ont laissé tant d'eux-mêmes avec moi lorsqu'ils ont dû partir.

J'ai eu chaud et froid en écoutant, Man-Andy, et je suis devenu gonflé et corpulent aussi. Comme je me glorifiais, pour le moment, de mon pouvoir. C'est bien d'avoir du pouvoir si vous le gardez à sa place.

Je n'arrêtais pas de me dire : "Maman, toi et moi allons gagner ! Et tu ne seras pas non plus le sacrifice ! Ensemble, nous pouvons jouer le jeu ; deux femmes devraient pouvoir voir qu'un enfant innocent a ses droits." !"

Man-Andy, j'ai retroussé mes manches, à ce moment-là, et ce cher vieux poème que tu aimes m'est venu à l'esprit, c'est souvent le cas ; celui-là sur les larmes :

Par chaque coupe de chagrin que tu as eu

Libère-nous des larmes et fais-nous voir correctement

Comment chacun a rendu ce qu'il était autrefois pour pleurer

Homère, sa vue ; David, son petit garçon ?

J'ai pensé à cette chère vieille aveugle Revelle ; il a quelque chose en retour, même si beaucoup lui est caché. Il a la sécurité et son violon. Et puis j'ai juré que cette courageuse et forte Mam'selle Morey aurait sa petite fille. Elle ne lui sera pas enlevée ; Je vais aider et donner sa chance à la fille, je suis assez féroce à ce sujet. Et ma Mam'selle la gardera à la fin, d'une manière ou d'une autre, j'y arriverai. Entre autres choses, cette fille devra comprendre… sa mère !

Man-Andy, dis-moi ce que tu penses de tout ça et parle-moi de toi ; des Norvals et du reste des gens que j'aime mais dont je n'ai pas besoin pour le moment. Et parlez-moi de votre triste devoir, cher homme. Allez-vous chaque semaine au Lonely Place ? Un jour, quand tout cela sera passé, vous viendrez ici, dans cette Maison Fortifiée. Vous et moi sortirons sur l'autoroute, nous agenouillerons sous l'une des hautes croix à pointes noires et blanches et rendrons grâce ! Man-Andy, ce soir, je peux rendre grâce d'avoir été utilisé, d'avoir utilisé le pouvoir que mon argent peut donner et d'avoir pu ne pas pleurer.

À ce long effusion de cœur, Anderson Law répondit dans le mois.

MA FILLE : tu as seulement fait tes preuves. Cela a pris un peu de temps, mais je savais que tu n'étais pas du genre à cacher ton visage et à fuir. Revelle et son violon sont à peu près la meilleure combinaison que je connaisse, je n'avais certainement pas compté sur le violon. Je pensais qu'avec soin et sécurité, il trouverait la paix et je savais qu'il serait bon pour toi ; mais je craignais que sa cécité ne tue sa musique.

C'est aussi une bonne chose, ma fille, que tes enfants n'aient pas fermé la porte de ta maternité en sortant. Vous n'auriez guère été digne d'eux si vous n'aviez pas appris la leçon qu'ils vous ont enseignée.

Quant à nous ici : Jim Norval fait de bonnes choses dans ses moments de génie. Quand le talent le saisit, il n'est pas si bon. Katherine, pour des raisons parfaitement exaltées, le conduit en enfer. C'est la situation la plus déroutante que j'aie jamais vue. On ne peut pas conseiller à un homme de quitter une épouse noble, morale et dévouée simplement parce qu'elle le pousse à la perdition et le prive de son droit d'aînesse, mais c'est la situation dans la famille Norval. Leur enfant n'a pas fini sa leçon !

La Maison Solitaire remplit toujours mon devoir, mais si le moment vient un jour où je peux me tenir à vos côtés sous la croix, il y aura beaucoup de choses, difficiles à supporter maintenant, qui rendront alors possible la gratitude. ANDY.

La lettre de Law est arrivée après que Donelle soit entrée dans la maison fortifiée où elle devait rester du lundi au vendredi de chaque semaine. Les week-ends appartenaient à Mam'selle Jo !

"Pendant un moment, Mam'selle", avait dit Alice Lindsay en tenant les mains de Jo tout en lui faisant comprendre qu'elle comprenait, "je vais enseigner moi-même à l'enfant et apprendre à la connaître. Nous n'avons pas besoin de planifier longtemps à l'avance. Il y a une chère, vieux musicien aveugle qui vit avec moi ; si la jeune fille a quelque penchant pour la musique, elle sera une aubaine pour lui.

"Je suis sûr qu'elle l'aura fait, Mme Lindsay," le visage simple de Jo était radieux, "son père l'avait fait, et elle chante toute la journée."

" Il faut l'amener tout de suite, Mam'selle, et croyez-moi, quoi qu'il arrive ou non, elle sera toujours à vous. Elle est votre récompense. "

Et dans la semaine, Donelle Morey arriva à la Maison Fortifiée.

Son entrée fut dramatique et fit une profonde impression sur Mme Lindsay.

Il y avait eu une dispute entre Jo et Donelle avant que l'affaire ne soit réglée, alors, même si elle n'était pas maussade, la jeune fille était décidément sur ses gardes.

Propulsée par Jo, elle entra dans la grande salle ensoleillée. Elle était très pâle et ses yeux jaunes étaient écarquillés et alertes.

"Ma chérie", avait dit Alice Lindsay, "j'espère que tu seras très heureuse ici."

"Je ne suis pas venue pour être heureuse, je suis venue pour apprendre", répondit Donelle, et sa voix sauva les mots de l'impolitesse.

"Peut-être que tu peux être les deux, chérie", mais Donelle regarda ses doutes.

Dès le début, elle a joué son rôle avec courage. Elle étudia assidûment et, lorsqu'elle reçut la liberté d'accéder à la bibliothèque, elle manifesta un intérêt vif et vital.

Elle n'était pas non plus indifférente à la gentillesse et à la considération qu'on lui témoignait, mais la sauvagerie de son sang reprenait le dessus et elle éprouvait souvent, comme elle l'avait ressenti à Saint-Michel, le désir de fuir la retenue ; même cette gentille retenue. Point of Pines lui avait donné un sentiment de liberté qui lui faisait désormais défaut. Les raffinements et la richesse de la Maison Fortifiée l'oppressaient, elle aspirait à Jo, aux tâches difficiles et peu attrayantes, aux discussions fortuites avec Tom Gavot. Mais, curieusement, c'était la pensée de Tom qui la maintenait dans son devoir. D'une manière ou d'une autre, elle n'osait pas s'enfuir et espérait garder son approbation. Alice Lindsay a vu quelque chose de son combat et elle y a réfléchi sérieusement. Gagner la fille entièrement à ses désirs à ce moment-là pourrait signifier la gagner à Mam'selle. Même si elle n'était pas une enfant, Donelle était très mal formée et pourrait facilement, si elle était conquise, être perdue au profit de Jo qu'elle considérait simplement comme un tuteur adopté. Elle était reconnaissante, elle aimait Jo, mais le lien secret qu'Alice Lindsay croyait exister ne faisait aucune part dans ses pensées.

"Mais elle sera gardée pour Mam'selle", a juré Alice Lindsay. "Je ne permettrai aucune autre solution. Si jamais le moment vient où elle comprend, elle connaîtra la splendeur de cette chère âme."

Alice Lindsay a donc mis Jo dans ses confidences.

" Il ne faut pas, Mam'selle, " dit-elle, " penser même que vous la renonciez. Elle est à vous et vous ne devez pas l'oublier, ni la priver de vous-même. Tenez les choses pour acquises ; qu'elle vous voie comme je vous vois. " !"

Le visage de Jo se contracta.

" Il n'y a aucune raison terrestre, " continua Alice Lindsay, " de vous effacer. Eh bien, cette fille ne connaîtra jamais une autre femme aussi belle que vous, Mam'selle. Pensez à la façon dont vous avez étudié et vous êtes placée dans un endroit où tant de gens se sont retrouvés. une femme aux avantages incalculables n'a pas atteint ! »

"Le père de Donelle était un érudit", balbutia Jo, ne sachant pas comment agir dans ce moment tendu. "Il m'a appris non seulement des livres, mais aussi comment penser."

"Oui, et souffrir, Mam'selle," Alice Lindsay contrôlait ses véritables émotions. Alors:

"Maman, Donelle doit apprendre à apprécier son héritage de votre part. Elle le fera, elle le fera ! Maintenant, abandonnez vos manières habituelles avec elle ; laissez-la vous voir !"

"Elle l'a toujours fait, Mme Lindsay."

"Très bien, ne la lâche pas maintenant !"

Alors Jo s'est permis le luxe de faire ce que son cœur désirait faire, elle a abandonné son attitude prudente et a joué pour la première fois de sa vie.

C'est lors des visites à la maison de Donelle le week-end qu'elle s'est manifestée pour la première fois dans son nouveau personnage de camarade. Par une météo particulièrement clémente, elle suggéra de camper dans les bois. Donelle et Nick étaient fous de joie, car Mam'selle était un génie du camping. Jamais elle ne s'était aussi réellement révélée qu'alors, et Donelle la regardait avec étonnement.

"Mamsey," dit-elle, "est-ce parce que je suis tellement loin de toi que tu sembles différente ? Tu es merveilleuse et tu connais les plus belles choses et étoiles du bois. C'est comme de la magie."

C'était comme par magie, et Jo a conclu à juste titre que quelque chose dans la jeunesse de Donelle réagissait à ces nuits dans les bois. Elle se rappelait le délire de la jeune fille, ses allusions aux errances fatigantes.

"Il semble", a dit un jour Donelle en serrant ses genoux près du feu rougeoyant, "il semble que j'aie déjà été ici."

"On ressent souvent cela," répondit Jo en préparant un repas parfumé, "et je ne dis pas que ce que nous transmettons de la même manière plus d'une fois. Il faudra peut-être plus d'une petite vie pour apprendre tout ce qu'il y a. savoir."

Et puis Donelle a parlé d'un livre qu'elle avait lu et ils sont devenus très amis. Un jour, Jo suggéra – c'était lorsque Donelle lui racontait comment elle vivait les semaines, uniquement parce que les week-ends étaient en vue – que Nick devrait rester à la Maison Fortifiée.

"Nick, veux-tu quitter Mamsey ?" Donelle tenait la tête du chien dans ses mains. Ce fut un moment horrible pour Nick. En fait, il s'est faufilé.

"Je te détesterais si tu le voulais !" » continua Donelle. "Maintenant, monsieur, qui choisissez-vous?"

Nick a sauvé la situation, il s'est dirigé vers Jo et lui a léché la main.

"Là!" s'écria Donelle en exultant ; "ça montre son sang."

"Cela montre son bon sens", a ri Jo.

Une fois, Tom Gavot a partagé leur feu de camp pendant une nuit. Il les attendait lorsqu'ils descendirent de cheval, les yeux brillants. Il portait un costume neuf et entier.

"Je m'en vais", a-t-il expliqué. Ce n'était pas une nouvelle pour Jo, mais cela a pris Donelle par surprise.

"Je vais au Québec", a-t-il poursuivi. "Le Père Mantelle a là-bas un ami qui doit m'emmener dans son bureau. Je vais m'initier aux routes. Tu vois, j'ai toujours su que j'aurais une chance !"

Il était très gai et plein d'espoir.

« Et comment ton père le prend-il ? demanda Jo en se penchant sur les flammes.

Le visage du garçon s'assombrit.

« Le père Mantelle lui a parlé », se contenta-t-il de dire.

Mais ce soir-là, Jo s'est montrée merveilleusement gentille. Elle a donné la permission à Tom de faire son propre lit de branches de pin dans les bois ; elle semblait même dormir quand, près du feu, Donelle, se serrant contre elle, son visage pâle brillant dans la lueur, dit à Tom :

"Je n'oublierai jamais les routes, Tom Gavot. Je les considère toujours comme des choses réelles, je l'ai toujours fait depuis que tu m'as dit comment les voir. Je suis sûr que tes routes seront très splendides."

"Ils seront très seuls, juste au début," Tom, allongé près du feu, sourit sombrement.

"Oui," Donelle acquiesça, "oui; ils le feront. Eh bien, Tom, je me tiens près des portes de la maison fortifiée et je regarde la route et c'est le sentiment le plus solitaire. Je pense à Mamsey à une extrémité et quelque chose en moi va il s'étire jusqu'à ce que ça fasse mal. Il s'étire et traîne le long de la route jusqu'à ce que je puisse à peine le supporter.

"C'est comme ça que ça se passera avec moi, Donelle," puis le visage du pauvre Tom rougit. "Ça ne te dérangera pas, n'est-ce pas, si je te dis quelque chose ?"

"J'adorerais ça." Donelle sourit joyeusement.

"Tu vois, je n'ai jamais eu personne qui s'en souciait depuis la mort de ma mère. Je n'ai jamais osé parler des routes à personne d'autre que toi. Tu avais l'air de comprendre, tu n'as pas ri. Et quand je pars à Québec et quelque chose en moi s'étend sur la route jusqu'à ce que ça fasse mal, ce sera toi à l'autre bout ! Tu ne ris pas ?"

"Non, Tom Gavot, je… je pleure un peu."

"Je pense que ce sont tes yeux, ils sont comme des lumières. Et puis tu es gentil, gentil."

A ce moment-là, Jo se secoua et se réveilla.

Quelques jours plus tard, Tom partait pour Québec et le mal du pays et le désir de Mam'selle de Donelle allaient être atténués par un événement inattendu.

Mme Lindsay n'avait pas pensé que Donelle participerait à la moindre comédie musicale, bien que Jo l'ait suggéré, car elle n'avait jamais chanté dans la Maison Fortifiée comme elle le faisait à Point of Pines. Il y avait des leçons, des promenades et des promenades en voiture ; Mme Lindsay devenait véritablement attachée à la jeune fille et de plus en plus déterminée à veiller à ce que la vie soit équitable avec elle, mais l'idée d'intéresser le vieux professeur Revelle ne lui venait pas à l'esprit. Le vieil homme timide et délicat se méfiait des étrangers avec une aversion positive. Il n'était pas hostile, mais sa perte de vue était récente. Sa pauvreté et sa maladie, dont Anderson Law l'avait sauvé, avaient laissé des cicatrices, et il restait dans les chambres que Mme Lindsay lui avait réservées avec une douce gratitude. Parfois elle y dînait avec lui ; il passait souvent des soirées avec lui ; mais pour la plupart, le vieil homme était le plus heureux seul.

Puis vint le jour où le jardin silencieux le tenta. Il avait entendu la voiture partir plus tôt et pensait que Mme Lindsay et l'inconnue étaient toutes deux parties en voiture.

Avec son violon sous le bras, Revelle sortit à tâtons de la maison ; il apprenait, lentement, comme le font les aveugles de ces derniers temps, à marcher seul. Au fond du jardin, il y avait une tonnelle, Revelle savait qu'elle était couverte de roses par le parfum, et il aimait y jouer, car personne ne le dérangeait jamais. Aujourd'hui, il a trouvé l'endroit et s'est assis. Son vieux visage devenait apaisé, plein de renoncement ; la peur et l'amertume avaient disparu.

Les roses le ravissaient, il pouvait les toucher en tendant la main ; ils étaient doux et veloutés, et il espérait qu'ils étaient roses. Il avait toujours aimé les roses roses. Et puis il a joué comme il n'avait pas joué depuis des années.

Près de lui était assise Donelle. Elle était en train de lire quand il entra. Elle ne bougeait ni ne parlait même si elle avait envie de l'aider et de le guider. Elle savait tout de lui, plaignait et respectait son désir d'être seule dans un monde très solitaire et sombre, mais elle ne l'avait jamais entendu jouer auparavant. Tandis qu'elle écoutait, ses yeux jaunes s'assombrirent. Jamais Donelle n'avait entendu une telle musique ; jamais elle n'avait été aussi glorieusement heureuse. Quelque chose en elle se sentait libre, libre ! Puis quelque chose, totalement indépendant de sa volonté, flotta après les notes ; il se reposait et palpitait, il... mais à ce moment-là Revelle, d'un large coup d'archet, s'arrêta !

Donelle se glissa à ses côtés, son oreille rapide capta le son.

"Qui est-ce?" » demanda-t-il brusquement.

"C'est... c'est Donelle, Donelle Morey. Je... je ne pouvais pas m'en aller ; s'il te plaît, ne t'en fais pas... si tu savais !"

« Tu savais quoi ?

"Eh bien, c'est ce que j'ai voulu toute ma vie. Je ne le savais pas ; comment pourrais-je ? Mais maintenant je sais, la musique me l'a dit."

La voix, l'intensité et la passion ont ému le vieil homme.

"Venez ici!" dit-il en tendant la main. "L'amour que tu as, est-ce que ça veut dire que tu chantes ? Ta voix est... est plutôt belle. Laisse-moi les doigts."

A moitié effrayée, Donelle plaça sa main dans la sienne.

"Oh!" Revelle palpait chaque centimètre de la main et des doigts minces. "La main longue et large entre les doigts ! Et le bout des doigts ; c'est la main du musicien à moins que la nature ne nous ait joué un tour. Me laisserez-vous savoir si la nature a dit vrai ?"

"Je... je ne sais pas ce que tu veux dire."

"Es-tu un jeune enfant ?"

"Non, je suis vieux, assez vieux."

"Lève-toi, laisse-moi sentir ta taille. Ah ! tu as le bon âge ! Assez jeune pour obéir ; assez vieille pour avoir faim. Es-tu belle ?"

"Oh ! Non. Je suis sûr que je suis moche."

"De la lumière ou de l'obscurité ?"

"Je suis blanc, je—je suis mince aussi."

"Puis-je toucher ton visage ?"

Tout simplement, Donelle s'agenouilla à nouveau et frémit lorsque les doigts délicats passèrent sur son front, ses yeux et sa bouche.

"Tu as une âme !" murmura Revelle.

"Une âme?" murmura Donelle.

" Ah ! oui. Vous ne savez pas. On ne retrouve son âme que lorsqu'on souffre. Vous êtes jeune, mais vous avez une âme. Gardez-la bien, bien ; et pendant que vous attendez, laissez-moi voir si la nature vous a fait pour l'usage. " . Si vous pouvez apprendre, je trouverai la joie. Je pensais que ma vie était finie.

Et ainsi Donelle commença à trouver son chemin sur sa route.

CHAPITRE X

PIERRE SE VENGE

La première année s'est écoulée, avec ces week-ends bénis qui arrivent maintenant, non pas comme les seuls points lumineux, mais toujours aimés.

"La jeune fille n'a peut-être pas un grand génie", a déclaré Revelle à Mme Lindsay, "elle n'ira peut-être pas beaucoup plus loin, mais à mesure qu'elle avance, elle avance radieuse. Son ton est pur, son oreille est vraie, et son âme, c'est une âme affamée, une âme qui attend. Elle souffrira, mais elle s'en portera mieux. Si jamais elle doit être grande, ce sera lorsqu'elle aura appris à connaître la souffrance.

Donelle avait une étrange habitude qui les amusait tous ; elle jouait mieux lorsqu'elle pouvait se déplacer. Tâtonnant, minutieusement, elle s'entraînait avec le vieil aveugle à ses côtés. Parfois, elle se promenait sous les arbres de la pelouse, son violon amoureusement caché sous son menton.

« Jolie petite chose pâle », disait souvent Alice Lindsay. "Que va faire la vie avec elle ?"

Au bout de trois ans, Donelle n'était plus une simple fille. Point of Pines était aussi détachée de ses véritables intérêts que St. Michael's. Elle adorait être avec Jo et Nick, mais le luxe et le confort de la Walled House faisaient désormais partie de sa vie. Elle aurait souhaité que Jo et Nick puissent venir la voir ; cela ne l'oblige pas à aller vers eux. Elle n'était pas plus égoïste ou ingrate que les jeunes le sont habituellement, mais elle était artistique et capricieuse et son esprit et son âme étaient pleins de musique et de beauté. Inconsciemment, elle avançait dans la vie par la voie la plus simple. La vie, elle devait l'avoir ; vivre pleinement, telle avait toujours été son ambition, mais elle n'avait pas encore appris, pauvre enfant, que le chemin court et direct qui s'étendait de manière si séduisante depuis la Maison Fortifiée n'était pas le meilleur pour son propre bien.

Pour Mme Lindsay, elle avait une profonde affection ; pour Revelle une passion de gratitude et de désir. C'était lui qui lui avait ouvert le ciel ; c'est lui qui l'a subtilement développée. Sans objectif précis, mais avec l'insistance que l'art exige toujours, il a fait valoir auprès de Donelle les arguments de la dévotion à son don, à son don de Dieu, a-t-il réitéré. Elle ne doit laisser rien, ni personne, se mettre en travers de son chemin. Elle n'en était digne que si elle abandonnait tout le reste pour cela.

Donelle avait accepté ce qui lui était proposé. Elle pensait que Jo Morey avait les meilleures raisons d'enterrer le passé. En grandissant, elle a compris la sagesse d'oublier beaucoup de choses et de se montrer digne de devenir ce que Jo, Mme Lindsay et surtout Revelle espéraient pour elle.

Les jours de la Saint-Michel ont été effacés, ils n'étaient au mieux qu'un incident. Jo lui donnait tous les avantages, elle devait faire sa part. Elle a vu les gens de Point of Pines sur la route alors qu'elle conduisait avec Mme Lindsay ou Jo et ils étaient comme des ombres pour elle, ils n'avaient pas leur place dans sa belle et protégée vie. Elle a eu des nouvelles indirectes de Tom Gavot, il taillait et piquait courageusement sa route, le pauvre type. Il aidait à subvenir aux besoins de son indigne père ; il devait rentrer un jour pour se montrer, mais le temps a passé et il n'est pas venu !

Et puis, tout à coup, Mme Lindsay a décidé de fermer la Walled House et de partir à l'étranger. La santé du professeur Revelle a été rétablie et Anderson Law lui a trouvé un emploi.

"Je veux emmener Donelle avec moi", a déclaré Alice Lindsay. " Elle est bien à vous, Mam'selle ; vous êtes la première à ses côtés, pour que je puisse la prendre en toute bonne conscience et lui donner tous les avantages qu'elle doit avoir. Elle finira par revenir vers vous, ou vous viendrez à elle. " son."

Les lèvres de Jo se rapprochèrent.

"Est-ce que mes draps paieront pour ça ?" elle a demandé.

"Ils m'aideront, Mam'selle, et tu n'as pas le droit de faire obstacle à Donelle maintenant que nous sommes allés si loin. Un jour, Donelle pourra me rembourser elle-même, elle a de grands cadeaux."

Jo réfléchit longuement et sérieusement. Dans son cœur, elle avait toujours senti que ce jour viendrait, dernièrement elle en avait été hantée. C'était inévitable. Dieu seul savait à quel point elle redoutait la séparation, mais elle ne refuserait pas sa main.

"Je suppose, Mam'selle, c'est ce que signifie la maternité ?" Alice Lindsay en a parlé avec audace et splendeur.

"Tout va bien", dit Jo, "c'est tout ce que cela devrait signifier. Je suis heureuse de ressentir ce que je ressens pour elle."

" Et, Mam'selle, cette fille vous aime très tendrement. Parfois, je pense qu'il faudrait lui dire... "

"Non, non, Mme Lindsay." Jo sursauta et rougit.

"Quand elle aura trouvé sa place et en sera sûre : quand elle aura tellement de choses que cela n'aura plus d'importance, alors elle saura tout. Je n'ai pas négligé cela, mais je ne peux pas le supporter maintenant. Je veux qu'elle soit capable de comprendre."

"Très bien, Mam'selle. Et maintenant, c'est à vous de lui faire sentir que vous désirez qu'elle profite au maximum de ses dons. Envoyez-la heureuse, Mam'selle, cela signifiera beaucoup pour elle."

Jo a donc commencé le nouveau rôle et a rendu Donelle malheureuse dans ses efforts pour réaliser l'inverse. Seule, dans la maison blanche de Point of Pines, Jo retrouva les vieux vêtements de son père et les contempla gravement. Elle retombait, la pauvre âme, dans sa vie vide.

Donelle n'avait pas accepté les plans proposés sans lutte. Elle était merveilleusement sensible et compatissante et sa vive imagination lui permettait de comprendre ce que l'avenir signifierait pour la pauvre Jo. Et puis elle a également reculé devant le déracinement. Ses rêves sur ce qui l'attendait étaient passionnants et passionnants, mais avec une parenté sincère, elle aimait les collines tranquilles, la merveilleuse rivière et la paix, la liberté et la simplicité qui étaient son droit de naissance.

"Parfois, j'ai peur", dit-elle à Mme Lindsay, "que cela m'assourde, me fasse taire, me tue !"

"Ce ne sera pas le cas, ma chère; et je serai toujours là."

"Si vous ne l'étiez pas, je n'oserais pas. Vous êtes le seul espoir, Mme Lindsay."

"Ce n'est pas le cas, Donelle. Le véritable espoir est ton don. Tu l'emmènes là pour le rendre parfait."

"Je l'espère. Et quand j'aurai appris, je devrai rapidement intégrer Mamsey dans ma nouvelle vie."

"Oui en effet!" Mme Lindsay hocha joyeusement la tête.

"N'est-ce pas étrange de voir comment certaines personnes font partie de vous ? Mamsey fait partie de moi, Mme Lindsay." Puis doucement, "Je suppose que tu sais comment Mamsey m'a eu et d'où ?"

» commença Alice Lindsay.

"Oui, Mam'selle me l'a dit", dit-elle.

"Je n'en parle jamais. Mamsey a pensé qu'il valait mieux que je ne le fasse pas ; mais je n'oublie pas ! Souvent, quand nous passons devant St. Michael's, je m'en souviens."

"Donelle, pourquoi me dis-tu ça maintenant ?"

"Juste parce que je veux que tu comprennes ce que je ressens pour Mamsey. Elle n'était pas obligée de faire des choses pour moi, elle a choisi de le faire, et je sais tout sur son filage, son tissage et... le reste. Je lui ai coûté beaucoup d'argent. , et je veux tout inventer."

Fièrement et heureusement, Donelle se leva. Et en la regardant, Mme Lindsay souhaitait ardemment que la vraie vérité soit cachée à la jeune fille. Mieux vaut l'incertitude de la naissance d'un tel esprit que la triste réalité. Ses relations avec Mam'selle seraient plus sûres si elle pouvait conserver sa croyance actuelle.

"Viens," dit-elle soudain, "prends ton violon et lève-toi, ainsi ! C'est ainsi que mon bon ami Anderson Law doit te peindre."

Donelle prit le violon ; elle le glissa sous son menton et y passa son arc avec amour. Le visage relevé souriait sereinement. Donelle n'avait plus peur ; quelque chose de plus grand qu'elle l'a attrapée et l'a portée en sécurité.

Les yeux d'Alice Lindsay s'assombrirent.

"La vie n'est pas tout ce qui attend l'enfant", pensait-elle. "Qu'est-ce que l'amour va faire d'elle ?"

Et puis, c'était deux jours avant le départ pour les States, Donelle est partie se promener sur la tranquille autoroute ! Elle avait dit au revoir à Jo ! Son cœur lui faisait mal à cause de la peur obsédante de ne pas être tout à fait sûre de Mamsey. Était-ce suffisant qu'elle se prépare à la vie ? Son but et sa joie étaient-ils plutôt altruistes ? Que diriez-vous de ces longues journées vides, où la Maison Fortifiée ne serait plus qu'un souvenir ?

Et Nick ! Le chien avait agi de façon si étrange. Ses yeux affreux, oui, ils étaient tout à fait affreux, étaient fixés sur elle depuis très, très longtemps, puis il était parti... vers Jo ! Après cela, il ne pouvait plus se laisser attirer par elle. C'était comme s'il disait :

"Très bien, pensez ce que vous choisissez, *je* n'abandonnerai jamais Mamsey !"

Jo avait essayé de lui arracher le chien ; l'avait sévèrement grondé, mais il ne voulait pas bouger.

Sa protestation silencieuse avait mis Donelle en colère, et elle s'en souvenait maintenant, marchant sur la route. Elle sentit ses larmes monter.

C'était une journée de calme et de sorcellerie. Jamais les arbres n'avaient été plus splendides, jamais la rivière plus changeante et plus belle. Et le calme, existait-il au monde un endroit aussi sacré et aussi sûr que celui-ci ?

Et juste à ce moment-là, vers Donelle, arriva une silhouette stupéfiante et misérable. La jeune fille s'arrêta net et l'homme, la voyant, s'arrêta également, à moins de vingt pieds.

"C'est le terrible père de Tom Gavot", pensa Donelle. Elle n'avait jamais été aussi proche de quelque chose d'aussi répugnant auparavant. Elle n'avait pas vraiment peur, la journée rendait les choses assez sûres, mais elle estimait les meilleures chances de s'en sortir et de s'en sortir.

Gavot la connaissait. Tous les Point of Pines la connaissaient et faisaient des remarques haineuses à son sujet chez Dan's Place. Ils étaient comme une meute vaincue. Même le père Mantelle avait le sentiment d'avoir été incapable de faire face à une situation qui ne devrait pas exister. Cela mettait l'accent sur l'immoralité.

"Ha!" Pierre Gavot chancela et éclata de rire. Lorsqu'il en était aux premiers stades de l'ivresse, il était diaboliquement vif. Ses sens se révoltaient toujours avant de se rendre.

"Donc!" » cria-t-il de sa voix épaisse et avec cette galanterie débauchée qui le caractérisait, « Alors ! c'est le salaud de Mam'selle habillé et prêt à s'enfuir comme son foutu père l'a fait avant elle, laissant Mam'selle profiter du bord brisé. morceaux. Maudis-toi, pour ce que tu es ! »

Les veines gonflèrent sur le visage de Gavot, un désir confus et bestial de vengeance contre quelqu'un, d'une manière ou d'une autre, le possédait.

"Vous avez pris tout ce qu'elle avait à donner, comme votre père l'a fait avant vous, foutez-le ! Et maintenant, comme lui, vous la chassez de votre chemin. Elle, qui s'est dépensée."

Les mots brûlaient l'âme de Donelle, mais ils engourdissaient les sensations au fur et à mesure. C'est plus tard que le mal viendrait ! Maintenant, il n'y avait plus qu'une chose à faire, dépasser la bête sur la route et se mettre derrière les murs de sécurité.

Alors Donelle s'élança si brusquement que Gavot chancela de surprise. Elle lui lança un regard horrifié et disparut !

Personne ne l'a vue entrer dans la maison. Elle respirait fort, son visage était comme un visage mort, figé et cireux. Dans la grande salle se trouvait un stand de livres. Il y avait dessus un dictionnaire.

Donelle répétait sans cesse un mot dans sa tête. Un mot étrange et effrayant, elle devait le connaître – ce mot. Cela expliquerait peut-être quelque chose.

Les mains tremblantes l'ont trouvé, les yeux écarquillés l'ont lu une fois, deux fois, trois fois.

Lentement, alors, les pieds lourds montèrent les escaliers peu profonds. Comme le vieux Revelle aveugle tâtonnait dans le hall supérieur, Donelle tâtonnait maintenant. Elle arriva dans sa chambre, ferma la porte et la verrouilla. Puis elle s'assit près de la fenêtre et commença à souffrir. Le terrain sûr sur lequel elle avait marché ces dernières années s'est effondré. Elle parvint enfin à atteindre Saint-Michel. Oui, elle se souvenait de Saint-Michel, mais depuis combien de temps elle était là avant que Jo la trouve, elle ne s'en souvenait pas !

Mais c'était clair : c'est Jo, et non son père, qui l'avait mise là. Jo avait inventé la triste histoire pour la sauver, Donelle ! Elle portait le nom de Jo, et c'était aussi pour la sauver. Et son père avait abandonné la pauvre Mamsey depuis longtemps et elle avait profité au maximum des morceaux qui restaient !

C'est ce qu'avait dit cet horrible homme. Et ils l'avaient tous su, depuis toujours. C'était pour cela que personne ne venait jamais à la petite maison blanche ; c'était pourquoi Jo l'avait mise dans la Maison Fortifiée, pour la sauver. Et Jo était restée dehors comme elle l'avait toujours fait, dehors, profitant au maximum des moments !

Enfin, une fureur sauvage et brûlante s'empara de la jeune fille, une sorte de fureur qui en voulait à l'amour qui la plaçait dans une position qui ne lui convenait pas pour le seul rôle qu'elle pouvait décemment jouer. Bien sûr, ils ont dû se rendre compte qu'elle le saurait un jour et qu'ils devraient abandonner ! Elle ne pouvait pas continuer cette imposture et être heureuse. Ils lui avaient escroqué la vie en pensant l'avoir sauvée pour la vie. C'était cruel, méchant ! Les yeux jaunes brillaient et les mains fines se crispaient.

"Qu'est-ce qu'ils m'ont fait ?" elle gémit.

Et ainsi tout au long de l'après-midi, seule et poussée aux abois, Donelle a souffert. Le soleil s'est couché, laissant sa bénédiction sur la magnifique rivière qui scintillait et palpitait en gonflant avec la marée haute et pleine, mais il n'y avait pas de paix pour Donelle. Une honte qu'elle ne pouvait pas comprendre l'envahit. Son sexe non éveillé luttait contre le sinistre spectre.

Puis la mémoire a aidé la jeune fille et elle est devenue une femme alors qu'elle était assise seule dans la pièce immobile ; une femme si pure et simple que Jo a été sauvée.

Comme l'amour de la pauvre Jo a dû être grand, toujours ! Comme elle avait peu demandé, avec quel courage elle avait supporté son châtiment !

Les soins et le dévouement des longues nuits où Donelle était si malade revenaient comme des rêves et hantaient la jeune fille. C'était le début de Jo, et c'était la fin ? Mais l'était-ce ?

C'était entre ses mains, celles de Donelle, de décider. Elle pouvait rester tranquille ! Elle pourrait se suicider, la rendre belle, et peu à peu elle pourrait revenir à Mamsey. Alors elle disait : « Ceci, je l'ai fait pour toi ! Mais je ne pouvais pas le faire à ce moment-là ! Je ne pouvais pas abandonner alors », murmurait Donelle.

Puis le cadeau a retenu la jeune fille, a chassé la tentation. Il y avait la petite maison blanche et solitaire sous la colline à Point of Pines et Mamsey qui, ce matin-là, avait dit :

"Enfant, je suis plus heureux que tu ne le penses de pouvoir te donner ta chance."

Sa chance !

À ce moment-là, une femme de chambre frappa à la porte et lui donna un message.

Mme Lindsay serait retenue pour le dîner et ne rentrerait que tard.

« Nous devons partir demain, dit la jeune fille, très tôt.

Et encore une fois, Donelle était seule avec sa chance !

Plus tard, elle dîna tranquillement dans la salle à manger en chêne sombre. Des bougies brûlaient ; il y avait un feu ouvert dans la cheminée et des roses de serre jaune pâle sur la table. Jamais la jeune fille n'oublierait ce dernier repas dans la Maison Fortifiée. Et puis, elle se retrouva seule à l'étage avec… sa chance !

Elle se dirigea vers la fenêtre et regarda dehors. Une lune montante éclairait la route, La Route !

Soudain, Tom Gavot sembla se tenir dans le vide et lui faire signe de quitter cette route avec laquelle il jouait lorsqu'il était un enfant triste et négligé. Comme il l'avait fait paraître propre et beau ; lui qui était issu d'un tel père ! A ce moment Pierre Gavot disparut, il avait pollué la route, mais Tom l'avait sanctifiée.

La route était désormais libre pour Donelle de choisir. Doit-elle franchir la colline pour retrouver la vie ou… Et c'est ainsi qu'elle se débattit. Elle entendit Mme Lindsay revenir, mais il ne lui vint à l'esprit de se confier à personne. La honte n'était supportable que si elle la supportait en secret, mais où la supporterait-elle ? De l'autre côté de la colline, là où personne ne le savait ; où Mme Lindsay et Jo empêcheraient les gens de savoir ? Pourrait-elle être heureuse et oublier ?

Donelle a pris son violon. Elle le serra contre elle. Ça pourrait lui faire oublier, il le *faut* ! Même si elle réveillait la maison, elle sentait qu'elle devait jouer.

Mais elle ne pouvait pas jouer ! Sa main était lourde, son cerveau terne.

Puis quelque chose que Revelle lui avait dit un jour lui vint à l'esprit.

"Vis toujours bien, mon enfant. Tu ne pourras jamais avoir ton don à son meilleur si tu ne gardes pas sa place sainte. Peu importe ce qu'on te dira, garde l'endroit propre et droit dans lequel vit ton don!"

C'est alors que Donelle s'habilla d'un costume simple et chaud, prépara un petit sac, prit son violon, laissa un mot sur sa coiffeuse et continua : Tom Gavot's Road ! Juste un instant, elle resta devant les hautes portes et regarda avec mélancolie la colline, puis elle se tourna comme si elle abandonnait toute la joie et la promesse de la vie et tourna son visage vers Point of Pines.

CHAPITRE XI

LA GRANDE DÉCISION

Donelle s'est fait un petit feu ce soir-là à l'abri d'une pinède. Elle dormait aussi, adossée à un arbre robuste, et le bruit de la rivière dans ses oreilles.

Elle avait marché vite pendant plusieurs kilomètres. Elle était fatiguée, mais elle avait l'intention de continuer et d'atteindre la Pointe des Pins avant que quiconque ne la voie ; avant que Mme Lindsay puisse arriver et parler à Jo.

A trois heures, elle se leva et partit. Il n'y avait personne d'autre au monde, semblait-il, elle était seule, seule. Mais quelque chose la fortifiait, elle n'avait plus de chagrin ni de remords. Elle était, pauvre enfant, en train d'apprendre une formidable leçon, elle avait un idéal pour lequel elle était prête à souffrir et à mourir. Elle avait trouvé son âme et la paix lui était venue ; une paix que le monde ne peut ni donner ni retirer.

"Je suis heureux!" murmura Donelle ; "Je ne suis pas du tout désolé. Je me serais détesté si j'étais parti, après l'avoir su."

L'aube grise s'avançait avec une touche glaciale sur la route déserte lorsque Donelle, souffrant de douleurs aux pieds et de douleurs dans tous les muscles, apparut en vue de la petite maison.

"Eh bien, il y a une lumière qui brûle !" dit-elle, "une lumière dans le salon. Peut-être que Mamsey est malade, malade et toute seule."

La peur la poussait à avancer plus vite.

Elle monta les marches doucement et regarda dans la pièce. Plus rien n'avait d'importance pour Jo, elle n'avait plus rien à cacher, donc elle n'avait même pas baissé le store.

Et elle était là, hochant la tête devant le poêle dont le feu était éteint depuis longtemps. Elle portait les vieux vêtements abandonnés de son père – elle les avait ressuscités après avoir dit au revoir à Donelle –, elle avait travaillé dur jusqu'à tard, s'était endormie épuisée près du feu et avait oublié de se coucher.

Près de Jo, si près que sa fidèle tête reposait contre son bras, se trouvait Nick !

Il ne dormait pas, il montait la garde. Il avait entendu ces pas dehors ; il les connaissait et ses oreilles étaient dressées et alertes. Pourtant, il ne quitterait pas Jo ! L'heure du choix était venue et révolue avec Nick. Son cœur allait peut-être se briser mais il avait décidé.

La porte s'ouvrit doucement, Jo ne la verrouilla jamais et Donelle traversa la pièce sur la pointe des pieds. Nick tapota le sol, mais ne bougea pas.

À côté de Jo endormie, la jeune fille s'accroupit et attendit. Elle pleurait, des larmes bénies et heureuses, et une main fatiguée reposait sur la tête de Nick.

L'horloge de la cuisine sonna de façon surprise et alarmée. Comme Donelle s'en souvenait bien ! Le soleil pénétra par la fenêtre est et trouva le petit groupe près du poêle froid.

Puis Jo se réveilla. Elle n'a pas bougé, elle a seulement regardé ! Elle n'y parvint pas et poussa une exclamation d'impatience. Elle sentait que son esprit la trahissait.

"Donelle!" dit-elle à ce moment-là, "qu'est-ce que cela signifie ?"

« Seulement que je… je suis venu, Mamsey. »

"Dis moi tout." Les mots étaient sévères.

"Eh bien, Mamsey, il n'y a pas grand chose à dire, sauf que je suis là."

"Comment es-tu arrivé là?"

"Je—j'ai marché. J'ai marché toute la nuit."

"Et Mme Lindsay, elle le sait ?"

" Oh ! non, Mamsey, elle était absente, mais j'ai laissé un mot. Je devais venir Mamsey, je devais le faire. Vous voyez, " vivement, pitoyablement, " je… je ne pouvais pas jouer de mon violon. Ce ne serait pas Quand j'ai commencé à penser à comment ça se passerait là où j'allais, je ne pouvais tout simplement pas ! Les jolies robes et l'excitation m'ont fait oublier pendant un petit moment, mais tout d'un coup j'ai vu à quel point c'était Alors j'ai essayé de jouer, et je n'ai pas pu ! Ensuite, j'ai su que je devais rester, parce que plus que tout, Mamsey, je voulais… toi !"

"C'est un pur non-sens !" dit Jo, mais sa voix tremblait et la main posée contre la joue de Donelle tremblait.

"Espèce d'enfant fou ! Pourquoi, Donelle, ne vois-tu pas que tu fuis ta vie ?"

"Il faudra donc qu'il me trouve ici, Mamsey. Ne me renvoie pas. Je détesterais ça comme j'aurais détesté Saint-Michael si tu m'avais renvoyé là-bas. Tu vois, Mamsey, quand je m'enfuirai, je Courez toujours vers ce qui est vraiment à moi. Ne voyez-vous pas ? »

"Es-tu malade, mon enfant?"

Jo sentit, maintenant, le visage relevé.

"Non, mais j'aurais été là-bas ! Et je ne pouvais pas jouer. À quoi cela aurait-il servi si je n'avais pas pu jouer ?"

Jo était complètement alarmée.

"Peux-tu jouer ici ?" » demanda-t-elle, perplexe, ne sachant que penser, mais cherchant à calmer la jeune fille par terre.

"Eh bien, Mamsey, laisse-moi essayer !"

Et Donelle essaya, se levant avec raideur, fixant le violon et levant l'archet.

Un moment d'indécision, de peur ; puis l'éclat chassa les rides hagardes du visage fatigué et blanc.

Elle pourrait jouer ! Elle se promenait dans la pièce ordinaire. Elle avait oublié Jo, oublié ses ennuis, elle savait que tout allait bien maintenant ! La réponse définitive lui avait été donnée ! Quand elle eut fini, elle se plaça devant Jo et Nick se glissa vers elle. Lui aussi avait le sentiment que quelque chose qui n'allait pas du tout était réparé.

Mme Lindsay est arrivée plus tard. Elle était alarmée et en colère. Elle et Jo attaquèrent la position de la pauvre Donelle et furent indignées d'être obligées de le faire ; eux, femmes et sages ; elle, une fille têtue et impuissante !

"Je ne pouvais pas quitter Mamsey", fut sa seule réponse, et elle parut évanouie à cause de la lutte.

"Mais Mam'selle ne veut pas de toi !" » dit Mme Lindsay presque brutalement, voyant qu'elle n'avait que trop bien réussi à préserver cette fille pour Jo. "Tu n'as pas le droit de devenir un fardeau, Donelle, quand tu as la possibilité d'être indépendante."

"Suis-je un fardeau ?" Donelle tourna vers Jo un regard las et patient. Et Jo ne pouvait pas mentir. Ce visage blanc de jeune fille lui serra le cœur.

"C'est un tempérament fou !" s'exclama Alice Lindsay. "J'ai très envie de te prendre de force, Donelle. Je le ferai si Mam'selle me donne l'ordre."

"Mais tu ne le feras pas, n'est-ce pas, Mamsey ?"

Jo ne pouvait pas parler. Puis Donelle se tourna vers Mme Lindsay avec des yeux gentils et suppliants.

"Tu vois, je ne pourrais pas jouer si j'étais traîné. Quand je suis traîné, je ne peux jamais rien faire. J'aimerais pouvoir te dire à quel point je suis désolé et combien je t'aime ; mais je suis si fatigué. Quand je j'ai commencé à penser à Mamsey ici seule, et la Maison Fortifiée a fermé, pourquoi——"

Alice Lindsay se détourna des yeux tristes et de la bouche tremblante.

« Écoute, chérie ! dit-elle de son vieux ton doux ; "J'ai assez vécu avec des natures comme la vôtre pour les comprendre. Reste avec Mam'selle cet hiver, Donelle, et réfléchis à ta sortie. Tu as l'esprit clair, tu verras que ce que nous voulons tous faire pour toi est bien " Au printemps, je reviendrai, nous aurons un autre été dans la Maison Fortifiée. Dans un an, tout ira bien et en sécurité. Le voyage à l'étranger peut attendre, tout attendra, pour toi. Maintenant, tout ira bien, Donelle. ?"

Elle se tourna vers la jeune fille en souriant et Donelle lui tendit les mains avec reconnaissance.

"Oh ! comme je vous remercie," dit-elle, "et je vous aime et je vous fais confiance. J'essaierai d'être bonne. Oh ! si seulement vous saviez vraiment !"

« Tu savais quoi, Donelle ?

"Pourquoi, comment je ne pourrais pas vivre là-bas, même avec toi, si je me souvenais de Mamsey assise ici en train de tirer le meilleur parti des morceaux qui restent." Puis Donelle s'est effondrée et a pleuré violemment.

Pourtant, elle n'était pas malade. Elle était épuisée au bord de l'endurance, mais après un jour et une nuit de repos dans la chambre à côté de Jo, elle se releva, à nouveau toute seule.

"Et nous n'en dirons pas plus jusqu'au printemps", a juré Jo, mais une merveilleuse lumière s'était glissée dans ses yeux.

"Je suis un groupe égoïste et indigne——" Mais la lumière resta dans ses yeux.

Puis un jour, Donelle a pris son violon et est sortie seule pour tester la vertu de son sentiment de sécurité et de bonheur. Elle descendit jusqu'à la rivière et s'assit sur les rochers nus et noirs. La marée était basse et la journée ressemblait plus au printemps qu'au début de l'automne.

"Et maintenant", murmura Donelle, "je vais jouer et réfléchir. Je dois trop agir quand Mamsey regarde."

Donelle savait qu'elle devait démêler de nombreux détails, maintenant qu'elle avait cassé son fil. Elle ne voulait pas, par-dessus tout, que Jo connaisse la raison profonde et réelle de son retour. Mais comment pourrait-elle en être sûre avec cet horrible homme, Pierre, en liberté à la Pointe des Pins ? Peu importe à quel point elle et Jo pouvaient se sentir seules, si seulement elles pouvaient s'entendre sans que leur secret commun ne s'élève entre elles.

Donelle était restée proche de Jo depuis son retour, elle se retirait de tout le monde. Elle comptait se rendre un jour chez Marcel Longville, quand le capitaine serait à bonne distance. Elle voulait que Marcel lui dise beaucoup de choses, mais pas maintenant ! Elle allait affronter l'avenir avec courage, sans honte ni reculer. Jo devrait au moins avoir cette récompense.

Pendant ce temps, Donelle souhaitait ardemment et avec une franchise primitive que Pierre Gavot meure d'une mort rapide et satisfaisante et soit bien à l'écart avant de s'enivrer à nouveau suffisamment pour ouvrir ses viles lèvres.

" S'il était ici maintenant ", pensa Donelle tout en jouant une charmante sonate, " je le pousserais hors des rochers et j'en finirais avec ça ! À quoi sert-il ? Toute sa vie, il a gâché les choses, et je suis J'ai horriblement peur de lui. J'aurais aimé qu'il soit mort.

Un crépitement des buissons secs la fit sursauter et elle se tourna pour voir, descendant l'emprise menant de la route à la rivière, Tom Gavot !

Donelle le reconnut tout de suite, même si ses beaux vêtements, son beau et joyeux visage faisaient de leur mieux pour le déguiser.

"Pourquoi!" cria-t-elle en se levant avec un sourire, "quand es-tu revenu ?"

"Il y a une semaine", dit Tom, "et il était temps. Cela fait trois ans que je suis parti." Il rayonnait devant la jeune fille. "J'ai appris à voir une route là où il n'y a même pas de sentier", poursuit-il. "Je suis géomètre. Et vous ?" Il jeta un coup d'œil à son violon.

"J'ai appris à jouer du violon." Les yeux de Donelle ne pouvaient quitter le beau visage sombre. C'était un visage si bon et si courageux, et le simple fait que Tom Gavot soit revenu semblait rendre les choses plus sûres. Tom était comme ça, calme, fort et en sécurité ! En un éclair, Donelle réalisa que le sentiment de honte et de dégradation qui l'avait chassée de la Maison Fortifiée la conduisait maintenant vers Tom Gavot. Elle était sûre que lui, ainsi que tous les autres, savait ce qu'elle savait elle-même maintenant, et pourtant cela n'avait pas incité Tom à la mépriser.

Ses lèvres frémirent et ses yeux se remplirent.

"C'est si bon de te voir !" dit-elle doucement.

Le visage de Tom était soudain très sérieux.

"Je suis revenu pour voir comment les choses se passaient", dit-il doucement, "et maintenant que je suis ici, je vais rester."

"Combien de temps?" la question était lourde de désir.

"Jusqu'à ce que ce ne soit plus nécessaire", dit Tom. Puis il a fait fi de toute prudence. "Mon père me l'a dit !" " Il respirait fort, " m'a-t-il dit ! Est-ce que toi, une fille comme... comme toi, vas-tu laisser les paroles folles d'un homme ivre te faire reculer ?

Pendant un instant, Donelle hésita. Y aurait-il une erreur ? Elle n'y avait pas pensé.

"Si ce qu'il a dit, Tom Gavot, était vrai, j'ai dû faire demi-tour. Les mots *étaient* vrais, n'est-ce pas ?"

Tom avait envie de mentir, avait envie de la libérer de l'horreur qu'il voyait la remplir, mais il était trop sage et trop juste.

" Supposons qu'ils l'étaient, supposons qu'ils l'étaient ! Supposons que Mam'selle ait subi le tort le plus noir qu'un homme puisse faire à une femme ; n'a-t-elle pas payé cela de sa vie et de sa bonté ? "

"Oui, Tom, elle l'a fait !"

L'espoir avait disparu du visage de la jeune fille, mais la détermination et la force étaient là.

" Et c'est pourquoi je suis revenu vers elle. Pendant un instant, Tom Gavot, je me suis tenu sur ta route, la route avec laquelle tu as joué et réparée. J'avais envie de gravir et de franchir la colline en courant. J'avais envie de tourner le dos au chose horrible que j'avais entendue, mais je ne pouvais pas, Tom, je ne pouvais pas. J'aurais semblé trop méchant pour être sur ta route. Je crois que quelque chose est mort en moi alors que je me levais, mais quand j'ai pu réfléchir une fois de plus, j'ai Je n'ai pas souffert, sauf pour Mamsey. Je suis tellement reconnaissante de ressentir cela. Je veux me rattraper - pour - pour mon père. Il l'a quittée, mais je ne le ferai jamais. Pourquoi une fois, Tom, je lui ai demandé à propos de mon père, c'était il y a longtemps, et elle a dit que c'était un *bon père* ... Et puis je lui ai posé des questions sur... sur ma mère, et elle est restée tranquille. Elle m'a laissé penser que ma mère n'était... pas bonne, elle ne ferait pas de mal à mon père ! Mais oh ! si je pouvais seulement l'empêcher de savoir que je sais. Si seulement je pouvais lui faire croire que je suis revenu vers elle simplement parce que je la voulais ! Je ne veux pas qu'elle pense la vérité ! Cela la tuerait, je Je sais. Elle est si fière. Si bien. Je veux la rendre heureuse à ma manière.

"Elle pensera ça, si je peux l'aider !" dit Tom.

"Mais tu ne dois pas rester ici pour moi, Tom. Je ne pourrais pas supporter ça."

"Regarde ici, Donelle. Si tu as fait demi-tour, moi aussi. J'avais le choix d'aller aux États-Unis ou de superviser des travaux dans les collines ici. J'ai choisi."

"Mais, Tom, tu ne dois pas faire demi-tour."

"Peut-être qu'aucun de nous n'a fait demi-tour," se détendit le visage sombre de Tom. "Quand les choses vous donnent le vertige, vous ne pouvez pas toujours dire ce qui est en avant ou en arrière. J'aimerais que vous jouiez du violon."

Donelle le regarda avec une sorte de gloire dans les yeux.

"Je le ferai", dit-elle; "et après, tu devras me parler de tes routes, des routes que tu peux voir quand il n'y a pas de routes !"

"C'est une bonne affaire."

Alors Tom s'assit sur un rocher et Donelle allait et venait sur le chemin feuillu et, tout en jouant et jouant, elle souriait avec contentement à Tom par-dessus son arc. Quand elle était fatiguée, elle se laissait tomber à côté de lui et s'appuyait contre un arbre.

"Maintenant," murmura-t-elle ; "Je veux entendre parler de vos routes."

"C'est un travail magnifique", a déclaré Tom. "Vous pouvez imaginer tant de choses. Quelqu'un veut qu'une route soit construite; vous allez voir seulement des bois, des rochers ou des plaines, et tout d'un coup, vous voyez la route terminée! Vous vous mettez au travail en surmontant les obstacles, obtenant des résultats avec aussi peu de bruit que C'est possible, voir toujours cette route finie ! C'est génial !"

"Oui, ça doit être le cas. Je pense, Tom, que le travail que nous aimons est comme ça. Quand je m'entraîne et que je fais des erreurs, la musique parfaite chante dans mes oreilles et je continue d'écouter et d'essayer de suivre. Oui, c'est génial !"

Ils regardaient tous les deux vers la rivière.

"C'est le genre de travail pour moi", murmura Tom en pensant à ses routes. "Vous savez que j'aime m'allonger dehors la nuit. J'aime le ciel au-dessus de moi et un feu à mes pieds. Vous souvenez-vous," rit-il timidement, "la nuit avant mon départ, comment Mam'selle a fait croire qu'elle était endormi pendant que nous parlions ? »

"Oui", les yeux de Donelle étaient rêveurs ; "Chère Mamsey, comme elle a fait croire toute sa vie."

"Donelle, j'ai appris il y a peu que c'est l'argent de Mam'selle qui m'a fait partir, qui m'a donné ma chance."

"À M!" Et maintenant, les yeux de Donelle n'étaient plus rêveurs.

"Oui. Elle a travaillé et économisé et ne l'a jamais dit." La voix de Tom était vibrante d'émotion.

"Et elle a travaillé et économisé pour que j'aie ma chance", murmura Donelle.

"Je vais lui rembourser le double", a déclaré Tom.

"Maintenant, Tom Gavot," Donelle se leva tout en parlant, "vous pouvez voir pourquoi je suis revenue. Je vais la rembourser, le double. Un jour, je partirai peut-être et j'apprendrai à gagner de l'argent, beaucoup d'argent, mais d'abord. Je dois montrer à Mamsey que je l'aime le plus au monde."

"Je suppose que tu connais ton chemin," répondit Tom. "Et, Donelle, je veux te dire, je ne vais pas vivre avec mon père. Je ne pourrais pas. Ici, tu vois cette petite cabane là-bas ?"

Donelle se pencha et regarda à travers les arbres.

"Oui," dit-elle.

"Eh bien, je vais nettoyer ça et vivre là-bas. Il y a une cheminée et les fenêtres donnent directement sur la rivière. Quand on ouvre la grande porte, c'est presque aussi bien que d'être dehors sous le ciel. C'est là que je' Je vais organiser le ménage.

" Comme c'est merveilleux, Tom ! Et Mamsey et moi allons t'aider. Nous fabriquerons des tapis et des rideaux. Nous en ferons comme une maison. "

"Ce sera donc la première que j'aurai jamais eue." Tom ne dit pas cela avec amertume, mais avec une douce nostalgie qui toucha Donelle.

"Je viendrai te voir, parfois, Tom. Mamsey et moi. Ce sera très amusant de s'asseoir près de ton feu et d'entendre parler de tes routes."

"Et tu vas jouer du violon, Donelle ?"

"Oh ! oui, je jouerai jusqu'à ce que tu me dises d'arrêter." Puis soudain, Donelle devint grave. "Tom, penses-tu que tu peux garder ton père droit si tu es si loin ?"

"Je vais le faire *taire* !" Tom répondit. "Je vais y veiller."

"Au bout d'un moment, personne ne s'en souviendra", poursuivit lentement Donelle. "Point of Pines est comme ça. Mamsey le savait, ils le savaient tous. Mais si je peux les empêcher de penser que je sais, cela ne me dérange pas."

"Ils le feront!" Tom a promis.

Ce que Tom Gavot ne disait pas à Donelle, mais ce qui lui brûlait et lui brûlait l'âme, c'était ceci : Pierre, sobre et profondément vicieux, avait accueilli Tom avec empressement et ruse. Tom parlait d'argent et peut-être de soins. Tom était racheté et avait réussi, il devrait s'occuper de son pauvre père afin de conserver le respect qu'il avait arraché aux gens meilleurs.

Après une démonstration larmoyante de sentiments et de dévouement, Pierre avait dit :

"Cette fille de Mam'selle Morey, Tom, elle est à toi!"

"Que veux-tu dire?" » avait demandé Tom, tournant ses jeunes et horribles yeux vers son père, « Je pensais que Mam'selle… je pensais que Donelle était avec les Lindsay et allait aux États-Unis. Le père Mantelle a écrit… »

"Ah ! mais c'était avant que je joue à mon jeu, Tom." Et Pierre avait eu un vilain rire. "Ils ont pris la jeune fille et l'ont mise hors de notre portée, pensaient-ils ; même le bon Père a froncé les sourcils à cela. Il a essayé de dire la vérité à la Maison Fortifiée, mais ils n'ont pas voulu l'entendre. La jeune fille a été empêchée de savoir, et sa fierté était suffisante pour rendre malade une âme honnête. Elle nous méprisait, nous ! Mais j'ai attendu ma chance et quand je l'ai eue, j'ai jeté la vérité à son visage blanc, et cela a en quelque sorte fait pour elle ! J'ai vu que la fierté qu'ils avaient mise en elle ne supportait pas la boue !

" Alors elle est là, la fille de Mam'selle, et quand on n'est pas trop exigeant et qu'on connaît le pire, on peut prendre et faire... Qu'est-ce qu'il y a ? Arrête de me secouer, Tom. Je suis ton vieux père ! Mère de Ciel, laisse-moi partir!"

Mais Tom, tenant la brute par les épaules, le secouait comme un sac de chiffons. Les jeunes yeux enflammés regardaient les vieux et troubles, les regardant avec haine et dégoût. Le lien qui les unissait ajoutait à l'horreur de la situation.

"Tu as fait ça, toi ! Tu as tué ma mère, tu as essayé de damner tout ce que tu as touché, tu as poussé cette jeune fille en enfer, toi ! Et tu me dis que je peux la sortir, pour la repousser. ? Toi!

"Eh bien, écoute-moi ! J'essaierai, Dieu m'aidant, de la faire sortir, mais rien de ce qui t'appartient ne lui fera de mal. Et si jamais ta langue noire la touche, je te tuerai, alors aidez moi Seigneur aidez moi mon Dieu!"

Puis Pierre se retrouva haletant et pleurant sur le sol avec Tom s'élevant au-dessus de lui.

— Le père Mantelle le saura, gémit Gavot. "Il mettra sur vous la malédiction de l'Église."

"Je le jetterai à côté de toi, s'il ose parler de cette chose."

Une véritable horreur se répandit maintenant sur le visage de Pierre. Si les liens naturels et la peur de l'Église étaient défiés, où reposait l'autorité ?

"Regarde ici," le pauvre Tom, après avoir conquis son père, était maintenant en train de se conquérir lui-même, "regarde ici. Tant que tu gardes ta langue là où elle doit être, je verrai que tu ne veux pas, mais je serai là. Je ne *pouvais* pas respirer dans ce trou, il est trop plein de—de choses mortes, mais je serai là, souviens-toi de ça.

Et Pierre a accepté les conditions. Il rampait en esprit devant son fils, et ses lèvres étaient exemptes de tromperie pendant qu'il mangeait, buvait, dormait et haïssait. Et les autres aussi laissèrent Jo et Donelle tranquilles. Il ne semblait y avoir rien d'autre à faire, alors la petite agitation s'est calmée à mesure que l'hiver s'installait.

CHAPITRE XII

LES TOURNAGES COURANTS CACHÉS

L'hiver est passé et le printemps est arrivé. Point of Pines s'est réveillé tard mais très agréablement. Mam'selle et Donelle avaient enfin brûlé les vieux vêtements de Morey, mort depuis longtemps. Cette phase, au moins, était terminée et bien d'autres choses avaient été mises sur le bûcher avec eux.

"Et tu es venu juste parce que tu le voulais, mon enfant ?" Jo demandait souvent quand elle doutait encore de son droit au bonheur.

"Oui, Mamsey, juste pour ça. N'étais-je pas idiot ?" Et puis Donelle regardait les yeux profonds et étranges de Jo et disait :

"Tu ne cours plus jamais pour te cacher, Mamsey. Je vois à quel point tu es heureuse, comme tu m'aimes ! Embrasse-moi, Mamsey. N'est-ce pas étrange que je doive t'apprendre à m'embrasser ? Maintenant, ne continue pas à penser que tu il ne faut pas être heureux, c'est notre devoir d'être heureux." Donelle se glorifiait de son triomphe.

Jo a perdu de nombreuses années cet hiver-là et Nick a hérité de sa deuxième enfance. Il ne doutait plus, il n'avait plus de choix, car Mam'selle et Donelle restaient proches.

Ils lisaient et travaillaient ensemble, et parfois, pendant que Jo travaillait, Donelle jouait ces airs qui donnaient envie à Nick de hurler. Mais il a vu qu'ils ne comprenaient pas ses sentiments alors il s'est contrôlé.

"Et quand le printemps viendra, mon enfant, tu iras chez Mme Lindsay, n'est-ce pas ?"

Jo a joué sa dernière carte.

" Vous voyez, tout s'est envolé et rien n'est rentré depuis des années. Vous avez coûté une jolie somme, Donelle, même si je n'ai jamais eu rancune d'un centime, Dieu sait ! Mais il faut que vous m'aidiez maintenant, je vois la vieillesse au loin. ".

« Venez au printemps », murmura Donelle, et elle entonna la chanson du printemps, « nous verrons, nous verrons ! Mais, Mamsey, nous pouvons toujours garder des pensionnaires. J'adorerais ça et tu en as toujours rêvé. chambre à l'étage," les tons charmants montaient et descendaient, "Je peux juste voir comment une âme fatiguée regarderait dans cette pièce et trouverait la paix. Nous lui préparions de bonnes choses à manger, nous jouions du violon pour lui, et ——"

"Un homme est tellement en désordre", a ajouté Jo, "je détesterais que la pièce soit en désordre après toutes ces années."

"Eh bien, il y a des pensionnaires", Donelle s'est adaptée aux possibilités. « Nous serions fermes concernant le désordre ; homme ou femme. Combien vas-tu facturer, Mamsey ? »

C'était une blague entre eux.

La rapacité de Longville dégoûtait Jo. D'un autre côté, elle avait le sentiment que ce qu'on obtenait gratuitement ne valorisait jamais. C'était une bonne question.

"Je réfléchis au prix, mon enfant. Les Longville ne comptent jamais ce que les pensionnaires leur donnent en dehors de l'argent."

"Qu'est-ce qu'ils donnent, Mamsey ?"

" Bien traités, ils donnent beaucoup. Réfléchis, Donelle, " les yeux de Jo s'éclairèrent, " ils viennent d'ici, de là et de partout ! S'ils sont bien traités, ils peuvent te laisser partager ce qu'ils savent. Pourquoi une fois, quand j'attendais sur la table chez les Longville, il y avait un homme qui avait fait le tour du monde ! Le tour du monde, mon enfant, tout autour. Un jour, il s'est mis à parler, très tranquillement, à l'homme à côté de lui et je n'oublierai jamais certains choses qu'il a dites. J'étais tellement intéressé que je suis resté immobile avec un plat dans les mains. Je suis resté debout jusqu'à... "

"Jusqu'à quoi, Mamsey ?"

"Jusqu'à ce que le capitaine appelle de la cuisine."

"Oh ! ma pauvre, Mamsey. Eh bien, ma chérie, notre pensionnaire parlera et nous ne l'arrêterons pas et tu ne seras pas appelé de la cuisine."

"Tu ris, Donelle."

"Non, Mamsey, je planifie juste."

"Mais tu dois partir, mon enfant. Tu dois apprendre, et alors peut-être qu'ils t'emmèneront à l'hôtel St. Michael's. Quelqu'un y joue toujours l'été, tu sais. Les gens pourraient-ils danser sur tes airs, Donelle ?"

La fille le regarda.

"De toute façon, tu pourrais apprendre", chercha à réconforter Jo.

"Peut-être que je pourrais, Mamsey, mais je préfère prendre des pensionnaires."

"Nous pourrions faire les deux, Donelle," Jo était toute en énergie. "La vieillesse est à portée de vue, mais je suis hypermétrope. Il y a encore une bonne dose de pouvoir en moi, mon enfant, et j'ai hâte que tu accompagnes Mme Lindsay quand elle viendra."

La pauvre Jo, ayant eu la gloire du choix de Donelle, était maintenant presque désespérée dans son désir d'envoyer la jeune fille. Elle n'était pas aveugle; elle était sage aussi, et elle comprenait que si l'avenir devait être sûr et que sa propre place y était digne d'amour et de respect, elle devait refuser de nouveaux sacrifices. Et ce serait un sacrifice, une vie ennuyeuse et détachée à Point of Pines.

C'était en mai lorsqu'une lettre d'Anderson Law arriva à Jo. C'était une brève lettre, écrite alors que le cœur de l'homme était déchiré par le chagrin et le choc. Il racontait la mort soudaine de Mme Lindsay alors qu'elle se préparait à retourner à la Maison Fortifiée.

Cela reposait sur la connaissance de Law de l'affection et de l'ambition de Mme Lindsay pour sa protégée, et même si son testament ne prévoyait pas la réalisation de ses souhaits, Law, lui-même, veillerait à ce que tout soit fait ce qui était possible.

Il viendrait au Canada plus tard et consulterait « Mam'selle Morey ».

Jo regarda Donelle d'un air vide.

Ce qu'ils avaient pensé, rêvé et espéré, ils ne l'avaient pas eux-mêmes pleinement réalisé jusqu'à présent. Au décès d'Alice Lindsay, ils ont senti une porte se fermer sur eux.

Donelle pleurait amèrement. Pour le moment, elle ne ressentait qu'une perte personnelle, un sentiment de souffrance ; Plus tard, la conviction s'est développée en elle que ce qui la soutenait inconsciemment lui avait été retiré. Elle avait espéré, espéré. Le coup que lui avait porté Pierre Gavot, son effet paralysant, s'était dissipé pendant les mois d'hiver retirés ; elle était jeune, le monde lui appartenait, rien ne pouvait vraiment l'enlever. Rien ne s'était vraiment passé à Point of Pines et ils le savaient tous ! Le monde dans son ensemble ne s'en soucierait pas non plus. Elle s'était adaptée et en silence la peur et la honte avaient disparu, elle avait même appris à regarder Jo comme si… ce n'était pas vrai ! Mais maintenant, tout était différent.

"Cet homme, ce M. Law," le réconforta Jo, "aura un plan. Et il y a toujours mes draps, Donelle, et s'il y a un pensionnaire…"

Mais Donelle secoua la tête ; un peu de serrage de ses lèvres les rendait presque dures.

"Ce M. Law ne vient pas, Mamsey," dit-elle, "et d'ailleurs, que pourrais-je faire dans cette grande et horrible ville avec lui seul ?"

"Il y aurait ce professeur Revelle", les mots de Jo n'étaient que des mots, et elle-même le savait. Donelle secoua de nouveau la tête.

Mais ce qui l'humiliait le plus, c'était qu'elle avait laissé voir la vérité à Jo ! Tout le beau courage qui l'avait portée de la Maison Fortifiée à la Pointe des Pins ; où était-il? Elle avait eu l'intention de réparer auprès de la pauvre Jo le tort amer qui était un secret hideux entre eux, et pendant tout ce temps, il y avait eu un désir de libération ; l'attente de celui-ci.

"Je suis comme mon père", frémit la jeune fille, "comme disait cet affreux Pierre, sauf que je ne me suis pas enfuie."

Avec ce léger réconfort, elle commença sa réadaptation, mais son espoir était mort. Elle a eu du mal à oublier que cela avait jamais existé et elle a rangé son violon.

Cela blessa cruellement Jo, mais elle ne parla pas. Au lieu de cela, elle écrivit, de son écriture étrange et étroite, à Anderson Law.

C'était une lettre guindée et indépendante, car la pauvre Jo luttait entre la peur de perdre son estime d'elle-même et sa peur que Donelle perde sa chance.

Law reçut la lettre et la lut pendant que le jeune James Norval était dans son atelier.

"Jim, tu te souviens de cette fille qu'Alice Lindsay a découverte au Canada ?" il a dit; il était étrangement ému et amusé par les paroles de Jo.

« Le petit Moïse ? Norval se tenait devant un chevalet sur lequel reposait l'une de ses propres photos, celle qu'il avait apportée pour le verdict de Law.

"Quoi?" Law regarda Norval.

"Oh ! n'était-ce pas la fille qu'une femme disait avoir adoptée dans un foyer ?"

"Oui. Et alors ?"

"Ce n'est qu'une blague, Andy. Tu te souviens que la fille de Pharaon *a dit* qu'elle avait sorti Moïse des joncs. Ne te renfrogne pas, Andy, tu n'es pas jolie."

"Écoute cette lettre, Jim, et ne sois pas ridicule." Law a lu la lettre.

"Qu'est-ce que tu vas faire, Andy ?" Norval était désormais très sérieux.

"Dès que je peux, j'y vais et je regarde les choses."

"Tu vas aider la fille ?"

"Oui, si je peux."

"Après tout, Andy, le pouvez-vous ? Alice le pourrait-il ? Il faudrait que la fille soit plutôt grande pour surmonter ses handicaps, n'est-ce pas ?"

"Alice avait la foi."

"Je sais, mais un homme pourrait brouiller les choses."

"Mais je vais courir." Law était toujours renfrogné.

Puis Norval changea de sujet.

"Comment va Hélène ?" » demanda-t-il, une profonde sympathie dans les yeux. L'épouse folle d'Anderson Law était rarement évoquée, mais sa récente maladie rendait la question nécessaire.

"Son corps devient plus fort, son esprit——" Le visage de Law était sombre et dur.

"Andy, ne peux-tu pas être juste envers toi-même ? Les années ne t'ont-elles rien appris ? Il ne peut y avoir qu'une seule fin pour Helen et si tu veilles à son confort, tu as parfaitement droit à ta liberté."

"Jim, je ne peux pas le faire ! Mon Dieu, mec ! J'ai eu mes tentations. Quand je l'ai vue si malade, j'ai vu... Jim, j'ai vu l'espoir ; mais tant qu'elle vit, je ne peux pas la rejeter. Ce serait comme voler quelque chose quand elle ne regardait pas."

"Mais Seigneur, Andy ! Helen ne pourra jamais revenir. Ils te le disent tous."

"Il semble que oui, mais tant que la vie reste, elle pourrait le faire. Elle m'aimait, Jim. La femme que j'aimais en elle est morte quand notre enfant est arrivé mais je ne peux pas l'oublier. Je suis un imbécile, mais quand j'ai été le plus tenté, la pensée est toujours venue : comment pourrais-je continuer à vivre si elle *se* rétablissait et découvrait que je l'avais abandonnée ?

"Tu es épuisé à bout, Andy, tu ferais mieux de tout laisser tomber et de partir en vacances avec moi. Mais regarde d'abord ça, dis-moi ce que tu en penses."

Le visage de Law se détendit. Il déplaça son fardeau à sa place et se dirigea vers le chevalet.

"Euh!" dit-il en faisant un pas à droite et à gauche, la tête penchée, les yeux plissés.

"Un autre, hein ?"

"Oui."

"Jim, qu'est-ce qui te fait mal de laisser une femme jouer au diable avec toi ?"

"Tu demandes ça, Andy ?"

"Oui. Nos cas sont très différents, Helen est morte, mais Katherine sait très bien ce qu'elle fait."

"Ce n'est pas le cas, Andy. D'une certaine manière, elle est aussi morte qu'Helen, elle ne s'est pas réveillée."

"Et tu penses qu'elle le fera ? Tu penses que le moment viendra où elle pourra voir ton génie et se débarrasser de sa petite carcasse ?"

"Attends, Andy ! Je suis venu pour que tu critiques ma photo, pas ma femme."

Mais Law n'y prêta aucune attention.

"Elle devrait vous laisser tranquille, si elle ne peut pas comprendre. Aucun être humain n'a le droit de déformer un autre."

Norval se retira ; mais il était trop bouleversé pour refuser tout refuge à sa perplexité.

« Après tout, dit-il, il n'y a pas plus de raison pour que je vive ma vie que pour que Katherine ait la sienne. Elle voulait un mari et nous étions mariés. Si j'avais su que je ne pouvais pas être... un mari, j'aurais peut-être pu le faire . J'ai sauvé la situation, mais je ne l'ai pas fait, Law, je ne l'ai pas fait. Se marier semblait faire partie du jeu, presque tout le monde se marie. Et puis, eh bien, les ennuis ont commencé. Il y a certaines obligations qui vont avec le fait d'être mari. " Katherine n'a jamais exigé plus que ce qui lui était dû, seulement... "

"Seulement, son mari était un génie et Katherine ne reconnaît pas un génie quand elle en voit un. Avec les meilleures intentions, elle te conduit en enfer, Jim."

"Oh ! eh bien, je pourrai peut-être en tirer le meilleur parti, Andy, et peindre même si je m'en tiens aux sentiers battus des maris. Un homme ne peut pas se considérer comme un génie envers sa propre femme, vous savez. , surtout quand il ne l'a pas prouvé. On déteste être un con. Tu vois, Andy, en fin de compte, je peux t'arracher une chose ou deux. C'est bien, n'est-ce pas ?

Les deux hommes regardèrent la photo.

"C'est diablement bon, mais il a été essoré ! Jim, ça ne sert à rien. Le rôle de mari amoureux du foyer, trottant dans la société, dans un film, sera la fin de toi."

"Eh bien, si je claque la porte de mon studio au nez de Katherine et la laisse se promener seule, ou s'asseoir seule, ce sera sa fin. Andy, le pire dans tout cela, c'est que lorsqu'elle m'en parle, je tu vois, elle a raison. Nous sommes mariés et elle ne veut que sa part.

"Je suppose que cela signifiait," Law contemplait gravement l'image, "des nuits de rôdage et des jours où vous aviez l'impression que vous alliez tuer quiconque vous parlait ?"

« Quelque chose comme ça, et pendant tout ce temps, Katherine était divertissante et j'avais promis de l'aider. Je ne me suis pas approché d'eux une seule fois.

"Euh!"

"Alors tu vois, Testy, ce n'est pas la faute de Katherine. Les deux rôles ne concordent pas, c'est tout."

"Et ton amour," pensait Law à voix haute. "Votre amour et votre sens du bien——"

"Je ne suis pas un cadet, Andy."

"Laisse cette chose ici pendant un jour ou deux, Jim," Law souleva la photo et la porta à la fenêtre. "Je n'ai jamais vu une lumière aussi vive", a-t-il déclaré. "Où l'avez-vous obtenu."

"Je... j'étais allongé sous les Palissades une nuit et juste au lever du jour je l'ai vu. C'est un produit maison, même s'il a l'air oriental, n'est-ce pas ?"

"Oui."

Il y eut un silence pendant quelques instants, puis Norval demanda d'une manière tout à fait naturelle : "Et tu ne viendras pas pour un clip, Andy ?"

"Pas avant l'automne, Jim, puis je vais courir jusqu'au Canada."

"Très bien. Ayant retiré la—la lumière vive de mon système, et si vous ne voulez pas jouer avec moi, je vais persuader Katherine de m'emmener à n'importe quelle orgie d'été qu'elle veut. Je lui dois bien, elle n'a pas eu une bonne danse depuis des lustres.

"Jim, tu es un imbécile ou——"

"Un modeste reflet de toi-même, Testy."

Mais quelque chose s'est cassé cet été-là, ce qui a envoyé les Norval et Anderson Law dans des directions très différentes. Dans le bouleversement, Donelle et ses petites affaires ont été oubliées.

Mme Law est décédée subitement.

Les médecins ont envoyé chercher Law et il est arrivé à temps.

« Elle pourrait, vers la fin, lui dirent-ils, avoir une lueur de conscience. De telles choses arrivent. Vous voudriez être avec elle.

"Oui, en tout cas," répondit Law et il prit place près du lit. Dans son cœur se trouvait cette peur froide que beaucoup connaissent en présence de la mort.

Les longues heures de l'après-midi s'écoulaient. Le visage sur l'oreiller, si tragiquement jeune parce qu'il ne portait pas les traces de l'expérience, bougeait à peine. Vers le soir Law se dirigea vers la fenêtre ouest pour relever le store, il y avait un ciel particulièrement splendide. Quand il revint, il vit qu'un changement était survenu ; le changement, mais au lieu d'effacer l'expression dans les yeux de sa femme, cela donnait une expression, un sens, à ce qui avait été, pendant si longtemps, vide de sens. Law voulut appeler à l'aide, mais à la place il se laissa tomber mollement dans le fauteuil et prit la main qui tâtonnait vers la sienne.

"Je suis content que tu sois là——" dit la voix tendue et rauque.

"Je suis contente aussi, Helen."

Pendant des années, Law ne s'était pas adressé à sa femme par son nom. Cela aurait semblé un sacrilège.

"Es-tu ici tout le temps ?"

"Oui chérie."

"C'était comme toi ! Et le bébé, tout va bien ?"

"Oui, très bien."

"C'est un garçon?"

Law se débattit, puis dit :

"Oui, Helen, un garçon."

"Je suis content. Je veux qu'il soit comme son père."

Elle sourit vaguement ; la lumière a disparu de ses yeux, elle a reculé.

Il y eut encore quelques heures d'attente vide, puis ce fut fini.

Une semaine plus tard, Law laissa un mot à Norval.

"Je suis désolé, mon vieux, de ne pas avoir pu te voir. Transmets mes regrets. Je pars au bout du monde et j'ai négligé d'acheter un billet de retour."

Et juste au moment où Norval était le plus sensible au choc ; Juste au moment où les ennuis et la désertion de Law le laissaient dans la plus profonde tristesse, Katherine dévasta la seule zone qu'il croyait saine et imprenable, par un assaut des plus inattendus.

Elle était le genre de femme qui arrive lentement et secrètement à des conclusions. Elle en était elle-même aussi inconsciente que les autres.

Apparemment, c'était une personne très conservatrice et évidente, une personne dotée d'un sens écrasant du devoir et de l'obligation et infatigable dans ses efforts pour le prouver.

Depuis la mort d'Helen Law, Norval était allé le moins possible à son atelier ; s'était consacré à Katherine; avait toléré sa froideur et son indifférence.

"Je mérite tout ce qu'elle donne", pensa-t-il et il redouble d'efforts. Il en arriva même à remarquer sa beauté, sa grâce, et conclut qu'elles et ce qu'elles représentaient signifiaient plus que des pots de peinture et des toiles.

"Un homme ne peut pas tout avoir", a-t-il avoué, "il doit faire un choix".

Norval avait pratiquement fait son choix, lorsque Katherine effaça, pour le moment, toute sa capacité à penser correctement.

Il essayait de planifier l'été, il exposait patiemment les charmes des points d'eau qu'il détestait mais qui promettaient le plus de dissipation.

"Je ne pars pas avec toi, Jim." Le doux visage de Katharine se durcit. "J'ai un devoir envers moi-même, je le vois enfin. Toute ma vie, j'ai tout sacrifié pour toi, Jim."

C'était humiliant, mais Norval acquiesça.

"Même mon talent !" Katherine lança cela avec défi.

Ils étaient chez eux, en train de tenir une de leurs interminables discussions sans issue.

Norval avait l'intention de jouer pleinement son rôle, mais le problème était qu'il n'avait aucune part à la vie réelle de sa jolie et banale épouse.

"Ton talent, Katherine, ton talent ?"

Norval ne remettait pas cela en question par dérision, mais comme si elle lui avait dit avoir un œil au milieu du front.

"Tu n'as même pas été suffisamment intéressé pour le remarquer." Ceci avec amertume.

Norval, pour une raison idiote, ou pour une absence de raison, fixait le milieu de son front lisse et blanc.

"J'ai écrit ceci; je ne vous l'ai dit qu'entre les couvertures."

Norval a pris un livre qu'elle lui offrait comme il aurait pu prendre un bébé jeune et très douteux.

"Ça a l'air déchiré !" il a dit.

"On en parle bien," les yeux de Katherine étaient voilés de larmes.

Norval rendit le livre avec précaution.

"Vous... vous ne vous en souciez même pas, maintenant ! Vous ne l'ouvrirez pas. Je vous l'ai dédié. Le premier exemplaire est le vôtre. Je ne crois même pas que vous le lirez."

"Je le ferai, Kit," Norval reprit violemment le livre. Il était tellement abasourdi qu'il ne parvenait plus à réfléchir.

Katherine écrit un livre ! Il serait tout aussi simple de l'imaginer chevauchant une piste de cirque.

"Je vais rester assis des nuits à le lire, Kit. C'est ce que les gens font toujours, ils ne le lâchent pas jusqu'au dernier mot, même si cela prend toute la nuit ! De quoi s'agit-il ?"

"Cela s'appelle 'L'âme éveillée'." Katherine essaya de réprimer un sanglot. Sa colère aussi montait.

"Bon dieu!" haleta Norval, oubliant la haine de sa femme pour les grossièretés.

Katherine attrapa le livre et le tint contre son cœur blessé.

"Tu es égoïste, tu es un égoïste, Jim. Ton talent, ta liberté de le développer t'ont rendu insensible, brutal. Il y a plus de façons de tuer une femme que de la battre. Maintenant que je suis sûr d'avoir un sacré étincelle qu'il faut entretenir, j'exigerai mes droits ; une liberté égale à la vôtre !"

"Bien sûr, Kit, si tu t'es lancé dans ce genre de choses, nous devrons changer un peu nos bases. Je le sais."

"Jim, nous ne sommes pas faits l'un pour l'autre !" Le sanglot montait triomphal et parce que dans son âme Norval savait qu'elle disait la vérité, il était furieux et prêt à se battre.

"Pourrir!" il pleure. "Maintenant, regarde, Kit, n'attrape pas le virus du tempérament ; il n'y a rien dedans ! Tu peux faire ton travail tout en restant propre et en sécurité ; fais-le mieux en jouant honnêtement. Bon Dieu ! Je n'ai pas bafoué ma vie avec ma toile, tu n'es pas obligé. C'est la mode, Dieu merci, d'être décent, bien que doué. Ton livre t'a épuisé, vieille fille. Coupons et oublions-le!"

L'indignation de l'étroite, faible et têtue a influencé Katherine Norval.

"Jim," dit-elle, déglutissant et s'accrochant désespérément à "L'Âme Éveillée", "Je pense que nous devrions être—être—divorcés."

"Punk!" Norval claqua des doigts. "À moins que vous n'ayez donné une raison, il n'y en a pas."

"Je—je ne peux pas vivre dans les conditions actuelles, Jim."

"Très bien, nous aurons un nouvel ensemble."

"Vous vous moquez et je suis vraiment mortel."

"Tu veux dire que tu veux me jeter ?" Norval fronça les sourcils, mais quelque chose le stabilisait.

"Je veux dire que je dois vivre ma vie."

"Bien sûr, Katherine, tout cela semble aussi fou qu'un lièvre de mars, et nous sommes en août, tu sais. Eh bien, nous ne pourrions pas nous libérer si nous le voulions, nous sommes trop décents."

"Mais tu n'es pas content, Jim."

"Eh bien, qui l'est, tout le temps ?"

"Et, Jim, tu fais de ton mieux quand tu me laisses horriblement seul. J'ai remarqué." C'était une autre vérité hideuse et cela piquait.

"J'ai fait de mon mieux, Kit," dit-il maladroitement.

"Et ça n'a pas marché, Jim. Je ne me mettrai pas en travers de ton chemin. Même si je meurs, je ferai mon devoir, maintenant je cherche !"

"Ne le fais pas, Kit, pour l'amour du ciel, ne le fais pas."

"Je pense chaque mot que je dis. Je ne me soumettrai plus longtemps à être… à être éliminé. Je dois avoir une sorte de réalité. Jim, tu ne rentres pas dans la vie de famille. Notre bébé est mort. Tu peux m'oublier, et je J'ai dû t'oublier. Je veux ma liberté."

Pendant un moment, ils regardèrent, impuissants, le gouffre qui, depuis des années, s'était creusé sans qu'ils s'en rendent compte. Ils ne pouvaient plus se toucher maintenant, aussi tendus soient-ils.

"Je... pourquoi... je suis abasourdi", dit Norval.

"Je suis la seule à l'avoir vu venir", poursuivit Katherine. "Si mon séjour te rendait plus heureux, mieux, je resterais même maintenant ; mais ce n'est pas le cas, Jim."

Et Norval continuait de le regarder.

"J'ai l'impression que je vous rends, ainsi qu'à votre art, un grand service en vous laissant partir." Katherine ressemblait à la martyre suprême.

"Pour quelles raisons ?" marmonna Jim, "'Une âme éveillée'?"

C'était très regrettable.

« Je pars demain pour la Californie ! Katherine parlait d'une voix rauque, elle ne pleurait plus.

"Tout est prêt, seulement au revoir, hein ? Eh bien, Kit, tu as travaillé efficacement une fois que tu as commencé."

Ils se regardaient comme des étrangers.

"Je ne te suivrai pas. Quand tu me voudras, viens à moi. Mon âme n'a pas été réveillée comme la tienne, je continuerai ici et ferai flotter le drapeau sur les ruines. Mon Dieu ! C'est un tir hors du *commun* . un ciel clair. »

"Jim, j'ai vu les nuages s'accumuler depuis——"

"Quand, Kit ?"

"Cette première photo selon Andy signifiait du génie, pas un simple talent, et depuis que le bébé est parti."

"Pauvre fille."

"Mais pas aussi pauvre que j'aurais pu l'être," Katherine serra à nouveau fièrement son livre.

"C'est la chaleur, Kit. D'ici l'automne, nous serons rationnels. Des vacances à part combleront les fissures."

"En attendant, Jim, nous serons amis ?"

"Amis, Kit, amis !" Norval serrait la paille. Sur cette base, un sentiment de soulagement est venu.

Et donc Katherine est allée en Californie – et Jim Norval ?

CHAPITRE XIII

L'INÉVITABLE

Jim Norval s'est rendu dans le nord-ouest canadien.

Il avait voulu être assez tragique et vertueux. Il avait eu l'intention de rester en studio et de lutter contre le plus gros problème de sa vie, mais il ne l'a pas fait. Sans aucun doute, le choc que Katherine lui avait infligé l'avait stupéfié au début. Mais, à mesure qu'il se réveillait, il fut la victime de toutes sortes de démons qui, durant sa vie, avaient été réprimés par ce qu'il croyait être le caractère.

Peut-être que si la saison avait été moins humide et si Anderson Law avait été là avec ses idéaux simples et son langage pittoresque, les choses auraient pu être différentes. Mais l'humidité était infernale et Law anéanti.

Cet homme est le vrai conservateur. Réalisant à quel point cela est pénible, il a verbalement relégué cette émotion à la femme ; mais il n'a pas échappé à la réalité. Même si l'imagination d'un homme vagabonde, ses convictions doivent être fondées sur quelque chose. Norval, s'étant marié, se croyant amoureux, prit racine. Maintenant qu'il était confronté à la possibilité de se ratatiner ou de s'accrocher à autre chose, il se rendit compte qu'il ne pouvait prendre aucune décision dans l'ancien environnement. Pendant une semaine, il envisagea de suivre Katherine, ce serait plus facile que de patauger sans elle. La semaine suivante, il décida de télégraphier. Il se calma en se demandant s'il ne serait pas plus sage de capituler ; prendre la position d'un mari indigné mais magistral, ou dire qu'il était à l'article de la mort ?

Puis quelque chose sur lequel Norval n'avait aucun contrôle le calma et le retint.

"Un été séparé ne fera de mal à aucun de nous", conclut-il avant de prendre le train pour Banff. Mentalement et physiquement, il a lâché prise. Il se cantonnait aux endroits silencieux, aux bois profonds et aux grandes rivières. Il ne prenait aucune note du temps.

Une fois, une lettre d'Anderson Law a été envoyée. Law a écrit :

Quand je revins à moi, je me trouvai en route vers l'Egypte. Il était trop tard pour faire demi-tour, Jim, sinon je l'aurais fait et je t'aurais demandé de venir avec moi, je peux supporter les gens maintenant. Si vous y pensez bien, venez quand même. Et d'ailleurs, lors du jamboree général, savez-vous que j'ai complètement oublié la petite fille d'Alice Lindsay, qui bricolait au Canada. Je n'oublie généralement pas ce genre de choses et j'en ai profondément honte. Si vous ne venez pas en Égypte, cela ne vous dérangerait peut-être pas de la consulter et de lui expliquer. Je reviendrai dans environ un an.

Norval sourit. C'était son premier sourire depuis bien des jours. Nous étions alors à la mi-septembre et, même s'il ne s'en rendait pas compte, il se dirigeait vers chez lui. Maison! Après tout, il était bon pour un homme et une femme de connaître le sens du foyer. Bien sûr, il fallait payer pour cela, et il était prêt à payer. C'est plutôt choquant de dériver et de n'avoir aucun endroit où s'ancrer. Cet aspect de la question était au premier plan dans l'esprit de Norval depuis des semaines. Il avait l'intention de faire comprendre tout cela très clairement à Katherine ; il se demandait si elle aussi traversait le continent. Il doit y avoir des heures en studio, bien sûr. Lui et Katherine avaient de quoi vivre, mais un homme devait avoir quelque chose de précis dans sa façon de travailler. Pour Norval, peindre était plus qu'un jeu, c'était un métier, un métier ! S'il faisait en sorte que Katherine considère cela comme un travail, tout s'arrangerait. Et puis, il avait aussi l'intention de se concentrer sur son talent nouvellement découvert. Peut-être qu'elle était douée et qu'il avait été brutalement aveugle. Pas étonnant qu'elle lui en ait voulu. Et, grâce à Dieu, il ne faisait pas partie de ces hommes qui voulaient le monde pour eux-mêmes. Ce serait vraiment très amusant que Katherine écrive sur les âmes éveillées et des choses de ce genre pendant qu'il peignait. Ensuite, après les heures de travail, ils auraient un intérêt commun dans la vie, peut-être pourraient-ils adopter des enfants. Norval adorait les enfants. Oui, c'était comme il l'avait espéré ; un été séparé les avait réunis !

Et c'est à ce moment-là que la lettre de Katherine arriva.

Il courut:

JIM, je ne reviens pas. Ici, dans mon petit bungalow, je me suis retrouvé et je compte bien me conserver !

Je me sens très gentiment. Toute la souffrance est partie maintenant, sinon je n'écrirais pas. Je vois votre génie, je le vois vraiment, et je vois aussi qu'il me serait impossible de vous aider. J'ai essayé et j'ai horriblement échoué. Si vous aviez épousé une femme, du genre attendant et reconnaissant, le genre de femme qui serait toujours là à votre retour, toujours heureuse de vous voir faire votre brillant chemin et profiter de votre lumière, tout aurait été bien. Mais, Jim, je veux quelque chose qui m'appartienne dans la vie, et je ne l'ai pas obtenu. J'étais affamé. J'avais peur de mourir de faim ici, mais je ne l'ai pas fait et... Eh bien, Jim, je ne sais pas comment les divorces sont gérés quand les gens sont aussi respectables que nous, mais à moins que vous ne vouliez laisser les choses telles qu'elles sont, essayez de le faire. aide moi. Après tout, vous devez juste être assez pour admettre qu'il y a quelque chose à dire pour moi ?

Le dernier sentiment de sécurité mourut dans le cœur de Norval alors qu'il lisait. Il avait été projeté dans l'espace lorsque sa femme avait parlé pour la première fois. Il n'était plus en colère maintenant. Il n'était pas vraiment en deuil, mais il se sentait comme un homme qui, en tombant, s'était agrippé à ce qu'il pensait être un jeune arbre robuste pour finalement découvrir qu'il s'agissait d'un roseau.

Il tombait depuis que Katherine lui avait montré « l'âme éveillée », mais il avait tendu la main pendant la descente pour tout ce qui pourrait l'arrêter, même l'abandon partiel de son ambition. Et le voilà sans rien ! Tomber, tomber.

Puis, comme on remarque une chose insignifiante quand on est le plus tendu et choqué, Norval a pensé à cette petite fille d'Alice Lindsay qui jouait du violon au Canada !

"Je vais descendre à Chicoutimi et prendre la rivière; la Pointe des Pins est en route et je peux faire ça pour le vieux Andy. C'est à peu près la seule chose que je puisse faire de toute façon, pour le moment."

Des incendies de forêt ont eu lieu tout au long du parcours et les déplacements ont été retardés. Lorsque Point of Pines fut aperçu au loin, son emplacement marqué par une lanterne scintillante accrochée à un poteau sur le quai, le capitaine du *River Queen* était maussade parce qu'un voyageur solitaire était déterminé à être débarqué.

"Pourquoi ne pas aller à Lentwell ?" il argumenta ; "Nous sommes en retard de toute façon. Vous pourriez obtenir une plate-forme pour vous ramener demain dans ce trou maudit. Il n'est qu'à six milles de Lentwell."

Mais Norval insiste sur ses droits.

"Pourquoi veux-tu faire?" le capitaine devint humoristiquement féroce. "Personne ne va jamais à Point of Pines."

"Je vais leur faire une surprise", a répondu Norval. "Donnez-leur un choc, écrivez l'histoire pour eux."

"Vos bagages sont au bas de la pile", semblait-il être un dernier argument, "vous n'avez pas dit que vous alliez descendre".

"Je ne savais pas exactement où se trouvait l'endroit ; mais jetez les malles à Lentwell, je les enverrai chercher."

Alors le *River Queen* se dirigea d'un air dégoûté jusqu'au quai et, dans l'obscurité du début de soirée, Norval, avec quelques sacs, fut déposé dessus.

Un homme aperçut la lanterne qui avait fait savoir au capitaine du bateau au départ que Point of Pines faisait son devoir. Alors une voix, qui n'appartenait pas à la main, appela à peu de distance en arrière du quai :

"Jean Duval, est-ce qu'une boîte est venue pour nous ?"

"Non, Mam'selle."

« Rien n'est arrivé ?

"Rien, Mam'selle."

"Pourquoi, alors, le bateau s'est-il arrêté ?"

"Pour faire du mal, Mam'selle, aux honnêtes gens."

Sur ce, l'homme invisible s'en alla en grommelant. Soit il n'avait pas vu Norval, soit il avait décidé de ne pas s'attirer d'autres ennuis.

Norval rit. Le bruit a mis en évidence une jeune fille. C'était une personne grande et légère, si belle qu'elle paraissait lumineuse dans l'ombre faible que provoquait la colline qui s'élevait brusquement derrière elle.

"Bien!" dit-elle en se rapprochant de Norval. "Eh bien ! Comment es-tu arrivé ici ?"

"La *Reine de la Rivière* m'a quitté", expliqua Norval, "probablement à la place de la boîte à laquelle tu t'attendais."

"Pourquoi?" demanda la jeune fille.

" Dieu sait ! J'ai un peu insisté, certes, mais je ne sais pas pourquoi. Je me demande si quelqu'un pourrait me donner un lit pour la nuit ? Le savez-vous ? "

"Peut-être que Mam'selle Morey le pourrait. Toute sa vie, elle s'est préparée à accueillir un pensionnaire."

Norval sursauta.

"Maman Morey ?" dit-il lentement ; "et toi--?"

"Je m'appelle Donelle Morey. J'ai Molly et le chariot ici. Nous pouvons essayer, si vous le souhaitez."

Norval posa donc ses sacs dans le chariot et tendit la main pour aider la jeune fille.

"Merci", dit-elle; "Je monterai à côté de Molly sur le puits."

"Mais... eh bien, c'est absurde, tu sais. Le siège est assez large pour nous deux."

"Je préfère le manche."

L'air, les manières et la voix de la jeune fille étaient des preuves suffisantes du travail d'Alice Lindsay, mais Norval était déterminé à garder sa propre identité, pour le moment, secrète.

"Je m'appelle Richard Alton", dit-il alors que le petit chariot grinçant montait sur l'emprise.

"Bonsoir, M. Richard Alton", fut la réponse du puits. Il était peu probable que la jeune fille assise là se moque de lui, mais l'homme assis sur le siège avait des doutes.

"Je suis peintre", a-t-il ajouté.

"Un peintre ? Est-ce que vous peignez des maisons ?"

"Oh ! oui, et des granges et même des gens et des arbres."

Cela parut intéresser la voix dans l'obscurité, car ils étaient entrés dans les bois et il faisait très sombre.

"Tu te moques ?"

"Loin de là, Mam'selle."

"Je ne suis pas Mam'selle. Je suis Donelle."

Comme les mots et les tons étaient enfantins !

"Excusez-moi, Donelle."

"Et voici la maison !" Soudain, Molly avait émergé des arbres et s'était arrêtée sur la route, devant la petite maison blanche.

"Tu préfères attendre que je laisse Molly entrer dans l'écurie, ou vas-tu y entrer ?" Debout sur la route, sous le clair de lune qui la touchait, Donelle ne ressemblait à rien d'autre qu'à un bouleau argenté dans les bois ombragés.

"Je préfère de loin attendre. J'ai horriblement peur."

"Peur de quoi?"

"Que Mam'selle Morey ne m'approuve peut-être pas comme pensionnaire."

"Alors elle le dira", réconforta la jeune fille en se tournant pour ouvrir la porte de l'autre côté de la route pour le cheval. "Molly," dit-elle, "trotte et calme-toi, je reviens dans quelques minutes." Puis elle se tourna vers Norval. "Nous ferions mieux d'y aller directement. Si vous ne restez pas ici, vous devrez essayer celui du capitaine Longville et cela fait trois bons milles."

"Bon dieu!" » marmonna Norval, et il commença à redresser sa cravate et son chapeau dans une tentative désespérée de respectabilité.

Aussi longtemps qu'il vivrait, Norval se souviendrait de son premier aperçu de Jo Morey et de la pièce étrangement familiale qui l'accueillait. Peut-être parce que son besoin était grand, cette scène lui toucha le cœur.

Le brillant poêle faisait de son mieux. La lampe suspendue était comme de l'électricité pour plus de clarté. La luminosité, le confort et Jo devant son métier à tisser formaient une image sur laquelle l'homme fatigué et endolori regardait avec révérence.

Jo leva son visage heureux pour accueillir Donelle et vit l'étranger !

Instantanément, les sourcils protecteurs tombèrent, mais pas avant que Norval ait vu l'adoration qui remplissait les yeux.

"Mamansey!" Donelle s'avança rapidement et murmura à moitié.

"C'est... c'est un pensionnaire ! Maintenant, ne..." Norval n'a pas pu attraper le reste, mais c'était un avertissement pour Jo de ne pas mettre son prix trop haut.

"Un pensionnaire ?" Jo se leva, visiblement affectée. Elle prenait la vie à peu près comme elle venait, mais cette apparition inattendue de son désir secret la stupéfiait presque.

"Où l'as-tu trouvé, Donelle ?"

Puis la jeune fille raconta son histoire tandis que ses yeux jaunes dansaient avec un amusement enfantin.

"Il est comme une réponse à une prière, n'est-ce pas, Mamsey ?"

"Et je suis plutôt priant dans mon attitude", ajouta Norval. "Tout ce qui ressemble à une bouchée et à un lit sera reçu avec gratitude. Donnez votre prix, Mam'selle."

Maintenant que l'heure était venue, la conscience de Jo et son sens de la justice s'armaient l'un contre l'autre.

"Il a l'air de pouvoir payer", songea-t-elle.

"Mais voyez à quel point il a l'air fatigué et intéressant !" La conscience et l'inclination ont poussé Jo contre le mur. Cependant, elle avait la tête dure.

« Que diriez-vous de cinq dollars par semaine ? » elle a éjaculé.

"Oh!" haleta Donelle pour qui l'argent était une langue morte ; "Mamsey, c'est horrible."

Norval avait peur de tout gâcher en hurlant. Au lieu de cela, il dit :

"Je peux supporter ça, Mam'selle. Je suppose que tu appelleras ça un dollar si je suis dehors demain ?"

"Sûrement."

Puis Jo s'affairait à préparer à manger tandis que Donelle retournait vers Molly, avec Nick se précipitant dans le noir à ses côtés.

C'est ainsi que Norval, connu sous le nom d'Alton, occupa la chambre haute de la maison de Jo Morey. Son œil d'artiste se réjouissait des rares meubles anciens ; il touchait avec révérence le linge et les couvertures de laine ; il posa des mains douces comme celles d'une femme sur les délicats rideaux ; et il rendit grâce, comme seul peut le faire un homme à l'âme fatiguée, pour le havre dans lequel il avait dérivé. Il était aussi nerveux qu'une fille, de peur d'être pesé et jugé déficient par Mam'selle Morey. Il envisageait, si elle le prévenait, de l'acheter. Puis il a ri. Il n'était pas entré dans la petite maison blanche depuis vingt-quatre heures avant de se rendre compte que sa logeuse n'était pas une personne ordinaire et qu'il était impossible de la voir sous le jour d'une mercenaire.

Mais Jo n'a pas renvoyé son pensionnaire. Sa capacité d'adaptation l'a séduite dès le début et, même si elle le désapprouvait, elle cuisinait pour lui comme une créature inspirée et espérait, dans son cœur, qu'elle pourrait se montrer digne de la réalisation de ses rêves. Curieusement, elle ne pensait guère au rôle de Donelle dans l'arrangement, si ce n'est que l'argent faciliterait l'avenir de la jeune fille. Peut-être que la pauvre Jo, simple comme une enfant à bien des égards, croyait qu'il était inhérent à un pensionnaire d'être exempté des faiblesses des autres hommes inférieurs. Elle n'avait jamais pensé à lui en termes de sexe, et Donelle était encore à ses yeux jeune, très jeune.

Alton était avec elle depuis une semaine lorsque Marcel Longville, incarnant les sentiments du village, entra avec dépréciation dans la cuisine de Jo et s'assit tristement sur une chaise jaune et dure. Elle renifla d'un air critique. Marcel était un juge de cuisine, mais pas un artiste. Elle cuisinait par nécessité, pas par plaisir. Jo se délectait des ingrédients et avait des visions des résultats.

"Crullers et poulet!" dit Marcel. "Vous avez certainement des chatouilles au ventre, Mam'selle."

"Il paie bien et régulièrement", répondit Jo, s'occupant strictement de ses affaires. " Et je n'ai jamais vu un tel délice. Pas même parmi vos meilleurs payeurs, Marcel. Ils mangeaient toujours et réfléchissaient après s'ils le voulaient ou s'ils le devaient ; le mien réfléchit pendant qu'il mange. Je l'ai vu s'arrêter une minute entière. en une bouchée, pour en obtenir la saveur.

"C'est certainement flatteur pour une femme", soupira Marcel. Puis : "Le Père Mantelle dit que votre pensionnaire est beau, Mam'selle, et jeune."

"Les goûts diffèrent", Jo a arrosé son poulet d'une main ferme ; "Il est terriblement brun et maigre. Quant à l'âge, il n'est pas né d'hier."

« Qu'est-ce qu'il fait ici, Jo ?

"Manger et dormir, surtout manger. Il erre aussi un peu. Il a un faible pour les bois."

"N'a-t-il aucune excuse pour être ici ?"

"Marcel, est-ce que quelqu'un doit avoir une excuse pour être à Point of Pines ? Quel est le problème avec cet endroit ?"

"Le Capitaine prétend qu'il est un prospecteur." Marcel a sorti le mot avec soin.

"Qu'est ce que c'est?" Mam'selle sortit ses croquettes de la graisse profonde.

"Détecter du bois ou de la terre, ou quelque chose que quelqu'un veut acheter en secret et l'a envoyé espionner."

"Eh bien, je ne crois pas que le capitaine ait tiré sur le bon oiseau," rit Jo de manière significative, "le capitaine n'est pas toujours un bon tireur. Mon pensionnaire est un peintre."

"Un peintre ? Que pense-t-il pouvoir faire ici ? Nous laissons nos maisons à la nature."

"Il va réparer la cabane en bois." Jo parlait avec indifférence, mais sa couleur montait. La cabane en bois était la maison abandonnée de Langley. Il y a des années, elle l'avait acheté, pour une chanson, puis l'avait laissé tranquille.

"Il y va tous les jours. Je ne devrais pas me demander s'il allait peindre ça. Cela prendra des gallons, car les nœuds boiront simplement de la peinture."

"Maman," ici Marcel haletait un peu, "tu n'as pas peur pour Donelle ?"

Jo resta immobile, s'essuya les mains avec son tablier à carreaux et regarda Marcel.

"Pourquoi devrais-je?" elle a demandé.

"Jo, un homme étrange et Donelle qui devient merveilleusement jolie, et——"

Jo regardait toujours.

"Maman, les hommes ont arrangé le monde pour eux-mêmes, vous le savez. Ils ont arrangé même les femmes. Les uns doivent travailler et se plier sous leurs fardeaux jusqu'à ce qu'ils se brisent, puis à la ferraille ! D'autres, les jolis, sont à prendre ou à acheter selon le cas. Et les jeunes filles innocentes et désireuses ne comptent pas le prix. Oh ! Mam'selle, as-tu pensé à Donelle ?

Les yeux du pauvre Marcel étaient remplis de larmes.

Jo avait l'air hébété et impuissant. Bientôt elle dit, avec cette lente férocité que l'on redoutait :

"Marcel, je n'ai pas vécu ma vie pour rien. Aucun homme ne arrange ma vie à ma place ni ne me étiquette ni la mienne. Donelle n'est qu'une enfant. Eh bien, regarde-la ! Quand elle est une femme, si un homme la veut, il va entendre quelque chose que je garde juste pour lui, et s'il n'y croit pas, il n'est pas fait pour la fille. En attendant, mon pensionnaire est mon pensionnaire."

Il fallait que Marcel s'en contente, et les autres aussi. Car ils attendaient le résultat de l'entretien comme des animaux affamés, effrayés à l'idée de s'approcher trop près de la réserve de nourriture, mais pleins de curiosité.

Pourtant, malgré tous ses propos méprisants, Jo observait l'homme dans sa maison. Elle se rendit compte qu'il était encore jeune et, malgré sa maigreur et son teint brun, beau, d'une certaine manière. Il avait l'habitude, une fois le repas du soir terminé, de s'asseoir à califourchon sur une chaise et, tout en fumant, de se moquer de Donelle.

"Il ne ferait jamais ça s'il voyait en elle une femme", pensa Jo avec soulagement. "Elle l'amuse."

Et c'est sûrement ce que Donelle a fait. Son mimétisme était délicieux, son abandon devant Alton des plus divertissants. Elle ne connaissait aucune timidité, elle lui rendit même ses taquineries avec un ton rapide et désarmé qui désarma complètement Jo.

"Eh bien, M. Richard Alton", dit un soir Donelle en le regardant tirer sur sa pipe, "je suis allée aujourd'hui à la cabane en bois pour voir combien de peinture vous aviez fait et je l'ai trouvée verrouillée. J'ai regardé dans la fenêtre et il y avait quelque chose accroché à l'intérieur."

"Les petites filles ne doivent pas fouiner", a déclaré Alton.

Donelle se tordit la bouche et pencha la tête.

« Très bien, dit-elle, gardez votre ancienne cabane. J'en connais une autre qui n'est jamais verrouillée contre moi.

« C'est-à-dire de qui ? »

"Vous devrez chasser et trouver, M. Richard Alton."

Norval rit et se tourna vers Jo.

"Pourquoi ne lui donnes-tu pas une fessée, Mam'selle ?" Il a demandé. "C'est une petite coquine." Puis : « À qui est ce violon ? car Donelle n'a jamais joué.

Les yeux de Donelle suivirent les siens et se posèrent sur la valise appuyée au mur.

"Comment savais-tu que c'était un violon ?" elle a demandé.

"Eh bien, c'est une affaire de violon. Bien sûr, Mam'selle peut y garder du fromage !"

"C'est... c'est mon violon", la gaieté de Donelle s'enfuit, "mais je n'en joue plus."

"Pourquoi?"

"Eh bien, tout ce qui accompagnait le violon a disparu ! J'essaie de l'oublier."

"Maman," Norval fronça les sourcils les plus sombres, "avez-vous déjà entendu parler d'un oiseau qui pouvait chanter et ne le voulait pas ?"

"Non, M. Alton, jamais !" Jo était plutôt sincère. Son pensionnaire lui donnait toujours des informations intéressantes.

"Cela peut être fait, Mam'selle. Encore une fois, je conseille la fessée."

Il n'y avait sûrement aucune crainte que son pensionnaire et Donelle se retrouvent en difficulté ! Jo rit de bon cœur. Sa propre sombre expérience dans le domaine de l'amour et du danger était si éloignée qu'elle ne lui donnait aucune orientation. Elle aurait peut-être ressenti différemment si elle avait vu ce qui s'était passé le lendemain. Mais à ce moment-là, elle construisait assidûment son tas de bois pendant que Donelle, parmi les arbres au sommet de la colline, était censée apprendre à deux garçons à scier du bois.

Mais Donelle avait fini ses instructions, les garçons travaillaient intelligemment et elle s'était éloignée le cœur chantant en elle, elle ne savait pourquoi. Puis elle rejeta la tête en arrière et rit. Elle en connaissait enfin la raison, Tom Gavot revenait ! Tom parcourait les routes des bois les plus profonds depuis près de trois semaines, mais il revenait. Marcel l'avait dit. Bien sûr, c'était pour cela que Donelle était heureuse.

Et mon cœur est comme une rime,

Avec le jaune et le violet qui garde le temps ;

L'écarlate des érables peut me secouer comme un cri

Des clairons qui passent.

À maintes reprises, Donelle répétait ces mots dans une sorte de chant qui dégénéra bientôt en mots simplement enchaînés.

« Comme une comptine – garder le temps – comme un cri – passer – » et puis tout à coup elle entendit son nom.

"Donelle!" Norval se tenait debout sous un érable flamboyant.

"Je t'ai suivi", dit-il, et ses yeux sombres et convaincants tenaient les siens.

"Pourquoi, M. Richard Alton ?"

"Parce que je vais te faire promettre de jouer à nouveau du violon."

"Non, je suis plus heureux quand j'oublie mon violon."

"Pourquoi, Donelle Morey, es-tu plus heureuse ?"

"Tu ne comprendrais pas."

"J'essaierais. Viens t'asseoir ici sur cette bûche. Le soleil la frappe et nous aurons chaud."

Donelle quitta le sentier étroit et atteignit le rondin, tandis que Norval s'asseyait à côté d'elle.

"Maintenant, parle-moi de ce violon."

"Une fois," Donelle leva les yeux vers lui, "une fois, je suis restée longtemps, tu ne saurais pas si je te disais où, mais c'était près d'ici et pourtant si loin. Tout était différent, je pensais que j'étais à ma place. Là, j'étais la fille la plus heureuse et j'avais de si grands rêves. Ils m'ont appris à jouer ; un vieil homme merveilleux m'a dit que je pouvais jouer et je l'ai fait. Une chère dame m'a ouvert la voie pour continuer ! Puis quelque chose s'est produit. C'était juste un mot, mais cela m'a dit que je n'avais pas ma place dans ce bel endroit, et que si je continuais, je tromperais quelqu'un ; quelqu'un qui m'avait laissé vivre ma vie et qui ne m'avait jamais rien demandé, qui ne le ferait jamais, mais qui le ferait. continuez, en tirant le meilleur parti de… » Les yeux de Donelle étaient pleins de larmes, sa gorge lui faisait mal.

"De quoi, petite fille ?"

"Les—les morceaux qui restaient."

"Peut-être," Norval posa tout à fait inconsciemment sa main sur celles de Donelle qui étaient serrées sur ses genoux, "peut-être que quelqu'un aurait pu faire une splendide démonstration de ces morceaux, chère fille. Et vous auriez pu faire vôtre cet endroit, celui qui ne vous appartenait pas tout à fait. Les lieux ne sont pas toujours hérités, vous savez. Souvent, ils sont… conquis.

"Tu me fais peur", dit Donelle en baissant les yeux sur la main qui recouvrait la sienne. "Vous voyez, je veux faire ce que vous dites. J'ai failli le faire, mais la chère dame est morte. Je ne suis pas très courageux ; je pense que j'y aurais renoncé."

"Elle n'est peut-être pas la seule, mon enfant."

"Mais je ne pouvais rien prendre à moins de l'avoir, propre et sûr. Je n'en voudrais pas, à moins que je m'en sois moi-même assuré d'abord. Je suis comme ça. Ne pensez-vous pas que quelque chose vous fait peur ? "Être t'empêche parfois d'être ce que tu veux être ?"

"Oui. Mais, petite fille, viens un jour à la cabane dans les bois et joue pour moi, veux-tu ? Je pourrais t'aider. Et tu pourrais m'aider, moi aussi j'essaie de trouver ma place."

"Toi?"

"Oui, Donelle." Puis, de manière tout à fait hors de propos, comme l'avait fait une fois Tom Gavot, il dit : « Tes yeux sont glorieux, mon enfant, tu le sais ? Ton âme transparaît. Donelle, c'est presque aussi grave d'affamer une âme que de la tuer. " Un jour, apporteras-tu le violon ? "

"Oui un jour."

Elle était très douce et jolie assise là avec la lumière d'automne sur son visage.

"Donelle!"

"Oui."

"Juste Donelle. Le nom te ressemble. Tu tiendras ta promesse ?"

"Un jour, oui."

CHAPITRE XIV

UN CHOIX DE ROUTES

Jour après jour, Donelle regardait son violon mais se détournait. Jour après jour, elle chantait pendant des heures, travaillant aux côtés de Jo ou jouant avec Nick. Quelque chose lui arrivait ; quelque chose qui l'effrayait, mais qui la ravissait. Elle se souvenait sans cesse du contact de la main de Norval sur la sienne ! La nuit, quand elle y pensait, elle tremblait. Quand elle l'a vu, elle était timide.

« J'aimerais que Tom Gavot revienne », se dit-elle, car Tom avait été arrêté. Puis, un jour, elle apprit qu'il était en route. Il quitterait le petit train à cinq milles en aval de Point of Pines et ferait le reste du chemin à pied. Elle connaissait le chemin alors elle est allée à sa rencontre.

C'était le milieu de l'après-midi lorsqu'elle le vit arriver, se balançant dans ses gros velours côtelés et ses bottes hautes, sa casquette sur l'arrière de sa belle tête, son sac en bandoulière.

Elle se plaça derrière un arbre en riant, et quand il fut tout près, elle apparut soudainement et lui saisit le bras.

"Donelle, je pensais——"

« Est-ce que je t'ai fait peur, Tom ?

"Eh bien, tu sais qu'il y a toujours un peu de lâche en moi. Pourquoi es-tu ici ?"

"Je suis venu te rencontrer, Tom."

« Est-ce que quelque chose ne va pas ? Son visage s'assombrit ; le pauvre Tom ne s'attendait pas à ce que les choses se passent bien. Sa vie n'avait pas été construite selon ces principes.

"Non, mais je te voulais, Tom. Il y a tellement de choses à dire, des choses merveilleuses. Je suis allé dans ta cabane, Tom, et je l'ai préparée pour toi. Chaque jour, j'ai allumé un feu, les nuits sont froid. Je pensais que tu pourrais venir la nuit.

Donelle avait allumé un feu dont elle ne savait rien, et Tom ne pouvait pas le lui dire !

"Tu es gentille", fut tout ce qu'il dit en la regardant. Puis : "Je n'ai jamais eu de maison avant d'avoir cette cabane, Donelle. Pendant mon absence, je vois les rideaux que toi et Mam'selle avez confectionnés, le couvre-lit et tout le reste. Quand je frissonnais au camp, j'ai vu le feu dans mon propre petit foyer, et j'avais chaud ! »

Donelle lui sourit.

"Parlez-moi de votre route", dit-elle.

"Eh bien, il va y en avoir un ! J'avais l'intention de revenir il y a dix jours, mais quelque chose s'est passé et j'ai décidé de commencer à travailler cet automne, sans attendre le printemps, alors je suis resté. Il y avait une maladie dans un village au fond des bois. " Beaucoup de gens ont failli mourir, certains d'entre eux l'ont fait, parce qu'ils n'ont pas pu obtenir un médecin et des soins appropriés. C'est criminel de mettre des femmes et des enfants dans un tel trou ; il doit y avoir une route reliant ces endroits avec... de l'aide ! Un homme C'est une brute d'emmener une femme avec lui dans de telles conditions. Ce qu'il *veut* , il le fait ! Il ne pense jamais à *son* rôle.

"Mais, Tom, peut-être qu'elle, la femme, veut y aller."

"Il ne devrait pas la laisser faire, il le sait."

"Mais si elle veut bien y aller, et alors, Tom ?"

"Cela ne lui convient pas, il le sait."

"Mais ce serait peut-être pire de rester en retrait, Tom. Une femme pourrait choisir de partir."

"Mais *elle* ne le sait pas ; *lui* le sait."

"Mais elle voudra peut-être savoir et être prête à payer."

"Donelle, tu es une petite folle qui ne sait rien."

Tom baissa les yeux et rit. Il était merveilleusement heureux. "Je veux toujours payer pour ce qui n'en vaut pas la peine."

"Tu as tort, Tom. Ça en vaut la peine."

"Quoi?"

"Eh bien, la chose qui donne envie à une femme d'aller dans les bois avec un homme, même s'il n'y a pas de routes ; la chose qui la rend prête à payer avant de s'en rendre compte."

Tom respirait fort.

"Je suppose que c'est… mon amour, Tom."

"C'est quelque chose de pire, souvent !" Gavot détourna les yeux du visage renversé.

"Dernièrement, Tom," Donelle s'est approchée de lui et lui a touché le bras alors qu'elle marchait à côté de lui, "J'ai pensé à tellement de nouvelles choses et à l'amour entre elles."

"Amour!" Et maintenant, Tom restait immobile, comme si un coup invisible l'avait assommé.

"Oui, et je n'avais personne à qui parler. Je ne pouvais pas parler à Mamsey. Je pense toujours à toi, Tom, chaque fois que des pensées me viennent. Tu vois tout, tout comme tu vois tes routes dans les bois profonds. Es-tu fatigué, À M?"

"Non", Gavot se ressaisit, "non, pas fatigué."

" Vous voyez, " et maintenant ils reprenaient, " les grands sentiments de la vie viennent à tout le monde. Ils ne choisissent pas, et quand on est jeune, on a des pensées jeunes. C'est ainsi qu'il me semble, et souvent, Tom Gavot, les choses mêmes auxquelles vous devriez avoir une vieille tête pour penser arrivent quand vous n'avez aucun sens. Cette terrible vérité est sortie des lèvres d'une jeune fille sans aucune pertinence. "Et puis vous prenez et payez simplement ce que vous devez, mais souvent vous devez payer plus que vous n'auriez dû, parce que... eh bien, parce que vous êtes jeune quand vous avez acheté..."

Donelle sanglotait. "J'ai pensé à Mamsey," termina-t-elle pitoyablement. Tom s'arrêta net. Il jeta son sac par terre et posa ses mains fortes et aguerries sur les épaules de Donelle.

« Vous n'avez pas à payer pour Mam'selle, » dit-il à voix basse ; "elle est payée, Dieu sait."

"Mais je dois payer pour mon père, Tom."

"Que veux-tu dire?"

"Eh bien, tu vois, ces derniers temps, j'ai su que je devais être comme mon père plus que comme Mamsey. Elle a appris et est restée et a payé, il s'est enfui. Oh, Tom, c'est bon de pouvoir te dire ça , ici sous les arbres, seul. Cela m'étouffe depuis des jours et des jours. Tu vois, Tom, un grand sentiment surgit en moi qui veut et veut. Et, toujours aussi, il y a un autre sentiment. Je ne le fais pas Je veux payer, comme Mamsey l'a fait. Ce serait plus facile de courir et de me cacher ! Mais, Tom, je ne le ferai pas, je ne le ferai pas ! Je vais payer pour mon père !"

" Qu'as-tu, Donelle ? Est-ce que quelqu'un a parlé ? " Tom la tenait toujours, son cœur affamé avait envie de la rapprocher, mais il la tenait à bout de bras.

"Non, ce ne sont que des pensées qui parlent. Je ne peux tout simplement pas m'installer à Mamsey, et je sais que je dois rester ici sans ce sentiment de fuite. Puis je dis : 'Je m'en fiche, je veux y aller.' et j'y vais, et puis... eh bien, je ne peux pas, Tom, car je sais que je dois payer pour mon père.

"Aller où?"

"Allez, Tom, où mon violon me mènerait. Allez là où les gens ne savent pas; allez apprendre des choses, et si quelqu'un le découvre, payez!"

Le pauvre Tom était presque épuisé. Des nuits dans des camps difficiles, des journées à piétiner le bois l'avaient épuisé, le feu dont Donelle ne savait rien faisait couler le sang dans ses veines. Son contact sur son bras le fit trembler.

« Voyez ici, Donelle, » dit-il ; "Voudriez-vous m'accompagner sur mon chemin ? Voudriez-vous, pourriez-vous en apprendre suffisamment, de cette façon ?"

Mais Donelle sourit de son vague sourire. "Je pense que je dois avoir ma propre route, Tom. Le problème est que je ne peux pas voir ma route comme vous voyez les routes. Je sens seulement mes pieds me faire mal. Mais, Tom, vous avez sûrement dû voir la vie un peu au Québec, dis-moi : un très grand amour fort pourrait-il continuer à aimer même s'il savait pour moi et Mamsey ?

"Oui." Le mot ressemblait plus à un gémissement.

« Même si cela devait empêcher Mamsey de savoir que nous savons ?

"Oui."

"Eh bien, Tom, cher Tom, tu me fais me sentir merveilleusement bien. Tu le fais toujours, espèce de grand et sûr Tom. Je savais juste comment cela se passerait; c'est pourquoi je devais venir te rencontrer."

Elle frotta sa joue contre la manche rugueuse de sa veste. "Je pense que ta mère te vénèrerait, Tom."

Alors Gavot éclata de rire, de son rire honnête, et reprit son sac.

« Donelle, dit-il aussitôt, tu devrais refaire ta musique. Tu n'as pas le droit de ne pas le faire.

"Toi, tu le penses vraiment, Tom ?"

"Oui je le fais."

"Eh bien, je pense que je sortirai le violon un jour, bientôt, et que je viendrai dans ta cabane. Pendant que tu dessines tes routes sur ton papier, je verrai si les airs reviendront."

Mais Donelle n'a pas parlé de Richard Alton.

L'automne s'attarda à Point of Pines ; même l'or et le rouge s'accrochaient aux arbres pour ajouter à l'illusion que l'hiver était loin. Les midis étaient chauds et le gel ne faisait que de temps en temps un coup de froid.

Norval se répétait, allongé sur ce merveilleux lit de la chambre haute de Jo Morey : « Il faut que j'y retourne ! Mais il ne fit aucun mouvement vers le sud. Le calme des bois, l'attrait de la rivière l'ont retenu, et puis il a commencé à se demander pourquoi il *devrait* rentrer ?

Law était toujours en Egypte, Katherine était sans doute dans son bungalow ; pourquoi ne pas avoir ce qu'il avait toujours voulu, un hiver loin des choses ?

Puis une lettre transmise par son avocat a clarifié sa pensée. C'était de Katherine, qui avait découvert un nouvel ensemble de tâches et était impatiente de les accomplir.

Elle a écrit:

JIM, jusqu'à ce que tu sois prêt à mourir pour quelque chose, tu n'as jamais vécu. En laissant libre cours à ce qui n'était en réalité jamais le mien, le mien est venu à moi. J'ai un nouveau livre. Dois-je vous en envoyer une copie ? Je l'ai appelé "L'âme libérée". Je ne veux pas être trop personnel, mais je trouve que le monde aime le contact étroit.

Tu n'as pas dit un mot, Jim, à propos d'un divorce et j'ai attendu. Je pense que vous me devez de l'aide dans ce sens, et maintenant je dois insister. Car, Jim, avec le reste de ce qui m'appartient, je me suis rendu compte de façon surprenante que l'amour, la compréhension de l'amour, doit aussi être mien. Jusqu'à ce que j'aie de vos nouvelles, je ne nommerai pas l'homme qui a découvert mon talent avant de me voir. Il a lu le manuscrit de mon premier livre, il n'avait alors jamais entendu parler de moi. Ce n'est que récemment qu'il est venu en Californie. C'est mon compagnon, Jim, je le sais, et je lui dois un grand devoir. Je dois y aller comme je considère mon devoir, mais je dois y aller avec la conscience tranquille. Je lui dois ça aussi.

Norval a lu cette étonnante lettre allongé sur un canapé devant un feu flamboyant dans sa cabane en bois. Il l'a lu et relu. Il ressentait ce qu'il aurait pu ressentir si un chien en peluche – ou un chaton pelucheux – s'était levé et l'avait frappé. Katherine lui avait donné une série de coups énormes depuis qu'elle lui avait montré son âme éveillée. Peu à peu, elle s'était éloignée de sa compréhension ; mais apparaître maintenant dans cette caractérisation stupéfiante de la femme libre, c'était... Norval éclata de rire, d'un rire dur et amer.

Puis il se dirigea vers son bureau improvisé, la cabane était remplie de ses tentatives de fabrication de meubles ; c'était un endroit remarquable.

Il écrit de manière plutôt incertaine :

KIT, tu te souviens de l'histoire de la souris qui courait dans le jus de whisky, lui léchait les jambes, s'enivrait, puis se mettait debout en criant : "Où est ce foutu chat dont j'avais si peur hier ?" Eh bien, tu me fais penser à ça. Vous étiez autrefois, sauf erreur de ma part, une gentille petite souris, plutôt effrayée par le chat conventionnel – le monde, vous savez. Puis sont arrivées les dégustations de whisky, votre talent. J'ai peur que tu sois ivre, mon enfant, ivre comme un seigneur. Mais vous voilà quand même, dos au mur, à défier le chat. Eh bien, vous avez trente-deux ans, et même si vous aviez peur du chat, vous savez certainement quelque chose sur l'animal. Je suis d'accord avec vous que nous n'étions pas faits l'un pour l'autre et je suis prêt à laisser votre âme sœur faire un spectacle. Je ne sais pas trop comment m'y prendre, mais si vous pensez ne pas trop l'escroquer — et si votre sens du devoir le permet, laissez-moi le temps de reprendre mon souffle et je vous jure que j'imaginerai une sorte de solution. "cause" qui vous libérera. En ce moment, je suis caché dans les bois, peignant comme je peignais quand Andy me regardait fixement. Je peux dire la qualité maintenant. Je suis sur la bonne voie et je ne veux pas être repoussé avant d'en être sûr. Peut-être que la loi californienne vous faciliterait la tâche. Je suis prêt à envisager de faire de moi un méchant.

Puis Norval, après avoir écrit, s'est rendu au bureau de poste, a envoyé son ultimatum avec le cachet officiel de Point of Pines dessus, et s'est rendu chez Dan's Place sans autre raison terrestre que d'oublier. Il but un peu, se moqua de prendre ce chemin pour sortir de sa perplexité, but encore un peu avec le vieux et crasseux Pierre Gavot, puis repartit vers la cabane en bois. Il ne voulait pas affronter Jo Morey ni Donelle. Il se sentait impur ; il payait, d'une manière confuse, pour Katherine.

Le soleil se couchait dans une magnifique gloire de couleurs et de bancs de nuages. Il y avait une rafale de neige dans les nuages, et jusqu'à ce qu'elle tombe, il y aurait dans l'air ce froid qui refroidissait par procuration le cerveau brûlant de Norval.

Il voulait l'isolement de la cabane plus que toute autre chose à ce moment-là. Il avait laissé du feu dans l'âtre, il pouvait s'étendre sur le canapé pour la nuit. Il ne voulait pas de nourriture, mais il avait hâte d'atteindre sa toile ; il avait commencé il y a quelques jours une chose fantastique, tout à fait hors de son style ordinaire. Tant qu'il y avait suffisamment de lumière, il pouvait travailler. Alors il a continué.

Les nuages lâchèrent contre toute attente leur fardeau, et Norval fut bientôt couvert de neige alors qu'il volait, prenant un raccourci vers la cabane. Mais ayant renoncé à la neige, les nuages disparurent et le jour s'allongea. Battant la neige de ses pieds, se secouant comme un ours, Norval entra dans la cabane et vit... Donelle debout, pétrifiée devant le chevalet !

Elle ne se retourna pas quand il entra ; elle était rigide, ses mains tenant son étui à violon.

"Tu... tu as dit que tu étais peintre !" haleta-t-elle lorsqu'elle sentit Norval près d'elle.

"Et tu penses que je ne le suis pas ?" Quelque chose dans la voix la fit sursauter, elle le regarda.

"Vous avez dit que vous aviez peint des maisons et des granges et——"

" Des gens parfois et des arbres. J'ai dit la vérité, mais tu penses que je ne suis pas un peintre ? "

"Eh bien, j'ai... je pensais rêver jusqu'à tout à l'heure. Regarde ces bois," elle regardait l'objet inachevé sur le chevalet, "Ce sont mes bois. Je connais les chemins mêmes, ils sont " _

Norval, avec la conception de Jeanne d'Arc en tête, avait peint ces bois tandis que le visage de Donelle le hantait.

« Pouvez-vous voir un visage ? » Il a demandé. Il était maintenant proche de la fille, si proche que son jeune corps le touchait.

"Est-ce seulement une fantaisie ?"

"Regarde encore, Donelle. À qui appartient le visage ?"

"Je ne sais pas!"

Mais elle le savait, et elle le regarda silencieusement.

"Donelle, pourquoi es-tu venue ici ?"

"J'ai promis que j'allais jouer pour toi."

"Alors, au nom de Dieu, fais-le ! Tu vois, va là-bas près de la fenêtre." Norval avait croisé les bras sur sa poitrine. Il avait peur de lui-même, de la folie que Katherine et Dan's Place avaient développé. "Joue et je finirai ce truc."

"Je peux mieux jouer si je bouge."

« Bougez donc, mais jouez du violon !

"Tu es sûr que tu me veux ? Je peux revenir. Tu es étrange, je n'aurais pas dû me faufiler, mais une fois que j'ai vu, je n'ai pas pu m'enfuir."

"Donelle, tu dois rester. Entends-tu ? Pour ton bien et le mien, tu dois rester. Maintenant, alors."

Il lui tourna le dos, ôta son manteau et se mit au travail.

Donelle accorda son violon, le plaça sous son menton et, marchant lentement d'avant en arrière, elle joua et joua jusqu'à ce que la faim dans son cœur soit satisfaite. Comme un petit fantôme pâle, elle parcourait la pièce grossière, souriante et heureuse.

Au bout d'une demi-heure, Norval la regarda ; il était hagard, mais tout à fait lui-même.

Puis Donelle se tourna et, hochant la tête par-dessus son arc, dit :

" Tout va bien, la joie est revenue et... Oh ! je vois le visage parmi les arbres. Quelle belle image ! C'est comme un bois avec un cœur et une âme ; c'est vivant comme la route de Tom Gavot. Maintenant il faut Rentrez chez vous, M. Richard Alton. Nous sommes fatigués, vous et moi.

"Maison?" Norval rit. "Maison?"

"Oui, à Mamsey. Je suis toujours très contente de Mamsey quand je suis fatiguée."

"Donelle, je comptais rester ici ce soir."

"Mais à la place, tu viens avec moi !" Donelle a tendu la main : « Viens !

Norval porta la main à ses lèvres.

"Espèce de petit esprit des bois blanc", dit-il, "ils ne t'ont pas appris à jouer, ils t'ont seulement laissé libre. Donelle, es-tu un esprit ?"

"Non", et maintenant les yeux jaunes cherchaient et fixaient les siens, "Je suis une... femme, M. Richard Alton."

CHAPITRE XV

LE REGARD

Et Donelle a commencé à comprendre ce qu'était l'amour. Sachez-le comme le savent les natures passionnées et audacieuses. Elle pensait à son père, à Mamsey, sous un nouveau jour. Elle a appris à comprendre sa prétendue mère avec une prise de conscience tragique et elle a frémi en pensant à son père.

"Partir et quitter l'amour !" elle pensait. "Oh ! comment pourrait-il ?"

Alors Donelle se mit à regarder Jo avec les yeux critiques de la jeunesse, et pourtant avec pitié.

Quelle sorte de fille Jo avait-elle été ? Avait-elle toujours été simple ?

Ce mot fit souffrir Donelle. Cela semblait déloyal à Jo ; mais cela la renvoya à son miroir dans la petite chambre nord, à côté de celle de Mam'selle.

Le visage qui regardait Donelle la laissait perplexe. C'était joli ? Quel était le problème ?

Les yeux étaient trop grands, ils avaient l'air affamés. La bouche aussi était bizarre ; il faisait les choses trop facilement. Il souriait et frémissait ; il se relevait dans les coins, il tombait trop facilement. Le nez était plutôt beau, mais il y avait de minuscules taches de rousseur que l'on pouvait voir si on regardait de près. Ces taches de rousseur ressemblaient, en couleur, à celles des yeux.

"J'aime mes cheveux !" » avoua Donelle, et elle lissa les tresses douces et pâles qui entouraient sa tête délicatement posée. "Ma gorge est trop longue, mais elle est blanche !"

Puis elle essaya ses quelques robes, l'une après l'autre, et en choisit une d'un bleu foncé épais. Jo avait tissé la matière, elle était très fine et chaude.

"Je crois que je vais prendre mon violon et monter à la cabane en bois", pensa Donelle, puis son visage devint brillant et rose.

Mais à la place, Donelle s'est rendue à la cabane de Tom Gavot.

Une fois hors de la maison, elle ne pouvait tout simplement pas se rendre à la cabane en bois. Elle savait qu'Alton était là, il peignait constamment quand il ne parcourait pas les forêts ensoleillées ou qu'il n'était pas assis avec Jo et Donelle, lisant dans la chaleur étouffante du poêle surmené.

"Un jour, quand il sera absent, j'irai."

Mais ah ! comment elle voulait y aller. La simple pensée d'Alton la faisait vibrer. Parfois, elle le voyait la regarder, quand Jo était penchée sur son métier à tisser ou ses aiguilles, et ce regard appelait toujours quelque chose chez Donelle ; quelque chose qui est allé directement à Alton et n'est jamais revenu !

En ce jour d'hiver, jour encore blanc, Donelle portait son violon sous son long manteau de fourrure ; elle devait jouer avec quelqu'un, et Jo était partie pour la journée dans une ville lointaine.

La porte de la cabane de Tom était fermée, mais un nuage de fumée s'échappait de la cheminée et Donelle frappa de manière plutôt formelle.

Le pas de Tom résonna à l'intérieur, il démonta la barre qui fixait la porte et l'ouvrit brusquement. Ses yeux étaient sombres et son front renfrogné.

"Pourquoi, Tom," rit Donelle, "qui enfermez-vous et excluez-vous ? Peut-être que vous ne voulez pas de compagnie ?"

"Je ne le fais pas, mais je te veux."

"Tom, qui appelles-tu de la compagnie ?"

"Le pensionnaire de Mam'selle, ce M. Alton." Tom avait croisé Norval une ou deux fois depuis son retour.

"Tu ne l'aimes pas, Tom ?"

Donelle était entrée et avait pris une chaise près de la cheminée, maintenant elle jeta son manteau et posa le violon sur ses genoux.

"Oui, je l'aime assez bien, et c'est là le problème. Je ne veux pas aimer les gens à moins qu'il y ait une raison. Je ne trouve pas de raison pour cet homme."

Donelle a ri.

"Pourquoi est-il ici de toute façon, Donelle ?"

"Pourquoi n'irais-tu pas voir sa cabane en bois, Tom ? Il te l'a demandé." Elle avait entendu Norval le faire avec une certaine insistance.

"Oui. Mais je n'y vais pas."

"Pourquoi, Tom ?"

"Je suis trop occupé."

"J'aimerais que tu y ailles, Tom. J'aimerais que tu puisses voir ses photos. Eh bien, Tom, tu aurais envie d'enlever tes chaussures."

Tom rit sombrement.

"Pas tant qu'il fait si froid", dit-il.

"Mais, Tom, c'est la raison pour laquelle M. Alton. Il fait en sorte que nos bois, nos cieux et nos rivières soient en sécurité sur ses toiles. Il va les rapporter à des gens qui n'ont jamais vu de telles choses."

"Pourquoi ne viennent-ils pas embarquer ici, alors, et les voir par eux-mêmes ?" Tom jeta méchamment une bûche sur le feu. "Tu ne veux pas dire qu'il fait ça pour faire plaisir à beaucoup de gens ?"

"Tom, il vend ses tableaux ; il en tire beaucoup d'argent."

"Euh!" Puis : " Vous a-t-il déjà mis sur les photos, Donelle ? "

Il y eut une légère pause. Se souvenant de la légère suggestion de la première photo qu'elle avait jamais vue dans la cabine, Donelle dit doucement :

"Non, Tom."

"Je suis content. Je détesterais que beaucoup d'étrangers te regardent."

"Tom, tu es accroupi. Laisse-moi jouer pour toi."

Et, pendant qu'elle jouait, de plus en plus captivée et absorbée, Tom amena sa planche à dessin près de la fenêtre et se pencha sur ses plans. Peu à peu, l'air de doute et d'irritation quitta son visage, un flot de bonheur l'envahit. Il a commencé à voir des routes. Toujours des routes. Il voulait se rendre à Québec au printemps et parler à son entreprise de quelque chose qu'il avait découvert récemment ; et c'était aussi sur les terres de Mam'selle Morey. S'il y avait une route parmi les collines par laquelle transporter ce qu'il a trouvé, transportez-le par un raccourci jusqu'au chemin de fer, Mam'selle et Donelle n'auraient plus à accueillir d'étrangers répréhensibles chez eux et…

Donelle a continué à jouer sans y prêter attention, mais Tom a commencé alors qu'on frappait à la porte !

"Je ne l'ouvrirai pas !" pensa-t-il sauvagement. "Laissez-le penser ce qu'il veut."

La mélodie continuait doucement.

"Tu aimes cette chanson, Tom ?" Donelle était loin de la cabane immobile.

"Oui, j'aime ça, Donelle, mais joue quelque chose de plus fort, plus vite."

"Eh bien, alors, qu'en est-il de ça ?" et en riant, Donelle s'est lancée dans un nouveau thème.

Encore une fois, on frappe ! Cette fois, plus doux mais plus insinuant.

Puis tout fut calme, mais la musique folle remplissait la pièce chaude.

À ce moment-là, le visiteur à la porte fit le tour de la maison et arriva en pleine vue de la fenêtre devant laquelle Tom était assis, rigide et provocant. C'était Norval, il s'arrêta, s'approcha et resta immobile. Tom se leva et le mouvement attira l'attention de Donelle. Elle se tourna et vit les deux hommes se regarder, le verre entre eux.

"Maudit soit-le!" marmonna Tom, "maudit soit-le!"

Norval disparut instantanément, mais pas avant que Donelle n'ait remarqué l'expression dans ses yeux.

"Tom," dit-elle avec effroi, "qu'a-t-il pensé ?"

"Qu'importe ce qu'il pensait ?"

"Mais, Tom, dis-moi, qu'a-t-il pensé pour le faire ressembler à ça ? Peut-être, peut-être qu'il pense que je ne devrais pas être ici, seule avec toi."

" Bon sang. De quel droit a-t-il le droit de regarder chez moi ? "

"Mais, Tom, ses yeux, je ne peux pas supporter de penser à son regard. C'était—c'était un rire, mais ça faisait mal."

"Qui se soucie de ce qu'il pensait ?" Tom était sauvage.

"Oui," murmura Donelle. Elle rangeait son violon. "Oui. Je ne pouvais pas supporter qu'un homme me regarde comme ça. Eh bien, Tom, ça m'a fait honte."

Gavot jura encore une fois, mais à mi-voix.

"Tu y vas ?" Il a demandé. "Attends, je viens avec toi. Attends, Donelle."

Mais la jeune fille ne s'est pas arrêtée.

"Je préfère y aller seule", a-t-elle rappelé.

Mais elle ne rentra pas directement chez elle, elle fit un détour et arriva sur la colline derrière la petite maison blanche. Les grands pins devenaient noirs sous la neige intacte, le ciel hivernal était aussi bleu que l'acier et aussi froid. Au milieu des arbres, où elle était abritée, Donelle s'assit. Là, elle pourrait réfléchir !

Le pouvoir d'un regard est puissant. Le simple instant où Norval avait regardé Donelle à travers la fenêtre était suffisant pour transmettre le sens de l'esprit de l'homme à la jeune fille sensible.

Il lui a fallu un certain temps pour traduire la vérité alors qu'elle était assise sous les arbres au sommet de la colline, mais peu à peu, tout est devenu clair.

"Il ne le sait pas, mais il a une mauvaise opinion de moi." Donelle parlait à voix haute comme pour répéter une leçon.

"Pourquoi devrait-il penser mal ?" » questionna le dur professeur.

Donelle se souvint alors de son père et de Jo, et de la parole avec laquelle Pierre Gavot avait pollué sa vie.

"C'est pour ça qu'il a ri", frémit la jeune fille. Son propre secret interprétant le regard blessé, même si elle ne le connaissait que sous le nom de Richard Alton, elle n'avait aucune raison de croire qu'il connaissait son histoire.

Puis l'implacable professeur lui rappela le regard de Dan Kelly, le regard qui l'avait effrayée et qui avait poussé Jo à la renvoyer à la Maison Fortifiée.

"À moins que je ne me sauve", gémit Donelle, "personne ne peut empêcher les gens de regarder... ces regards !"

Elle se leva tranquillement et descendit la colline, une forme grande, mince et fantomatique, aux yeux hantés par la connaissance.

Cette nuit-là, après le repas du soir, Norval resta dans le salon lumineux et tortura Donelle. Il savait qu'il était brutal, mais quelque chose le poussait à continuer. Il souffrait bêtement, sans cause, croyait-il. Pourquoi se soucierait-il qu'une fille dont il en savait trop se cache avec un jeune géant rude derrière une porte verrouillée dans une cabane isolée ?

Puis il a conclu que c'était parce qu'il savait ce que pouvaient ressentir Alice Lindsay et Law qu'il souffrait. Ils seraient tellement choqués.

"Après tout", essaya de raisonner Norval pour se rendre indifférent, "le sang criera. Le monde est peut-être sacrément injuste envers les femmes, mais il manque quelque chose quand une fille comme celle-là se fait bon marché."

C'est alors que Norval commença son supplice. Jo était dans la cuisine en ce moment, Donelle débarrassait la table.

« Où étais-tu cet après-midi ? Norval remplissait soigneusement sa pipe, assis à califourchon sur sa chaise.

"Une partie du temps, j'étais dans les bois sur la colline", Donelle jeta un coup d'œil à Jo à travers la porte ouverte.

"C'est étrange!" Norval soufflait lentement et les yeux de Donelle suppliaient inconsciemment. Sans vraie raison, elle ne voulait pas que Jo sache qu'elle avait été avec Tom. Elle était hantée par le regard !

"Pourquoi ne viens-tu pas dans ma cabane pour jouer avec moi ?" Cela d'un ton si bas que Mam'selle ne pouvait pas entendre.

"Je—je ne sais pas. Je pourrais te gêner pendant que tu travailles."

"Au contraire. Monte demain, Donelle, je te peindrai avec ton violon. Tu feras regarder la ville, la ville de chez toi."

Le visage de Donelle rougit. Elle se souvint des paroles de Tom.

"Je ne veux pas que des étrangers me regardent", a-t-elle déclaré avec entrain.

"Pourquoi pas ? C'est un joli visage, Donelle."

Alors la jeune fille traversa la pièce et se plaça devant lui.

"Si tu parles et ressembles à ça", prévint-elle à voix basse, "je demanderai à Mamsey de te renvoyer."

Norval rit.

"Je ne crois pas que tu le feras", dit-il en tendant la main vers elle.

Et, pendant des heures cette nuit-là, alors que tout était calme, Donelle resta allongée dans sa chambre sombre et pleura alors qu'elle luttait avec ses émotions confuses.

"Il s'en ira ! Il n'osera *pas* me regarder ainsi et murmurer !"

Puis elle s'est retournée.

"Mais il ne doit pas partir avant que je lui fasse honte de me regarder... alors. Mais comment puis-je ? Comment puis-je ?"

Vers le matin, le sommeil arriva et quand Donelle se réveilla, Norval avait pris son petit déjeuner et était parti.

Une fois le travail de la matinée terminé, Jo a demandé à Donelle d'aller faire une course. Une pauvre femme dans les collines était malade et avait besoin de nourriture adéquate.

"J'ai un mal de dos, Donelle", expliqua Jo, "Je ne crois pas que je pourrais y aller à pied, et la route est intacte. Molly est trop vieille pour se frayer un chemin. Si vous empruntez le chemin forestier, cela ne sera pas très loin."

"J'adorerais y aller, Mamsey. C'est une journée tellement calme, et as-tu déjà vu un tel soleil ?"

La libération était la bienvenue, la pauvre Donelle se débattait toujours dans ses émotions confuses. Elle était reconnaissante qu'Alton soit parti ; elle avait envie de le voir, et ainsi de suite.

"Je serai de retour dès que possible, Mamsey. Le panier est-il rempli ?"

Il n'était que huit heures lorsque Donelle partit. Elle portait son long manteau de fourrure sombre, une capuche de fourrure en forme de capuchon recouvrait ses cheveux pâles, son visage délicat et blanc brillait doucement dans le décor doux et sombre. Les yeux étaient pleins de soleil mais sa bouche tombait pathétiquement.

Jo se souvint du regard longtemps après le départ de la jeune fille.

« Je ne dois pas la garder ici », raisonna-t-elle ; "Je vais écrire à nouveau à ce M. Law. J'attendrai jusqu'au printemps ; il ne peut pas venir maintenant. Je vais lui demander de venir ici et d'en discuter."

Alors Mam'selle alla à son métier à tisser et travailla comme un Destin ; il y avait des tas de choses merveilleuses à vendre. Ils aideraient sûrement Donelle à devenir autonome ! Ainsi Jo travaillait, rêvait et craignait, tandis que Donelle traversait la neige croustillante, traversait les bois silencieux et sacrés, franchissait la colline brillante jusqu'à la femme malade dans sa cabane lointaine.

Pendant une heure, la jeune fille a travaillé dans une maison isolée. Elle alluma un feu rugissant, transporta dans un magasin de bois, nourrit et encouragea la pauvre âme sur son lit dur, puis tourna son visage vers Point of Pines.

Presque enfantinement, elle traînait le chemin, essayant de mettre ses pieds dans les marques qu'elle avait faites en montant. Elle s'y intéressa tellement qu'elle en oublia *presque* ce sentiment étrange et triste dans son cœur.

"Je vais tracer un nouveau chemin", décida-t-elle, ce qui lui fit penser à Tom Gavot et Alton et... au Look !

Puis elle a oublié tout le reste et s'est éloignée. Elle était malheureuse comme les jeunes connaissent le malheur ; pas de perspective, pas de comparaison. Jamais il n'y avait eu un cas pareil que le sien ! Jamais personne n'avait souffert comme elle souffrait parce que personne n'avait jamais eu la même raison !

Lorsque Donelle s'est rappelée, elle a découvert qu'elle se trouvait sur l'autoroute à plusieurs kilomètres au-delà de Point of Fines. Le soleil descendait, l'ouest était doré et un silence solennel, presque mortel, imprégnait l'espace.

Il y avait une grande croix à côté de Donelle. Noir, il surgissait de la neige intacte, avec ses pointes blanches et brillant sur le ciel éclatant. En dessous, quelqu'un s'était visiblement agenouillé, car la croûte de neige était brisée. Quelle signification tout cela avait pour Donelle, qui pourrait le dire ? Mais la confusion et la douleur des dernières heures lui ont serré le cœur, et elle, qui n'avait jamais été encouragée par Jo Morey à considérer la religion sous quelque forme que ce soit, s'est dirigée lentement vers la croix et s'est effondrée !

Les enseignements de Saint Michel la réclamaient, le souvenir de la petite sœur Marie au regard perdu s'accrochait à elle ; alors une paix entra dans son âme.

"Personne ne pouvait me faire de mal là-bas", sanglotait-elle. "Personne ne pouvait me regarder avec ce regard." Puis, au pied de la croix, la tête baissée et les larmes coulant, Donelle frissonna et pria.

"*At the foot of the cross, her head bowed and her tears falling, Donelle shivered and prayed.*"

"Au pied de la croix, la tête baissée et les larmes coulant, Donelle frissonnait et priait."

Bientôt, elle releva la tête ; c'était calme et pâle. Il y avait une larme ronde sur sa joue qui n'était pas tombée avec les autres. Elle se tourna et là, au bord de la route, se tenait Norval. Depuis combien de temps il était là, il aurait difficilement pu se le dire.

Lorsqu'il était allé à la Maison Blanche pour son repas de midi, Jo lui avait parlé, sans aucune conséquence, de la course de Donelle et il l'avait suivie, pour quelle raison Dieu seul savait.

"Donelle!" il a dit : « Donelle !

Le regard terrible dans ses yeux avait disparu, tout comme le sourire moqueur de la veille. La pitié, la divine pitié, l'émouvait.

"Donelle!"

"Oui, M. Richard Alton." La pauvre fille s'efforçait d'être taquine, mais ses lèvres tremblèrent et soudain une dignité et un détachement étranges, presque horribles, l'envahirent. Debout, les mains jointes, dans son habit de nonne, elle semblait avoir fait ses adieux au monde dont rêvent les femmes.

"Que fais-tu, Donelle, près de cette croix ?" Norval ne s'approcha pas, et une distance de plusieurs pieds les séparait.

"Penser et prier."

« Penser quoi ? Et prier pour quoi ? »

Le trouble dans ses yeux rencontrait le trouble dans les siens et exigeait une simple vérité.

"Je pensais à la façon dont tu m'as regardé hier quand j'étais dans la cabane de Tom Gavot et à la façon dont tu m'as fait souffrir la nuit dernière. Et je priais Dieu de m'aider, de m'aider à cesser de t'aimer."

Les mots étaient si naïfs et directs qu'ils firent respirer Norval. En un éclair, il vit la vraie nature de la jeune fille devant lui. Elle était vieille, gravement vieille, par héritage ; et elle était aussi une jeune enfant pitoyable.

Les gens n'avaient touché que la surface extérieure de son caractère et de sa personnalité. Seule, elle avait appris les leçons primitives et désespérées de la féminité.

« Arrête de m'aimer ? Norval répéta les mots lentement.

"Oui, je commençais à t'aimer beaucoup, plus que tout. Puis, quand tu avais l'air tel que tu étais hier, je me suis souvenu et toute la nuit j'ai eu peur. Oh! Je suis content que tu n'aies pas réussi à m'aimer. C'est ça fait tellement mal!"

"Comment sais-tu que je n'ai pas besoin de t'aimer ? Comment sais-tu que c'est parce que je t'aime que j'ai eu l'apparence d'hier ?"

"Ah, non, M. Richard Alton, vous n'auriez pas pu avoir une telle apparence si vous m'aviez aimé." Donelle essaya de sourire et fit une démonstration pitoyable.

"Tu ne connais pas les hommes, Donelle."

"Mais je connais l'amour."

Maintenant qu'elle en avait pris ses derniers adieux, Donelle pouvait en parler comme aurait pu le faire la petite sœur Mary, car elle avait juré près de la croix de retourner à Saint-Michel. Sœur Angèle avait dit autrefois qu'elle y trouverait la paix. Puis elle s'adressa brusquement à Norval.

"Vous voyez, peut-être avez-vous entendu quelque chose à propos de Mamsey et moi, mais vous n'avez pas tout à fait compris et vous pensiez que vous aviez le droit de ressembler à ce que vous étiez. Je me demande pourquoi les hommes veulent rendre la tâche plus difficile pour... pour les femmes, quand les femmes essaient de ressembler à ce que vous étiez. oublier?"

Norval grimaça ; le puits s'était enfoncé à sa juste place.

Et la jeune fille au visage blanc restait toujours à distance et essayait de sourire.

"Je vais tout vous dire sur Mamsey et moi", dit-elle. "Je vous le dirai pendant que nous marchons."

CHAPITRE XVI

L'HISTOIRE

Comme elle connaissait peu la vie ! Mais comment la dernière année de souffrance et de renoncement avait comblé le vide d'une philosophie jeune mais terrible. Norval ne parlait pas. La tête baissée, les mains jointes derrière lui, il marchait à côté de Donelle qui avançait, portant sa croix et celle de la pauvre Jo.

"Vous voyez, je ne pouvais pas laisser Mamsey savoir que je savais. Je ne pouvais pas lui faire de mal ainsi. Elle m'aurait fait partir, et je me serais toujours souvenu d'elle ici seule, là où mon père l'avait laissée. Et Tom Gavot m'a aidé à garder les gens toujours. Il reste ici, et il voulait partir très loin, et être quelque chose de si différent. C'est pourquoi je peux jouer pour Tom dans sa cabine. Il sait et comprend; il ne pouvait pas faire de mal à Mamsey et moi, il ne pouvait pas ! Les femmes comme Mamsey et moi ressentons terriblement mal, c'est pourquoi je vous dis ça, je veux que vous soyez gentil. Ne compliquez pas les choses, elles sont déjà assez mauvaises !"

"Donelle, pour l'amour de Dieu, épargne-moi !"

Les mots furent arrachés à Norval, mais il ne leva pas les yeux.

"Je suis sûr que maintenant que tu le sais, tu ne nous fera plus jamais de mal," la voix de Donelle l'apaisa et la caressa inconsciemment. "Moi !... je voulais être heureuse comme si de rien n'était, avant ma naissance, pour m'empêcher d'être heureuse. J'ai pensé à l'amour, comme le font les filles. Elles n'y peuvent rien. Puis tu es venue et je te voulais !"

Une férocité frémissante traversa les mots. Norval jeta un rapide coup d'œil au visage près de lui et vit que l'énoncé le plus pur et le plus primitif d'une puissante vérité contenait la pensée de la jeune fille. Si elle avait dit, elle, la première femme, à lui, le premier homme :

"Tu es à moi, je te veux", n'aurait-elle pas pu le dire plus divinement.

"Je voulais te rendre heureux ; jouer pour toi pendant que tu peignais tes beaux tableaux, et puis quand tu étais fatigué et j'étais fatigué, eh bien, notre grand amour nous apporterait de plus en plus de bonheur. Alors, eh bien, alors tu as regardé à travers la fenêtre de Tom Gavot et j'ai compris !"

Donelle et Norval s'approchaient de la petite maison blanche, ils apercevaient la fumée qui sortait de la cheminée. Les pensées de Norval couraient follement, se pressaient sur lui, l'étouffaient. Il entendait assurer l'avenir de cette jeune fille, à l'abri de lui-même et de la passion la plus sacrée de sa vie qui, il l'admettait maintenant, l'avait dominé. La raison, la compréhension du monde, n'y participaient pas, il la voulait. Il devait l'avoir et était prêt à ouvrir la voie menant à un amour honnête. Mais il ne pouvait pas lui parler de Katherine, de lui-même, il n'en avait pas le temps ; aucun temps et son expérience n'auraient pu la préparer à le supporter.

"Je vais vous confier un grand secret", murmura à moitié Donelle, "là-bas, près de la croix, je me suis souvenue de ce que les sœurs de la maison me disaient. Elles le savaient, mais je ne le savais pas... à l'époque. Pour les filles comme moi... eh bien, je retourne à St. Michael's-on-the-Rocks et j'enseigne aux bébés. C'est pourquoi je pourrais vous dire ce que je viens de vous dire.

Puis Norval se retourna et la prit dans ses bras. Il fit cela avec une telle rapidité et une telle puissance que Donelle resta silencieuse et effrayée, son visage blanc pressé contre sa poitrine, ses yeux merveilleux scrutant son visage sévère et étrange.

"Non, par Dieu ! Vous ne retournerez pas à St. Michael's !" Il murmura. "Espèce de petite âme blanche, ne vois-tu pas que je t'aime et que je t'adore ? Ne vois-tu pas que c'est parce que je ne pouvais pas supporter qu'un autre homme t'ait, que j'étais une brute pour toi ? Penses-tu que tout mal que d'autres ont fait peut t'empêcher de m'approcher, de me laisser t'emmener là où tu appartiens ? Donelle ! Donelle, embrasse-moi, mon enfant.

Seuls les yeux profonds bougeaient ; ils s'élargissaient et devenaient sombres.

"Puis-je vous embrasser?"

"Non." Et Norval ne l'a pas embrassée !

"Mais tu es à moi, Donelle, et toutes les puissances du monde ne peuvent pas changer cela. Je vais te faire me croire. Qu'est-ce qui m'importe, sauf ça ? Tu as tout chassé de vue, sauf toi-même. Quand tu joues, Grand Dieu, Donelle, quand tu joues avec moi, en te déplaçant comme tu l'as fait la première et unique fois dans ma cabane, tu m'as emmené dans un Grand Endroit. Ne tremble pas, petite fille, ne le fais pas. Chaque frémissement me fait mal. Je vais te faire oublier la brute en moi, je vais rencontrer ton amour, cher cœur, avec un aussi beau, alors aide-moi mon Dieu ! Fais-moi confiance, Donelle, fais-moi confiance et quand tu pourras me dire que tu le fais crois-moi, nous irons chez Mam'selle. Elle comprendra, elle a une âme puissante. Oh, Donelle!"

Norval se pencha sur le visage tendre, le toucha presque de ses lèvres, mais ne le fit pas.

"Mon petit amour blanc !" Il murmura. "Mais tu viendras jouer pour moi ?" il a plaidé.

"Oui."

"Et tu le feras, tu me feras un beau spectacle ?" Elle sourit faiblement.

"Si jamais je te donne à nouveau une raison de me craindre, j'espère..."

Puis Donelle leva la main et la posa sur ses lèvres.

« J'ai tellement peur de cette chose merveilleuse qui m'arrive, dit-elle, et il ne faut pas dire... eh bien ! ce que tu allais dire tout à l'heure.

"Ne crains pas l'amour, ma chérie. C'est la chose la plus sacrée au monde." Norval avait retiré la main de ses lèvres et la tenait maintenant dans les siennes. "Et nous le garderons sacré, Donelle. C'est notre part."

"Oui, oui ; mais penser, penser !"

"Ne réfléchis pas, ma chérie, ici. Approche-toi et essaie d'aimer un instant sans t'en souvenir."

"Pourquoi, comment puis-je?"

"Essayer."

Et ainsi ils se tenaient avec la lumière dorée de l'ouest sur leurs visages. Norval a réfléchi. Il réfléchit à la méthode la plus rapide possible pour libérer Katherine et lui permettre d'embrasser Donelle. Il pensait à la prise de conscience sauvage de sa vraie nature – une nature qui avait été déformée et contractée par l'héritage et la formation. Il ne voulait pas des sentiers battus, c'était toujours là son problème. Il voulait des sentiers ininterrompus, mon Dieu ! combien il avait eu soif et faim de ce que représentait cette petite chose sauvage et douce dans ses bras. L'amour, l'amour simple et primitif, la musique, la compréhension ! Et puis Norval a pensé à Anderson Law ! Je pensais à lui, je le désirais à ce moment-là comme un aveugle désirerait le guider, non pas vers le bon chemin, mais vers lui.

"Tu peux m'embrasser maintenant !" Ceci dans un murmure.

Cette reddition rapide a surpris Norval. Il baissa la tête, pensant toujours à Law.

"Ma femme," dit-il à ce visage relevé, "quand j'aurai le droit, que j'ai perdu d'une manière ou d'une autre, je t'embrasserai."

"Mais tu as dit que nous ne devions pas réfléchir ; quand tu penses, tu te souviens."

"Oui, Donelle, nous nous souvenons et nous regardons vers l'avenir avec foi."

Doucement Norval la laissa libre. Il lui sourit et son regard la fit se tenir très droite, mais elle lui rendit son sourire.

"Je suis tellement heureuse", dit-elle simplement. "Et je pensais que je ne serais plus jamais heureux."

"Et moi... pourquoi, Donelle, tu m'as appris ce que signifie le bonheur. Et tu tiendras ta promesse de venir à la cabane en bois ?"

"Oui, M. Richard Alton." Donelle a fait une politesse.

"Et tu apporteras le violon ?"

"Bien sûr."

"Et Donelle, devant toi, chère enfant, je demande pardon et pardon à Tom Gavot."

"J'aimerais qu'il sache que tu es ce que tu es", attristèrent les yeux de Donelle.

" Il le fera, mon enfant. Cela, je le jure. A côté de Mam'selle, " ici, presque inconsciemment Norval leva sa casquette, " à côté de Mam'selle, Tom Gavot le saura. Viens, petite fille, voici la maison ! "

Et ensemble ils montèrent chez Jo. C'était merveilleux de voir comment ils ont géré la grande chose qui s'était produite. Jamais extérieurement cela ne les a vaincus.

L'hiver devint calme et dur, les gens se retranchèrent dans leurs maisons. Il y avait des sentiers battus, comme les rayons d'une roue, menant de la plupart des maisons au centre, qui était Dan's Place ; il y avait des sentiers plus ou moins accidentés qui arrivaient à la rivière où, sous la glace, on pouvait pêcher du poisson.

Tom Gavot, justement à ce moment-là, fut rappelé au devoir et laissa à son père assez d'argent pour le faire taire ; et suffisamment de nourriture et de carburant pour assurer sa sécurité.

Jo, de plus en plus satisfaite et heureuse, cuisinait pour son pensionnaire, se délectait de sa société pendant les longues soirées et ignorait parfaitement ce qui se passait sous ses yeux.

Norval fit venir beaucoup de livres. Livres de voyage; Jo en fut essoufflée.

«Je peux m'asseoir dans ce rocker», disait-elle souvent à Marcel Longville, «fermer les yeux, et me voilà dans ces endroits lointains. Je vois des palmeraies et j'entends le bruissement de la mer. Pitié! Marcel, imagine-toi un plan d'eau aussi long que le Saint-Laurent et aussi large que long!"

"Je ne peux pas", dit Marcel. "Et je ne voudrais pas. L'eau n'est pas ce que je préfère le plus. Mais j'aime les pays des palmiers, Mam'selle. Ils sont, en général, chauds. Parfois, j'ai l'impression que je n'aurais plus jamais chaud." Aussi longtemps que je vivrai."

Pendant que Norval lisait à haute voix à Jo et Donelle, il levait souvent les yeux pour trouver Donelle qui le regardait. Par-dessus le gouffre de silence qui les séparait, ils souriaient et faisaient confiance.

Norval a écrit à son avocat, lui a demandé d'entreprendre immédiatement des démarches juridiques, pour le motif qu'il pouvait légitimement retenir. « Laissez ma femme et moi libres », dit-il ; "avec des caractères aussi décents que le permettent nos stupides lois. Je ne vois pas pourquoi la société devrait se sentir plus morale si nous sommes souillés."

Mais Norval n'a pas écrit à Katherine. Il a laissé cela à ses avocats. Il a cependant envoyé un exposé assez juste de son cas et de celui de sa femme à Anderson Law qui, à cette époque, se prélassait sous le ciel calme de l'Égypte, errait dans les déserts, oubliait et se ressaisissait.

Et selon sa promesse, Donelle allait souvent à la cabane dans les bois. Parce que c'était l'hiver et que Point of Pines était dans un état anormal, personne n'était au courant des visites secrètes. Même les notes joyeuses du violon n'attiraient pas l'attention. Norval a peint comme il n'a jamais fait de sa vie auparavant. Son génie brillait de mille feux. Il connaissait la différence maintenant ; cela l'a rendu humble et reconnaissant. Il a peint les bois d'hiver avec un pinceau inspiré. Ils dormaient mais pas morts. Son soleil était vivant ; son clair de lune, pure magie. Il attrapa la rivière gelée avec ses couleurs étranges et changeantes ; il traitait avec appel les maisons isolées et dispersées ; ils semblaient, sous sa main, demander de la sympathie dans leur isolement.

Guidé par l'interprétation de Donelle, il a peint une route pleine de mystère et de délice. Une longue route menant au sommet d'une colline.

"Oh!" Donelle a pleuré lorsqu'elle s'est approchée et a vu la photo. "Maintenant, je vois ce que Tom a vu il y a longtemps, mais tu as dû m'apprendre. La route est vivante, c'est un—un ami ! Tu ne voudrais tout simplement pas lui faire du mal ou lui faire honte. Oh ! comme la lumière du soleil se couche dessus . Je crois que ça bouge !"

Norval leva le visage, ses yeux ardents réclamaient l'amour qu'il voyait dans ceux de Donelle.

"Chérie, trotte et joue pour moi", disait-il soudain, ses lèvres se fermant fermement, "joue et joue pendant que je prépare la route de Tom Gavot pour lui. Mon enfant, quand je donnerai cette photo à Tom Gavot, je lui ferai comprendre beaucoup de choses. »

"Et tu lui donneras la Route ? Il sera si heureux." Donelle bougeait, les yeux rêveurs.

"Je me demande!" souffla Norval.

"Je me demande quoi ?" Donelle fit une pause.

"Environ mille choses, ma douce."

Peu à peu, Norval peignit son amour ; il l'a peint dans le splendide tableau qui a ensuite été accroché dans une galerie lointaine et qui était connu sous le titre "Plus beau que le matin, plus beau que la lumière du jour".

Donelle y était assise, là où la lueur occidentale tombait sur elle. Avec une expression ravie dans ses yeux jaunes, son violon en équilibre, l'archet prêt, elle regardait et souriait à la vision qui l'avait saisie et retenue.

"J'ai l'impression de te regarder", murmura Donelle alors que, debout à côté de lui, elle regardait la toile. « J'attends que tu me dises quoi jouer. Je crois, je crois que tu me dis : « joue notre jolie petite chanson française ». Dois-je y jouer maintenant ? »

"Oui, ma bien-aimée, et puis," Norval était sévèrement occupé à ses pinceaux, "puis nous irons faire une promenade avec Nick. Ce petit coquin infernal est comme un réveil. Regarde, Donelle, il arrive par le chemin, " Je viens nous dire que le repas du soir est prêt. Parfois je me demande si Mam'selle devine ? "

Après un certain délai, une lettre arriva de l'avocat de Norval.

Ça disait:

Je pense que d'ici l'été, nous pourrons tout mener à une conclusion satisfaisante. Je ne peux pas prendre de mesures concrètes pour le moment car l'avocat de Mme Norval écrit qu'elle a été très malade et qu'elle est partie à la montagne pour récupérer.

Norval fronça les sourcils, il commençait à s'impatienter du retard, il voulait emmener Donelle en Egypte au début de l'été. Il voulait que Law lui appose son sceau d'approbation.

Mais Donelle ne voyait aucune raison d'être perplexe ; elle existait dans un état si glorieux que rien de dérangeant n'y pénétrait jamais. Il lui suffisait de se réveiller le matin et de savoir que son amour était dans la chambre haute de Jo, en sécurité et à proximité. C'était une joie pour elle de regarder Jo elle-même et de penser que le monde ne pouvait plus lui faire de mal. Comment est-ce possible, avec le grand amour qui les tient tous ?

Lorsque Norval la toucha, Donelle ressentit un frisson de confiance et de compréhension. Elle ne doutait plus maintenant et elle riait souvent en se souvenant de son vœu sur la croix et en pensant à Saint Michel sur les Rochers.

"Oh ! mais c'est la magie qui m'a attrapé !" murmura-t-elle en serrant son corps mince dans ses bras et en souhaitant, avec des larmes de joie, que tout le monde, son petit monde, puisse le savoir.

Elle voulait que Jo le sache, et Tom Gavot ! Elle ne pouvait pas supporter que Tom nourrisse de la haine pendant qu'il était en train de tracer ses routes. Elle voulait que tout le monde à Point of Pines le sache, même le vieux Pierre.

Elle aurait souhaité, presque pathétiquement, que Mme Lindsay et le professeur Revelle puissent le savoir.

"Car ils m'ont rendue un peu plus semblable à mon cher amour", se dit-elle. "Ils m'ont égayé et m'ont donné la musique. Ma chérie m'aime pour être jolie et il aime ma musique."

Mais tout n'a pas été si simple pour Norval. Il y avait des moments où, seule avec Donelle dans la cabane en bois, le côté brut de l'amour faisait son immense revendication.

Comme Donelle était désirable lorsque, jetant son violon, elle se jeta sur une chaise près de l'âtre et dit :

"Viens, range les peintures et essuie soigneusement les pinceaux. Viens me raconter une histoire et ensuite, cher homme, je te remuerai de l'érable et je mettrai beaucoup de noix. Oh ! mais je le ferai bien."

Norval, à de tels ordres, sentit ses forces s'éloigner.

"Il y a une histoire que j'aimerais te raconter, petite femme", lui lança-t-il un jour désespérément.

"Et c'est quoi ?"

"Une histoire d'homme et de femme."

"Allez, continuez", a exhorté Donelle. "Ce sera le meilleur de tous."

"Vous pariez que ce sera le cas!" Puis Norval jeta ses pinceaux.

"Je viens te prendre dans mes bras et t'embrasser, ma chérie !" » prévint-il, mais ne bougea pas.

"Eh bien, pourquoi pas ? Et ensuite nous pourrons le dire à Mamsey."

Norval fronça les sourcils.

"Dois-je venir vers toi, cher homme ?"

Oh! comment elle a attiré et tenté son amour sûr et innocent. "Je te fais confiance maintenant. Je te demande pardon parce que je ne l'ai pas fait autrefois. Je ferai la moitié du chemin."

"Ma chérie, quand je te prendrai dans mes bras pour te raconter l'histoire que je veux te raconter, j'irai jusqu'au bout ! Maintenant, remuez le sirop, espèce de petit négociateur dur. Ajoutez une poignée supplémentaire de noix pour les crimes que vous avez commis. commettre mais je n'en sais rien."

"Et maintenant tu ris !" s'écria Donelle.

"Loin de là, je pense jurer."

« À quoi ? Donelle cassait les noix.

« Devant la bêtise absolue de... Bon Dieu, mon enfant... » Norval s'élança vers elle, « ta jupe était en feu ! Il écrasa les étincelles et la retint un moment.

« Si quelque chose t'arrivait, » marmonna-t-il.

"Que feriez-vous?" Donelle tremblait un peu dans ses bras.

"J'irais... ne me regarde pas de cette façon, Donelle, j'irais à St. Michael's-on-the-Rocks."

CHAPITRE XVII

LA VÉRITÉ ÉCLATANTE

Puis le printemps arriva doucement, parfumé depuis la rivière, sur la colline. Presque chaque jour, une nouvelle petite fleur montrait sa tête. Tom Gavot revint sombre, fatigué et impatient. Il trouva sa cabane balayée et brillante, un feu dans l'âtre et un bouquet de timides fleurs de neige dans une tasse craquelée sur la table - cela le fit rire. Mais à leur vue, la lassitude de Tom disparut et il s'assit au coin de son feu avec un soupir de contentement complet.

Jo a chanté à son travail ce printemps-là, elle a même chanté "A la Claire Fontaine". Elle l'a chanté avec audace, sans réserve, et Nick a oublié ses années et la faiblesse croissante de ses yeux. Il renifla parmi les nouveautés délicieuses des bois, trouva l'odeur qu'il cherchait et partit au trot gai, se sentant à nouveau jeune et pimpant. Molly, le cheval robuste, tâtait son avoine ; elle a failli s'enfuir une fois, jetant Jo du puits dans la route boueuse.

Mais Jo se contenta de rire à haute voix. Tout cela était tellement absurde et naturel.

"La petite vache rouge", dit Jo à Donelle ce printemps-là, "est vieille, vieille. Je ne sais vraiment pas si c'est sage de la garder plus longtemps. Elle se mange la tête."

"Mais tu vas la garder, Mamsey, n'est-ce pas ? Tu ne pouvais tout simplement pas la renvoyer ? Pense à tous ses jolis mollets, et elle a été si fidèle."

Soudain, Mam'selle se souvint de la nuit précédant l'arrivée de Donelle : quand elle et Nick avaient attendu avec la petite vache rouge.

"Bien sûr," lâcha-t-elle, "je vais la garder. Je ne faisais que supposer."

"Oh ! Mamsey, tu es tellement amusante et tu ne te caches plus. Tu commences vraiment à être beau. Connaissez-vous M. Alton, M. Richard Alton, dit qu'il aimerait vous peindre comme 'La Femme' Avec la houe. Il dit que vous montreriez à cet homme – je ne sais pas de qui il parle – ce qu'une pute peut faire pour les bonnes personnes.

"Eh bien, M. Richard Alton ne va pas me gâcher avec ses peintures. C'est une terrible perte de temps pour un homme adulte de faire des photos toute la journée. Je me demande quand il rentre chez lui ?"

"Je me demande?" murmura Donelle.

"Nous n'aurons jamais un autre pensionnaire comme lui, mon enfant."

"Oh ! jamais, Mamsey."

"J'aimerais qu'il reste tout l'été. J'aimerais le jeter aux dents des pensionnaires de Marcel."

"Oh ! Mamsey."

"Le capitaine dit qu'il est prêt à accueillir les gens maintenant ; il a ouvert plus tôt parce que le père Mantelle prophétise un été précoce."

Puis une nuit, alors que tout le monde était au lit, le *River Queen* s'est faufilé jusqu'au quai - il n'y a pas d'autre mot pour décrire son action - et une silhouette solitaire, avec plusieurs sacs et une malle, a été déposée.

Jean Duval, qui avait sorti la lanterne du mât, prit les commandes.

"Je vais juste vous emmener chez le capitaine Longville", dit-il. "Le Capitaine peut se débrouiller."

Le lendemain matin, Donelle découvrit, en se rendant au salon, qu'Alton était parti à l'aube.

"Il voulait voir le lever du soleil sur la rivière", a expliqué Jo ; "Il a déjeuné suffisamment pour en nourrir une douzaine : du poulet frit, des beignets et des cornichons. C'est le plus gros mangeur de cornichons que j'ai jamais vu", a ri Jo. Puis elle ajouta : "Donelle, je vais au village aujourd'hui avec mes draps. L'homme du magasin là-bas m'a proposé une jolie somme pour eux. Je ne pense pas pouvoir revenir ce soir. Molly agit comme un poulain, mais sa résistance n'a pas de quoi se vanter. Tu ferais mieux d'aller voir Marcel... "

"Mais je déteste ça, Mamsey."

"Enfant, je me reposerais plus facilement———"

"Alors j'y vais, Mamsey. J'irais même chez ce sale vieux Pierre ou chez les Kelly si tu pouvais te reposer plus facilement, Mamsey. La vie n'est-elle pas comme un livre ?"

"C'est!" murmura Jo avec conviction. "Cela ressemble certainement merveilleusement à un livre."

Après que Jo soit partie et que Donelle ait mis de l'ordre dans la petite maison, elle ferma la porte et les fenêtres et siffla Nick.

"Allez, mon vieux," dit-elle, "et comme je te suis reconnaissante de ne pas pouvoir parler, Nick. Tu peux regarder et te cogner la queue autant que tu veux; personne ne comprend ça. Nick, quand il *revient* , il sera fatigué. Nous serons là pour le rencontrer. Allez, Nick!"

Le soleil était chaud et brillant, il filtrait à travers les arbres et atteignait les courageuses fleurs printanières apparaissant dans la mousse et la terre riche et noire.

"Ne marche pas sur les fleurs, Nick. Où sont tes manières ?" Donelle éclata de rire et Nick fit de larges cercles. Et ainsi ils arrivèrent à la cabane en bois et entrèrent. Donelle a laissé la porte ouverte car elle avait l'intention de faire un bon feu, et la journée était trop belle pour être fermée. Nick parcourut la pièce pendant quelques instants puis se recroquevilla sur le siège près de la fenêtre.

"Voilà, maintenant", dit enfin Donelle, "je pense que tout va bien et confortablement, je peux finir ce livre."

Elle prit donc l'histoire qu'elle et Norval lisaient et, enfouie dans le fauteuil profond, dos à la porte, elle fut bientôt absorbée.

Elle entendit un pas dehors, sourit et fit croire qu'elle dormait.

Quelqu'un entra, la vit et en tira rapidement des conclusions ; des conclusions amères et cruelles, mais des conclusions qui mettaient en avant un sens du devoir presque vaincu.

"Bonjour. Est-ce que c'est le studio de M. Norval..." il y eut une pause... "?"

Donelle se releva comme si on lui avait tiré dessus. Une femme mince et désespérément malade, vêtue de riches velours et de fourrures, lui fit face. Les vêtements incongrus, le nom étrangement obsédant, faisaient regarder Donelle.

"Est-ce que c'est le… studio de M. Norval ? J'ai demandé." La voix fine et aiguë sembla enfin réveiller Donelle.

"Non", a-t-elle répondu, "c'est dans cette cabane que M. Richard Alton peint ses tableaux."

" En effet ! Il a changé de nom, je vois. Je… " et maintenant l'étranger entra et ferma la porte derrière elle, la ferma avec un air de propriété - " Je suis Mme James Norval ", dit-elle en s'asseyant. "Et vous, je suppose, êtes... laissez-moi voir si je me souviens de votre nom, il est plutôt étrange. Maintenant je l'ai, Donelle Morey. C'est vrai, n'est-ce pas ?"

"Oui." Donelle regardait fixement. Elle n'était pas vraiment sûre d'être réveillée, mais… oui, il y avait Nick qui ronflait sur le siège de la fenêtre et la jolie photo de la rivière était sur le chevalet. D'ailleurs, comme un coup de couteau, le nom qu'elle venait d'entendre lui devint parfaitement familier, il appartenait à la Maison Fortifiée.

"Oui, je m'appelle Donelle Morey", parvint-elle à dire faiblement.

"Je sais tout sur vous. Mme Lindsay était mon amie. Je pensais que M. Law allait s'occuper de vous. Est-il venu ici, M. Anderson Law ?"

Katherine Norval parcourait la pièce du regard, ses yeux perçants observant les photos. Comme ils étaient splendides !

"Non, M. Law n'est jamais venu ici."

Donelle tâtonnait, tâtonnait parmi d'autres noms familiers dans ce moment soudainement accéléré.

"Je suppose qu'il a envoyé M. Norval ?"

Une juste colère s'est emparée de Katherine Norval ; elle sentait qu'elle comprenait. Anderson Law avait exhorté son mari à agir en son nom. Norval était venu, déguisé, et avait adopté sa propre méthode pour résoudre les problèmes. Il invoquait sans aucun doute un « motif » de divorce, tout en trompant une jeune fille innocente et confiante.

Un sens aigu du devoir naquit en elle. "Je sauverai la fille autant que je pourrai", pensa-t-elle, "mais quelle ignoble chose !"

"Ma chérie," dit-elle, "J'aimerais que tu t'assoies. Tu me mets assez mal à l'aise." Katherine avait l'intention d'ignorer, devant la victime de Norval, ce qu'elle croyait réellement.

Donelle tâtonna vers une chaise et s'assit.

"Je comprends bien votre surprise", dit Katherine. " Vous avez connu mon mari sous le nom de... sous le nom de Richard Alton. Vous voyez, M. Law partait à l'étranger ; il devait réaliser les souhaits de Mme Lindsay pour vous, mais il a envoyé mon mari à la place. Je suppose que M. Norval voulait savoir vous bien avant qu'il ne révèle sa mission.

Donelle éprouvait la même sensation qu'elle avait éprouvée lorsque Pierre Gavot, sur la route solitaire, avait prononcé le mot terrible des années et des années auparavant !

"Je vois que je t'ai surpris, mon enfant ?"

Katherine Norval devenait rétive sous le regard des grands yeux brillants fixés sur elle. "C'est toujours un peu un choc de découvrir que quelqu'un a... joué avec vous. Mais je suis sûr que mon mari ne voulait pas de mal, au début, et ensuite il ne saurait pas comment se sortir de cette situation. Ce serait comme lui aussi." Un rire suivit les mots, un rire dur, léger mais doux.

Donelle restait assise, regardant droit devant elle et gardant ce silence affreux qui devenait irritant.

"Peut-être que vous ne me croyez pas," dit Katherine plutôt désespérée et avec un sentiment distinct d'absurdité de sa position. "Vois ici!"

Prenant un médaillon de son sein, elle l'ouvrit et le tint devant les yeux fixes de Donelle.

"Voici mon mari et mon bébé !"

Le portrait de Norval était parfait ; l'enfant, jeune et belle, semblait lui sourire avec confiance.

"C'est un joli bébé", a déclaré Donelle, et sa voix semblait venir de loin. Puis elle se releva rapidement.

"Où vas-tu?" » demanda Katherine Norval.

"Je... je ne... Oh ! oui, je vais chez Tom Gavot."

"Ne pensez-vous pas que vous feriez mieux d'attendre ici avec moi jusqu'à ce que M. Norval revienne ? Il vous parlera alors ouvertement et vous expliquera tout."

"Non, oh, non, je ne pourrais pas !"

Une grande peur monta dans les yeux de Donelle.

"Ma chérie, je suis vraiment désolé pour toi!" Et Katherine a dit la vérité. Elle était profondément désolée, mais elle était plus choquée et indignée qu'elle ne l'avait jamais été dans sa vie auparavant. C'était tout à l'honneur de Norval de ne pas croire le pire de sa part. Elle en conclut que c'était la stupidité, plutôt que la méchanceté, qui l'avait amené à tromper cette simple fille sans se rendre compte du résultat réel.

"Et donc tu n'attendras pas avec moi ?" Elle regarda Donelle traverser la pièce. "Je suis vraiment désolé, mon enfant. J'aimerais maintenant être venu avant."

"Au revoir!" Donelle lui lança un long et triste regard. Puis elle siffla Nick et sortit en fermant la porte de la cabine derrière elle comme on sort d'une chambre mortuaire.

Elle marchait lentement, ne ressentant rien de particulier, mais remarquant avec une étrange concentration les ombres vacillantes ; il y avait des nuages qui montaient, il faisait de plus en plus sombre. Elle était heureuse d'avoir fermé la petite maison avant de partir. S'il y avait une tempête, tout serait en sécurité. Bientôt, elle arriva à la cabane de Tom Gavot et y entra, reconnaissante qu'elle soit vide, même si elle savait que Tom viendrait bientôt.

Elle alluma du feu, effleura l'âtre et s'assit par terre, s'efforçant de réfléchir, de réfléchir ! Mais elle ne pouvait pas aller bien loin. Tournant et tournant autour du seul fait, ses pensées tourbillonnaient. L'homme qu'elle aimait, l'homme en qui elle avait confiance, lui avait fait le tort le plus mortel. Il avait tué quelque chose en elle, quelque chose qui la rendait heureuse et bonne. Elle ne voulait plus se souvenir de rien maintenant ; elle voulait se mettre hors de portée du regard que Norval lui avait jadis lancé, et de ses paroles ultérieures, paroles qui lui avaient fait confiance. Donelle s'accrocha à l'idée de Saint-Michel avec un désir qui la blessa. Si la petite sœur Mary était là, elle comprendrait. Donelle était sûre que le regard perdu de sœur Mary lui ferait comprendre. Mais St. Michael's était loin, et Donelle avait l'intention de se mettre hors de portée de davantage de souffrance avant que Norval puisse la voir. La fierté, l'amour, la honte, puis le désespoir ont envahi la jeune fille. Tout lui avait échoué, tout, et tout cela parce que son père avait quitté sa mère ! C'était pour cela que les gens osaient jouer avec elle.

Et juste à ce moment-là, Tom Gavot entra, secouant son manteau duveteux de l'humidité d'une soudaine averse.

"Bien !" s'écria-t-il en regardant Donelle avec des yeux surpris ; "quel est le problème ?"

"Tom, je me demande si tu ferais... quelque chose pour moi ? C'est une chose importante, et tu devrais juste me faire confiance plus que n'importe quel homme n'a jamais fait confiance à une fille auparavant." Une couleur fébrile brillait sur les joues de Donelle.

La lumière vacilla dans les yeux de Gavot, ses lèvres se contractèrent alors qu'il la regardait.

"Je suppose que tu sais qu'il n'y a rien que je ne ferais pas pour toi, Donelle," dit-il en se rapprochant et en se tenant au-dessus d'elle de manière protectrice.

"Ce... ce n'est pas juste pour toi, Tom, mais je vivrai toute ma vie pour me rattraper. Et tu sais que je peux tenir parole."

"Qu'est-ce qu'il y a, Donelle ?"

"Tom, je veux que tu m'épouses. Épouse-moi, maintenant, cet après-midi même !"

"Mon Dieu !" murmura Tom et il s'assit, se penchant en avant sur ses mains jointes.

"C'est par là", poursuivit lentement Donelle, comme si elle craignait de ne pas se faire comprendre et craignant pourtant davantage de pouvoir faire du tort à autrui dans sa détermination à se mettre en sécurité. "C'est M. Richard Alton. Il... il n'est pas du tout M. Alton, c'est M. Norval. Mme Lindsay avait l'habitude de parler de lui, et il est venu ici pour... pour me connaître sans que je le connaisse. Et puis... quelque chose s'est produit ! »

"Quoi ?" Le mot sortit des lèvres de Tom comme un grognement.

"Nous nous aimions beaucoup, Tom. Nous ne pouvions pas nous en empêcher, mais vous voyez, je suis le genre de fille qui donne l'impression que cela n'a pas beaucoup d'importance, je suppose. Je suis sûr qu'il ne voulait pas dire ça." pour me faire du mal ; c'est juste arrivé, et aucun de nous ne pouvait s'en empêcher, Tom.

"Mon Dieu ! Je vais le tuer."

"Oh ! non, Tom, tu ne le feras pas, tu ne lui feras pas de mal. Tu vas juste m'aider, et alors il pensera, je... je... m'en fichais beaucoup, que je jouais, tout comme lui. Je veux qu'il pense cela, plus que toute autre chose, car alors tout sera facile. Il ne doit pas penser que je m'en soucie !

"Est-ce qu'il t'a dit qu'il t'épouserait ?" » demanda Tom avec une terrible compréhension dans les yeux.

"Eh bien, pas exactement," Donelle essaya d'être très juste, très vraie, "c'était le grand amour, tu sais, et je pensais juste être toujours avec lui."

"Pourquoi as-tu arrêté de penser ainsi ?"

"Eh bien, Tom, je vais te le dire. J'étais dans sa cabine, je l'attendais ce matin, et sa femme est venue. Je la connais aussi. Quand j'ai entendu son nom, j'ai tout su. Et elle m'a dit beaucoup de choses . et elle m'a montré la photo de leur bébé. C'est un si joli bébé, oh ! Tom.

La misère sur le visage de Donelle éveillait chez Gavot une haine cruelle.

« Exploitez son âme ! » cria-t-il, puis il prit le visage de Donelle dans ses mains froides et la regarda profondément dans les yeux. Son âme se révoltait à la question qu'il allait lui poser, c'était comme empoisonner un enfant : « Donelle, dis-moi devant Dieu, t'a-t-il fait quoi... qu'est-ce que ton père a fait à Mam'selle Jo ?

Pendant un instant, Donelle répéta les mots dans sa conscience intérieure jusqu'à ce que le sens soit tout à fait clair. Ses beaux yeux ne faiblirent jamais, mais soudain une nouvelle connaissance apparut en eux.

"Non," murmura-t-elle, "non, Tom, pas ça. C'était seulement... l'amour."

"Dieu merci, alors, je t'ai eu à temps."

"Oui, avec le temps, Tom. C'est ce que je voulais dire. Il ne me ferait jamais de mal de cette façon, Tom, jamais ! Mais je ne veux pas qu'il sache qu'il pourrait me faire du mal ! Ne vois-tu pas, Tom, si il pensait que je prenais soin de toi tout le temps et que je jouais juste avec lui, ça——"

Le visage tremblant se tordit entre les mains de Tom.

"Oh ! Tom, je sais que c'est méchant de ma part de te demander de faire ça pour moi, mais toute ma vie je te rembourserai !"

L'homme baissa les yeux sur la jeune fille, qui le suppliait de prendre ce dont son âme avait faim – à tout prix ! Il savait très bien qu'elle tiendrait son marché, la pauvre petite chose blessée. Et il pouvait l'esclave et travailler pour elle – il pouvait la protéger du mal et la rendre plus en sécurité qu'elle ne pourrait l'être de toute autre manière. Le diable l'a tenté et, pour un moment, l'a réclamé.

"Oui, par Dieu!" il pleure. "Je vais vous conduire chez le Père Mantelle maintenant ! Nous ferons en sorte que notre avenir soit hors de portée de cet infernal scélérat de Norval, ou quel que soit son nom !"

"Tom, nous ne devons plus jamais parler de lui. Nous devons commencer à partir de maintenant, toi et moi. Toutes ces années, Mamsey a laissé les gens penser du bien de mon père. Je pense que je suis un peu comme Mamsey, Tom, et de à présent, c'est juste toi et moi. Tu dois promettre sinon je ne pourrais pas t'épouser.

"Allez, Donelle ! Tu vois, il pleut, tu dois porter ce gros manteau, il te couvrira bien. Viens !"

Tom s'en était approprié, avait pris le commandement. Son visage était presque terrible dans son intention.

Elle le suivit silencieusement, docilement, comme aurait pu le faire n'importe quelle petite femme des collines. Son visage était horrible, mais elle ne tremblait pas. Côte à côte, ils se rendirent chez le père Mantelle ; la pluie tombait sur eux, leurs pas s'enfonçaient dans la terre molle, et derrière eux se traînait Nick, l'air vieux et abandonné !

Le Père Mantelle a fait son devoir, tel qu'il le considérait. Il s'est assuré que Tom comprenait parfaitement ce qu'il entreprenait ; il s'est assuré que Donelle était plus sage qu'il ne l'avait cru. Il grimaça lorsqu'elle lui avoua que son amour pour Mam'selle Morey l'avait, après avoir pleinement compris leur relation, l'avait ramenée et gardée silencieuse. Elle se connaissait depuis le début.

"Et c'est pourquoi," ajouta Tom, "que nous insistons sur le silence maintenant. Je vais diriger les choses par la suite."

Le Père Mantelle les épousa donc et leur accorda la bénédiction de l'Église.

Il faisait bien nuit lorsqu'ils quittèrent la maison du curé ; sombre et toujours orageux de la manière calme et persistante que connaît le printemps.

"Est-ce que Mam'selle allait te laisser dans la maison avec... avec cet homme ce soir ?" » demanda soudain Tom.

"Non, j'allais chez Marcel. Mais, Tom, je dois aller nourrir les animaux." Donelle avait presque oublié les créatures sans défense. Elle avait terriblement peur de rencontrer l'homme qu'elle redoutait le plus au monde, car il faisait partie de la famille et préparait souvent son propre repas lorsque Jo et Donelle étaient absentes. Mais s'il était allé d'abord dans la cabane en bois, soutenait-elle, il ne viendrait pas dans la petite maison blanche. Elle en était sûre !

Alors elle et Tom ont nourri les animaux et les ont mis en sécurité pour la nuit. En accomplissant les tâches domestiques et familières, Donelle ressentait une certaine paix, mais elle n'était pas encore remise de son terrible choc ; elle était spirituellement engourdie.

"Viens maintenant!" » dit enfin Tom. "Il faut retourner à la cabane, tu es mouillé jusqu'aux os et je n'ai pas mangé depuis le matin."

"À M!" Donelle était consternée ; puis elle se souvint qu'elle aussi avait jeûné depuis le petit-déjeuner.

Alors, silencieusement et sans hésiter, ils descendirent le droit de passage jusqu'à la cabane fluviale. Le feu brûlait toujours dans l'âtre, la pièce était chaude et calme.

"Entrez, Nick!" appela Tom au chien qui était resté près d'eux ; "Entrez!"

Nick, mouillé et débraillé, s'est affalé et, regardant Donelle comme si elle était une étrangère, est passé de l'autre côté de la pièce et s'est allongé, la tête sur ses pattes, les yeux alertes.

Tom apporta à manger et ils mangèrent tous, Nick condescendant à s'approcher.

La chaleur, la fatigue et la souffrance de la journée commencèrent à se faire sentir sur Donelle et bientôt une terreur la saisit – une terreur qu'elle n'avait jamais connue de sa vie auparavant. Elle regarda Tom avec de grands yeux, son visage devint livide.

La pluie dehors frappait la fenêtre et crépitait sur le toit.

Le diable qui avait tenté Tom plus tôt prenait le contrôle de la situation. Son visage était tendu, ses yeux brûlaient. Il réfléchissait, réfléchissait, et ses pensées le brûlaient. Il pensait aux femmes, aux femmes, à sa mère, Mam'selle Morey, et même à cette inconnue, l'épouse de l'homme qui avait pratiquement ruiné Donelle. Puis il pensa à Donelle elle-même, mais il n'osa pas regarder la petite chose pâle près du feu. Elle était à lui ! Elle lui avait fait une grande injustice, il était juste qu'il lui fasse respecter son marché. Elle n'avait pensé qu'à elle-même, comment se sauver, elle devrait payer pour ça.

Payez, payez, payez ! Le mot était haineux et laid. Tom pensa de nouveau à sa mère, et son visage se leva brusquement devant lui.

Ensuite, la plus belle chose que Tom ait jamais faite dans sa vie, il l'a fait à ce moment-là.

Dans la pièce calme et chaude, les yeux enfin posés sur la tête baissée de Donelle, il jura à son Dieu qu'elle *ne* paierait pas, pas si cela lui coûtait toute cette vie si chère ! Si jamais le moment venait où elle pouvait donner, Tom respirait fort. Puis il a parlé.

"Donelle," sa voix était grave et solennelle, "tu es fatiguée, presque morte, mais tu es en sécurité - plus en sécurité que tu ne le penses. Je veux que tu ailles dans ce lit" - Gavot montra son lit dans le lit. coin le plus éloigné à côté duquel Nick gisait recroquevillé – « et tu vas dormir. Je vais alimenter le feu haut, et... »

"Tom, laisse-moi aller chez Marcel juste pour ce soir, s'il te plaît, Tom!"

L'agonie dans les yeux de Donelle fit frissonner Gavot.

"Je suppose que je préférerais que ma femme reste ici", a-t-il déclaré. Puis il a ajouté : "Tu dois faire ce que je dis, Donelle. J'ai fait ma part, tu dois faire la tienne."

"Je le ferai, Tom. Je le ferai."

À tâtons, elle traversa la pièce pendant que Tom empilait du bois sur le feu. Dans l'ombre, elle attendait. Alors Tom se leva, prit son gros manteau, son bonnet de fourrure et se dirigea vers la porte.

"Bonne nuit", dit-il. C'était comme un gémissement. "Bonne nuit et tu es en sécurité, Donelle, alors aide-moi, mon Dieu ! Après mon départ, tire la barre de l'autre côté de la porte."

Ensuite, Donelle s'est retrouvée seule avec Nick. Elle se leva et regarda Tom d'un air vide. Puis elle traversa la pièce sur la pointe des pieds, prit la barre dans sa main, s'arrêta, la souleva et... la laissa tomber ! Fière, elle repartit, ses yeux étaient enflammés, son cœur battait à en avoir mal. Elle s'allongea sur le large lit de camp, tira sur elle les lourdes couvertures que Mam'selle avait données pour le confort de Tom, et la peur la quitta.

"Nick," murmura-t-elle, "Nick, viens ici !"

Le chien s'approcha, lécha la main qui lui tendait la main dans l'obscurité, puis se coucha près du lit.

Pendant une heure, Donelle a écouté, attendu, puis elle a commencé à souffrir. Mais elle ne gémissait pas et, peu importe la façon dont elle débattait l'affaire, elle voyait toujours St. Michael's-on-the-Rocks. C'était comme chez moi après un dur voyage ; sa maison, l'endroit auquel elle appartenait. Le seul endroit où elle avait le droit d'aller.

CHAPITRE XVIII

TOM GAVOT RÉGLE L'AFFAIRE

La pluie avait retenu Norval. Il avait regardé le lever du soleil sur la rivière et en avait capté autant que son âme pouvait en absorber. Il avait mangé un déjeuner précipité à midi puis s'était laissé absorber par la beauté des brumes grises qui montaient, où, mais un peu de temps auparavant, la gloire avait tout contrôlé. Il peint jusqu'au milieu de l'après-midi, puis une goutte de pluie lui fait lever les yeux.

"Bonjour!" » dit-il en se précipitant vers ses affaires. Quelques minutes plus tard, il était sur le chemin du retour, mais pour protéger ses croquis, il devait s'arrêter de temps en temps, lorsque la pluie était la plus forte.

Il avait eu l'intention d'aller directement chez Jo chercher des vêtements secs, mais en longeant la route il pouvait atteindre la cabane *en route* , y déposer ses peintures et ses toiles, et le reste n'avait pas d'importance. Il était cinq heures passées lorsqu'il arriva en vue de sa cabane.

" Par tout ce qui est sacré, " dit-il en riant, " cette petite coquine est là, elle a fait du feu. Bien sûr que tout cela est faux, il ne faut pas qu'elle... Mais dire qu'elle n'a pas peur ! " D'une manière ou d'une autre, cela exaltait considérablement Norval. Il se hâta, avec l'intention d'aller chercher Donelle et de partir immédiatement chez Mam'selle, car il commençait à faire très sombre.

Il ouvrit la porte avec un sourire amusé sur le visage, puis il retomba.

"Mon Dieu ! Katherine," dit-il, "qu'est-ce que cela signifie ?"

"Je pense, Jim, tu ferais mieux d'entrer et de fermer la porte. Je ne peux pas sortir sous cette pluie et nous pouvons avoir notre conversation ici." Katherine parlait comme si sa présence là-bas était la chose la plus naturelle au monde ; sa voix était dure et égale. Elle connaissait son devoir ; elle avait même reconnu, pendant les heures où elle était restée assise seule après le départ de Donelle, qu'une partie de la responsabilité de toute cette confusion reposait sur elle. Elle n'avait pas bien estimé son devoir initial envers Norval. Elle l'avait abandonné, non sans raison, certes, mais peu importe son égoïsme et son indifférence dans le passé, ils n'avaient pas permis à une femme d'abandonner le lien sacré qui l'unissait.

Après que Donelle eut quitté la cabane, Katherine repensa sans cesse à ce sujet depuis le jour où, avec son "âme éveillée" dans ses mains, elle avait exigé une liberté qu'aucun homme n'avait le pouvoir d'accorder. Il lui avait fallu beaucoup de temps pour apprendre la leçon, mais une fois qu'elle l'avait apprise, une fois revenue, le chemin de son devoir était, pour elle, tout à fait clair. Elle ne pensa pas un instant au choc que sa soudaine apparition causerait à Norval ; elle se remettait des effets du choc que Donelle lui avait infligé. Elle devait bien sûr s'en assurer, mais plus elle réfléchissait, plus elle devenait sûre qu'aucun mal réel n'avait été fait. Elle était arrivée à temps.

Égocentrique, incapable de visions larges, Katherine Norval avait sauté par-dessus l'essentiel et était parvenue à des conclusions sûres. Mais son mari la dérangeait ; il lui faisait ressentir ce que cette fille blanche avait fait et elle lui en voulait.

Norval enlevait délibérément son manteau mouillé. Cela fait, il enfila une vieille veste de velours, s'approcha du feu, appuya son bras sur la tablette de la cheminée et regarda sa femme. Il devait avouer qu'elle était toujours sa femme, même si elle semblait la plus étrangère.

"Je ne pense pas qu'il y ait une chance que je rêve ?" » dit-il sombrement dans un effort pour soulager une situation qui devenait horriblement embarrassante. « Vous n'êtes pas une illusion d'optique, n'est-ce pas ?

"Je suis tout à fait moi-même, Jim. Est-ce une chose si inhabituelle pour une femme de venir voir son mari, surtout quand elle a beaucoup—beaucoup d'affaires à discuter ? Et votre travail——" Katherine luttait contre l'impression grandissante qu'elle gâchait quelque chose, même si, assez absurdement, elle ne savait pas trop quoi. "Vous avez travaillé dans un but précis, Jim."

Norval a ignoré sa référence à son travail.

"C'est un peu bizarre d'avoir ici mon genre particulier de femme", dit-il. "Tu vois, Katherine, j'avais toutes les raisons de croire que tu souhaitais m'éliminer ; j'avais pris toutes les mesures possibles pour t'aider. Je ne peux tout simplement pas rendre compte de toi, c'est tout."

Norval remarqua sa pâleur et sa maigreur, puis il se souvint qu'elle avait été malade.

« Jim, » dit-elle soudain, son petit menton pointu levé, ses yeux froids et clairs fouillant les siens, « avant d'aller plus loin, je dois te poser une question : cette fille, cette Donelle Morey, qu'est-ce qu'elle est pour toi ? tu es avec elle ?"

« De quel droit demandez-vous cela ? Norval se raidit. "Comment as-tu fait pour arriver ici ? Comment as-tu su que j'étais là, de toute façon, Katherine ?"

"Une fois, tu as envoyé une lettre avec le cachet de la poste dessus. Puis je m'en suis souvenu ! Pendant un moment, je m'en fichais. Puis les choses sont devenues différentes. Jim, je dois savoir, j'ai le droit de savoir, cette fille a-t-elle des droits sur toi ? Je ne pouvais rien en tirer, je…"

"Bon Dieu ! L'avez-vous vue ?" Norval fit un pas en avant. "Est-ce que tu lui as parlé ?"

"Pourquoi me regardes-tu ainsi, Jim ? Bien sûr que je l'ai vue et que je lui ai parlé. Je suis venu hier soir. Je vis dans une maison en bas de la rue. J'ai entendu dire qu'un peintre du nom d'Alton vivait avec maman. 'selle Jo Morey, j'ai fait des photos dans une cabane dans les bois; j'ai mis les choses en place. Je suis allé chez Mam'selle Morey, j'ai trouvé la maison vide. Je suis venu ici et j'ai trouvé la—la jeune fille tout à fait chez elle, apparemment en train de t'attendre ".

La voix froide était calme et mortellement distincte, les yeux étaient indignés – mais justes.

"Et puis tu as parlé !" Il y avait un ricanement dans la voix de Norval. "Je suppose que tu as estimé qu'il était de ton devoir de parler ? De quoi as-tu parlé, Katherine ?"

Norval était d'humeur dangereuse, mais sa femme n'avait jamais eu peur de lui et elle ne connaissait plus la peur désormais. En plus, elle avait la main sur le fouet. Il le savait ; elle le savait !

"Je lui ai dit ton nom, pour commencer. Je ne remets pas en question ta conscience, Jim. Je te laisse faire."

"Merci, et que lui as-tu dit ensuite ?"

"Je lui ai dit la vérité. As-tu peur de la vérité ? As-tu peur de la vérité, Jim ? Tu volais sous de fausses couleurs, n'est-ce pas ?"

"Oui."

"Je lui ai dit qu'Anderson Law t'avait envoyé ; c'est lui qui l'a fait, n'est-ce pas, Jim ?"

"Il m'a demandé de venir, oui."

"Et vous pensez avoir rempli votre devoir envers Anderson Law ? Vous pensez qu'il approuverait ?"

Norval grimaça.

"Je te le demande encore, Jim, cette fille a-t-elle une emprise sur toi ?"

"Si vous voulez dire la chose ignoble que je crains, non ! Comme Dieu m'entend, non !" Norval parla avec une fureur tranquille. " Si vous voulez dire qu'elle a le plus grand droit qu'une femme puisse avoir sur un homme, oui. Katherine, il vaudrait peut-être mieux que nous en finissions le plus vite possible. Si je semble brutal, vous devrez me pardonner. Je Je suis assez loin dans ma capacité de contrôle de moi-même. J'ose dire que vous n'avez dit que la vérité à la fille que vous avez trouvée ici. Je ne trouve aucune excuse pour elle ou pour moi-même. Pensez ce que vous voulez, réparez-le de toute façon. Tout le mal qui a été commis est le mien, pas le sien. Elle n'a jamais connu votre existence jusqu'à ce que vous l'en informiez. Elle est aussi simple qu'une enfant, aussi merveilleuse qu'une femme peut l'être avant que le monde ne l'ait gâtée. Je l'aime et elle m'aime. J'avais l'intention de tout lui dire quand j'étais libre ; elle ne pouvait pas comprendre avant. Mon seul désir est de... de l'épouser et de connaître la première pure joie de ma vie. Mais je suppose que votre simple et damnable vérité a tué elle. Si c'est le cas, je le jure... "

"Cela ne l'a pas tuée, Jim." Et il y avait une lueur dans les yeux d'acier de Katherine. "Elle a dit qu'elle allait voir un certain Tom Gavot, quel qu'il soit. Et, Jim, cela ne vous semble-t-il pas un peu... eh bien, étrange, de parler comme vous venez de parler à... à votre femme ? Car, après tout, je suis toujours ta femme."

"Mais ce lien va bientôt être rompu. Pourquoi es-tu venu ici ; pourquoi, au nom du ciel ?"

Une peur impuissante tenait Norval. Katherine était là, et Donelle était allée voir Tom Gavot ! C'était à peu près tout ce qu'il pouvait comprendre. Soudain, le visage de Katherine Norval s'adoucit, sa tête tomba, elle parut terriblement malade et hagarde.

"S'il te plaît, Jim," supplia-t-elle, "assieds-toi, je dois te dire quelque chose que je suis venue te dire ici, et je ne suis pas très forte."

Norval s'assit, répétant toujours dans ses pensées encombrées :

"Donelle est partie chez Tom Gavot."

"Je suppose", les mots de Katherine couraient, s'enfonçant parfois dans le cerveau confus de Norval, "je suppose que j'ai dû traverser une certaine phase de la vie, comme beaucoup le font. J'avais été si à l'abri, si bien réprimé par ma formation et Puis, quand j'ai cru que je pouvais écrire, j'ai senti que je ne pouvais pas résister à la chose qui surgissait en moi. Je t'ai presque détesté parce que tu semblais te tenir entre moi et mes—mes droits. Puis, pendant un moment, j'ai été déconcerté par ma réussite, et quand lui, l'homme dont je vous ai parlé, est entré dans ma vie, je me suis égaré ! Il semblait ne voir que moi, ma vie. Il a tout soumis à mes désirs. Il obtenait pour moi ce que je n'avais pas. Je savais comment obtenir pour moi de la reconnaissance et—et beaucoup d'argent. Jim, moi qui n'avais jamais gagné un sou ! C'était merveilleux ! Puis, je suis tombée malade et il a voulu que je divorce et que je l'épouse à une fois. J'ai essayé, j'ai vraiment senti que c'était bien, j'avais envie, mais dès que je l'ai vu dans la lumière d'un mari, Jim, une répulsion terrible est venue. Je n'ai cessé de te voir, en lui. Je me demande si tu peux comprendre ? Quand il est venu dans ma chambre, je t'ai vu et quand je l'ai vu, j'ai eu peur. Cela semblait terriblement faux.

"J'ai été envoyé dans les collines où il faisait froid. J'avais eu une pneumonie et les médecins pensaient que je devrais suivre le traitement de montagne. Je ne l'ai pas laissé venir, Jim. J'y suis allé seul, et j'étais si seul, si misérable... — " Katherine pleurait désespérément et essuyait ses larmes avec son délicat mouchoir.

"Souvent, j'avais envie de mourir et d'être mis sous la neige, où il ferait plus chaud et où je pourrais oublier. Et puis j'ai commencé à penser à toi, Jim, comme je ne l'avais jamais fait auparavant. Je t'ai vu toujours patient avec mes humeurs, toujours gentil. Je t'ai vu si humble face à ton grand talent, essayant si fort de le cacher et de vivre à mes dépens ! Oui, Jim, à mes dépens. Et puis je me détestais moi-même et les idées stupides que j'avais eues. J'avais peur de mourir jusqu'à ce que je te le dise. J'avais peur d'aller voir notre–notre bébé, jusqu'à ce que tu comprennes. Alors je suis revenu, Jim, et j'ai trouvé cette fille... ici. Oh ! Jim, je n'ai peut-être que peu de temps pour rester, s'il te plaît, viens avec moi pour le reste du chemin !"

Katherine étendit ses mains fines.

Mais Norval ne bougeait pas. Il regardait la femme devant lui avec des yeux compatissants, mais son âme voyait Donelle. Seule au milieu de tous ces ennuis se tenait Donelle qui n'avait rien fait de mal, qui était entrée dans son grand amour avec confiance et pureté. Doit-elle être le sacrifice ? Elle, dont il avait faim et soif du meilleur de ce qu'il avait en lui ?

Et pourtant, s'il défendait les affirmations de Donelle, pouvait-il espérer faire croire à Katherine, et à n'importe qui, qu'il ne cherchait pas d'abord ses propres fins, celles de Donelle ensuite ? La chose la plus facile à faire est souvent la plus courageuse, et au bout d'un moment Norval fit son choix.

« Katherine, dit-il, c'est déchirant, incompréhensible. Les choses sont allées trop loin pour que nous puissions revenir sur nos pas aussi simplement que vous le pensez. Vous devez essayer de croire que je ne veux pas vous faire de mal, mais j'ai peur. Il le faut. Vous et moi n'avons jamais été faits l'un pour l'autre, même si je ne m'en suis pas rendu compte jusqu'à ce que vous preniez position. Votre décision a complètement déréglé la vie pour moi et j'ai erré comme une âme perdue. Je suis venu ici pour voir ça. jeune fille pour l'amour d'Andy Law et sans autre intention que de lui rendre un bon service et d'apprendre tout ce que je pouvais. J'ai commencé à aimer Donelle Morey et j'ai appris à savoir ce qu'était l'amour pour la première fois de ma vie. Oh ! Je sais ce que tu , ce que dirait notre monde ; elle n'est pas votre genre, leur genre. Mais devant Dieu, elle est mon genre ! Je ne peux pas la mettre de côté. Je ne me suis pas opposé à vos souhaits, Katherine, avant même de voir cette fille. Je sentais que je n'avais aucun " Il n'y a pas de justice dans mon cas ? Katherine, tu ne penses qu'à toi. Tu es une femme égoïste !"

Bêtement, Katherine regarda Norval. Elle n'était capable de tirer qu'une seule conclusion : c'était un homme ! Il ne ressentait aucun devoir, aucune relation sacrée. Elle était malade, désespérée ; il voulait être libre et chercher l'amour là où se trouvaient la jeunesse, la santé et la fascination. Elle sentait qu'elle avait compris et qu'elle devait le sauver de lui-même.

"Jim, pense à notre enfant !" Elle pensait se mettre de côté, elle n'aimait pas le surnom que Norval lui avait donné.

"Je pense à lui, Katherine. Je ne l'ai jamais oublié. J'étais heureux qu'il soit mort quand, quand tu es parti."

"Mais, Jim, le passé n'a-t-il aucune emprise sur toi ? Aucune réclamation ?"

"Oui, et parce que c'est le cas, je n'ose plus commettre d'erreurs. Écoute, Katherine, je vais raconter ceci, cette jeune fille, Donelle, toute cette affaire laide et confuse. Je vais y déposer mon âme, la tienne." " aussi, si je le peux, ouvre-toi devant elle et elle décidera. Elle, aussi jeune qu'elle soit, a un esprit qui peut faire face à cette terrible situation, et elle a un amour puissant qui peut nous sauver tous. Puis-je vous emmener dans votre pension, Katherine, ou attendras-tu ici ? Je dois aller chez Donelle.

"Jim, Jim, à quoi penses-tu ? Oserais-tu charger cet enfant de cette horrible décision ?"

"Oui." Norval se dirigea vers la porte.

Katherine pleura de nouveau. "Je vais attendre ici. Je suis fatigué et je ne peux pas supporter la longue marche dans cette tempête."

Et puis Norval sortit dans la nuit, fermant la porte derrière lui avec un bruit si final que la femme près de l'âtre gémit.

Traversant le fourré, Norval se rendit à la cabane de Gavot et la trouva vide. Mais le feu brûlait fraîchement dans l'âtre.

"Elle est venue ici et lui a préparé sa place", pensa Norval, "puis elle est rentrée chez elle."

Alors Norval remonta l'emprise jusqu'à la maison de Mam'selle. Il entra dans le salon et alluma la lampe. Là, sur la table, se trouvait une des étranges notes d'instruction de Jo.

"Je ne peux pas rentrer ce soir. Il y a du poulet et des trucs dans le garde-manger. Donelle loge chez Marcel Longville."

Norval sourit au message et le serra contre lui. Avec quelle confiance il avait été laissé. Et Donelle était en sécurité chez les Longville. Il y avait une lueur de réconfort dans l'obscurité.

Norval se dirigea vers la cuisine et prit deux verres de lait. Il monta ensuite, changea ses vêtements mouillés, descendit, éteignit la lumière et, la casquette baissée sur le visage, les mains plongées dans les lourdes poches de son manteau, se mit en route sous la bruine pour la marche de trois milles jusqu'à Longville. Avant d'arriver à la maison, il fit une pause. Que leur avait dit sa femme ? A-t-il osé se présenter ? Il resta immobile sur la route pour réfléchir. A ce moment-là, Marcel se présenta à la porte, une bougie à la main, et parla au capitaine qui était derrière elle dans la chambre.

"C'est bizarre que Mme Norval ne revienne pas, capitaine. Je me demande si elle est perdue. Je me demande si nous ne devrions pas partir à sa recherche ?"

"En fait, elle a trouvé Mam'selle et Donelle plus à son goût. Vous lui avez dit comment les atteindre, n'est-ce pas ? Elle est assez en sécurité. Son espèce déteste l'eau comme un chat, elle est à l'abri. Mam'selle le fera. prends soin d'elle, essaie de la garder comme avant, maintenant qu'elle est partie pour affaires. "

— De toute façon, c'est tôt pour la saison de pension, murmura Marcel en entrant, c'est de loin trop tôt.

« Il faut que je retourne chez Gavot ! pensa Norval, et il se retourna avec lassitude pour revenir sur sa route mouillée et gluante.

Il était près de neuf heures lorsqu'il arriva chez Tom et il fut juste à temps pour voir Gavot sortir de la maison la tête baissée et le pas trébuchant. Il s'approcha et parla avant que Tom ne se rende compte que quelqu'un était proche.

"Gavot, au nom du ciel, as-tu vu Donelle Morey ?"

Tom chancela contre un arbre.

"Tu oses venir ici ?" » grogna-t-il dans sa barbe. "Allez au diable!"

"Attends, Gavot, tu es trop grand garçon pour juger un homme inouï. Je sais que les choses sont noires contre moi, je vais essayer de t'expliquer. C'est ton dû et je peux faire confiance à ton bon sens. Pouvons-nous y aller à l'intérieur et à le sortir ? »

"Non, je veux que personne comme toi n'entre chez moi."

"Alors vous entendrez ce que j'ai à dire ici." Norval s'approcha.

"Pas si vite, toi !" Tom l'a prévenu. "Répondez-moi d'abord à quelques questions, pas de discussions, juste des réponses claires. Ensuite, nous discuterons du reste, j'y pense. Votre nom est-il celui que vous pensiez être, Richard Alton ?"

"Non, Gavot——"

"Es-tu un homme marié ?"

"Gavot, au nom de Dieu, laisse-moi——"

"Réponds-moi, ou je jure que j'essaierai de te tuer."

"Ne sois pas un con, Gavot."

"As-tu une femme ?"

"Oui mais--"

"Et tu as fait t'aimer une fille, avec tout cela dans ton âme ? Eh bien, elle est venue vers moi, te maudir, avant—avant que beaucoup de mal ne soit fait. Quand elle a entendu ce qu'elle a entendu ce matin, ses yeux se sont ouverts et elle est venue. " Où elle avait légitimement sa place. Donelle est venue me voir ! Elle me l'a dit, et nous nous sommes mariés il y a une heure. Je l'ai toujours voulue, elle le savait, et quand elle a su pour toi, elle a repris ses esprits. "

"Tu mens!" Norval fit un mouvement vers Gavot, mais Tom le retint.

" Si vous me touchez, " dit-il d'un ton menaçant, " je ferai de mon mieux pour vous tuer. Allez voir le Père Mantelle, si vous doutez de ma parole. Mais d'abord, regardez ici ; regardez par la fenêtre par laquelle vous avez espionné une fois auparavant. "

Comme des voleurs, les deux hommes se dirigèrent vers le côté de la maison. À ce moment-là, dans la cheminée, une grosse bûche tomba, les étincelles illuminant la pièce à l'intérieur. Dans la lueur, Norval aperçut Donelle recroquevillée sur le lit, la main sur la tête du fidèle Nick. Un profond gémissement lui échappa, il se tourna vers Gavot comme un homme frappé.

"Par tout ce que vous considérez comme saint", murmura-t-il, "traitez-la comme vous espérez la miséricorde de Dieu. Elle a été conduite vers vous alors qu'elle était hors d'elle-même. Je ne peux pas l'aider, mais il est en votre pouvoir, Gavot, de la garder. hors de l'enfer."

« Je sais quoi faire des miens, toi ! Veillez à ce que vous fassiez de même. Tom lança un regard noir à Norval.

Puis Norval se retourna et retourna à la cabane en bois. Son visage était devenu vieux et sévère, ses yeux durs. Katherine était réveillée ; elle pleurait toujours.

"Jim... qu'est-ce... qu'est-ce que ça va être ?"

"Je fais le reste du chemin avec toi, Katherine. Et comme tu tiens à l'avenir, enterrons tout ici. Demain, nous devons reprendre le bateau pour New York."

Tôt le lendemain matin, Norval, lui et Katherine ayant passé une nuit aussi confortable que possible dans la cabane, se rendirent chez Mam'selle Jo et emballèrent à la hâte la plupart de ses vêtements. Il envoya un garçon chez Longville chercher les bagages de Katherine, sans leur donner d'explications, laissa un bref mot à Jo et... quitta Point of Pines.

Mam'selle rentrait de son voyage d'affaires en fin d'après-midi. Marcel l'arrêta au passage.

"Je pense que tu trouveras de la compagnie chez toi", dit-elle, très excitée pour elle. "Une pensionnaire est venue ici avant-hier ; elle a marché jusqu'à Point of Pines le lendemain matin. Elle connaît votre pensionnaire. La tempête a dû la retenir. J'ose dire que Donelle l'a mise à l'aise."

"Donelle ?" Jo le regarda. "Donelle n'était-elle pas avec toi hier soir, Marcel ?"

"Non."

Jo n'attendait pas d'en entendre davantage. Elle posa le fouet sur le dos surpris de Molly et se pencha sur les rênes.

CHAPITRE XIX

LA CONFESSION

Jo n'était pas du genre à faire un pas précipitamment. Même si son cœur était brisé, elle restait prudente. En entrant dans sa maison tranquille, elle trouva un mot d'Alton. Il disait simplement que Donelle s'expliquerait. En se rendant dans la pièce du dessus, Jo vit qu'un départ précipité mais ordonné avait manifestement été effectué.

"Il n'a pas fait beaucoup de dégâts", murmura-t-elle vaguement, tandis qu'une grande peur montait dans son cœur, elle ne savait pas pourquoi.

"Eh bien, il n'y a rien d'autre à faire que d'attendre Donelle", conclut-elle et commença l'attente.

Elle est allée à l'écurie et aux hangars. Les animaux avaient visiblement été nourris la nuit précédente, alors Jo traitait la vache, faisait les corvées et sifflait sans but pour Nick. Elle était réconfortée par son absence, il était avec Donelle. Mais où était Donelle ? Le soleil se couchait, que faire ?

Jo décida d'attendre que le soleil se couche complètement avant de faire quoi que ce soit. Elle n'était pas du genre à faire parler les gens.

Le coucher du soleil approchait lorsque Marcel Longville, debout près de la fenêtre de sa cuisine, aperçut Donelle se diriger vers la maison. Le capitaine était chez Dan. Donelle marchait lentement, et quand elle aperçut Marcel, elle sourit faiblement et ouvrit la porte.

"Marcel," commença-t-elle, et sa voix était fatiguée et ténue, "je veux que tu fasses quelque chose pour moi. Je veux que tu… que tu dises un mensonge pour moi."

"Pourquoi, mon enfant, qu'est-ce qu'il y a ?"

"Marcel, Mamsey pensait que j'étais là hier soir. Veux-tu s'il te plaît lui dire que je l'étais ?"

Les mains de Marcel étaient dans la pâte à biscuits ; elle se pencha lourdement en avant, et la masse douce et légère s'élevait à mi-hauteur de ses bras.

" Seigneur ! mon enfant, où étais-tu la nuit dernière ? Je pensais que tu gardais ma pensionnaire ainsi que la tienne. Mam'selle vient de s'arrêter ici ; elle avait l'air assez bizarre quand elle a découvert que tu n'étais pas là. Le mensonge ne sert à rien, enfant. Elle sait.

Pendant un instant, Donelle eut l'air de ne plus rien avoir d'importance, comme si la terre avait glissé sous ses pieds.

De la fenêtre de Gavot, elle avait vu le *River Queen* partir avec ses deux passagers de Point of Pines. Tom n'était plus visible depuis l'aube, le monde s'était éloigné. Seule, dans l'espace, Donelle attendait, regardant bêtement Marcel.

"Où étais-tu, mon enfant?"

"J'étais dans la cabane de Tom. Je suis mariée avec lui. Le père Mantelle nous a épousés."

Marcel se releva, la pâte accrochée à ses mains. Elle l'a secoué, l'a arraché, s'est dirigée vers un seau d'eau et l'a trempé, puis s'est laissée tomber sur une chaise.

"Je m'évanouis", annonça-t-elle d'un ton sérieux, et parut un instant avoir perdu connaissance.

Cela ramena Donelle à ses sens, elle sauta vers Marcel et passa son bras autour de la forme molle.

"C'est bien vrai", balbutia-t-elle, "mais bien sûr tu ne pouvais pas le savoir. Toute ma vie m'est arrivée depuis hier matin. Je m'y suis habituée, mais j'ai oublié que tu ne le savais pas. Plus rien ne sert à présent. , rien n'a besoin d'être caché. Je retourne voir Mamsey et je lui raconte tout, tout."

Marcel reprenait vie. Elle était toujours allongée sur le jeune bras protecteur, les yeux fixés sur le visage blanc et triste au-dessus d'elle.

"Tu ferais mieux d'y aller doucement, Donelle, quand tu le dis à Mam'selle. Tu ne veux pas arrêter son cœur", prévint-elle.

"Non, je ne veux pas lui couper le cœur. Mais je vais tout lui dire, depuis mon retour de la Maison Fortifiée, après que Pierre Gavot m'a dit qui j'étais ! Je peux lui dire maintenant parce que ça n'a pas d'importance ; rien n'a d'importance puisque je suis mariée à Tom Gavot.

"Ça va la tuer, Donelle ! Mam'selle t'a fait sortir de l'endroit où elle t'a caché. Elle avait de grands espoirs pour toi. Ça la tuera de savoir que tu es marié à Tom. Qu'est-ce qui a fait que ça arrive ?"

"Pourquoi, qu'est-ce qui fait que de telles choses arrivent à quelqu'un ?" Donelle soupira. Puis : "Si tu vas mieux, je vais maintenant à Mamsey."

"Et je viens avec toi !"

Marcel se leva d'un bond.

"Viens, je suis prête", dit-elle en enroulant son gros châle autour de sa tête et de ses épaules.

Et ensemble ils allèrent voir Jo, suivis du pauvre Nick.

Ils trouvèrent Jo assise dans le salon, en train de tricoter, de tricoter. Tous les nerfs étaient tendus, mais extérieurement, elle était plus calme que jamais.

"Eh bien, mon enfant," dit-elle alors qu'ils entraient, "tu as l'air épuisé à mort. Tu n'as pas besoin de parler maintenant, à moins que tu ne le veuilles." Elle se leva et alla vers Donelle.

"Je le veux, Mamsey. Je le veux."

"Et tu veux que Marcel reste ?" Jo ne parlait qu'à la fille. Personne n'est entré dans l'enceinte sacrée de son amour le plus profond lorsque Donelle avait besoin d'elle.

"Oui, je la veux aussi, Mamsey, parce qu'elle est ton amie et la mienne."

Marcel ravala ses larmes et s'assit. Jo retourna à sa chaise et Donelle se laissa tomber à côté d'elle et raconta doucement sa pitoyable histoire ; les deux femmes étaient assises comme des figures mortes pendant qu'elles écoutaient.

"Tu vois, Mamsey, il n'y avait pas d'autre moyen, je devais faire quelque chose rapidement. Mais," et elle sourit faiblement, "il devait y avoir une raison à ce qui s'est passé. Peut-être que l'amour était si grand qu'il l'a attrapé et qu'il l'aurait attrapé. Je ne le laisse pas partir. Je ne sais pas, mais tout comme vous êtes resté silencieux à propos de mon père après qu'il vous a quitté, ainsi je vais rester silencieux à propos de mon homme. Tom le sait, vous, et maintenant Marcel Longville, le savez. Personne le reste compte, comptera toujours ! »

Mais Jo se réveillait. Ses yeux profonds flamboyaient, elle oubliait Marcel, elle se penchait sur la jeune fille à ses pieds.

"Comment as-tu su que ton père m'avait quitté ?" elle a chuchoté.

"Pierre Gavot me l'a dit !"

"Quand?"

Donelle a décrit la scène sur la route près de la maison fortifiée, mais elle a retenu le mot laid.

"Et tu es revenu à cause de ça ? Tu croyais que j'étais———"

"Je savais que tu étais ma mère, et je ne pouvais pas te faire de mal comme mon père. Tu ne lui avais jamais fait de mal. Je devais faire sa part. Mais maintenant, Mamsey, je suis heureuse, oh ! si heureuse, pour l'instant je comprends tout ce que la vie signifiait pour moi. Je suis en sécurité ici avec toi et Tom et je veux… payer… payer. Tu sais, j'ai toujours dit que je paierais, si je faisais partie de la vie, et je le ferai !

Jo se releva en titubant. Elle semblait grande et menaçante, sa respiration était forte et rapide.

« À qui est ce pas dehors ? » demanda-t-elle soudain. Les deux ne l'avaient pas remarqué, mais au "Viens" de Jo, le père Mantelle entra. Il voulait s'assurer que tout allait bien ; il avait vu revenir Mam'selle et était venu dès qu'il avait pu.

"Père," dit solennellement Jo, "assieds-toi. Je vais l'avouer ! Autrefois, tu ne me donnais pas une opportunité, maintenant je vais la saisir."

Sa main tremblante reposait sur la tête de Donelle. La jeune fille ne bougeait pas.

"Cet enfant n'est pas à moi. Je le jure devant mon Dieu. Son père m'a quitté pour une autre femme. Marcel peut en témoigner. Mon cœur s'est brisé en moi, et plus tard, quand ma pauvre sœur est morte, je suis parti. Je suis allé à "-à la cabane de Langley dans les bois. J'y ai combattu mes ennuis, puis je suis revenu à mes années de travail, que vous connaissez tous. Je n'ai connu que longtemps après, les pensées noires qui m'étaient retenues. J'ai vécu seul, seul. » Ici, Jo se leva majestueusement, rejeta la tête en arrière et laissa ses yeux flamboyants se poser sur les deux auditeurs pétrifiés. Sa main touchait toujours avec un effleurement merveilleusement doux la tête penchée de Donelle, qui était accroupie sur le sol à ses pieds et écoutait, écoutait, sa respiration devenant de petits halètements rapides et doux.

- Et puis, reprit la voix sévère, Pierre Gavot m'a fait le plus horrible mal qu'un homme puisse faire à une femme, Gavot, Pierre Gavot, un homme indigne de regarder une honnête femme, m'a proposé de m'épouser, car mon argent ! Il cherchait à prendre le contrôle de la seule chose que j'avais gagnée dans la vie pour ma propre protection. Mais de ses lèvres immondes quelque chose a été envoyé pour me guider. Il m'a fait voir d'une manière ou d'une autre que je pourrais encore avoir ce que mon âme avait J'avais faim et j'ai failli mourir pour un enfant ! Je suis allé à Saint-Michel. J'avais l'intention de prendre ce qu'une autre femme avait déshérité. J'avais l'intention de prendre un enfant mâle, parce que je sentais que je ne pouvais pas voir une autre femme endurer ce que j'avais enduré. ! Mais Dieu a fait un miracle. Il m'a chassé, il a envoyé" - et ici les yeux de Jo tombèrent sur Donelle avec un regard de pitié suprême et d'adoration - " Il m'a envoyé cette fille, je l'ai trouvée dans les bois. Pendant les semaines de maladie qui ont suivi son arrivée chez moi, elle a révélé son identité. C'était merveilleux. J'avais peur, mais dans mon âme je savais que Dieu faisait ce qu'il voulait avec moi. Il m'avait envoyé l'enfant de l'homme que j'avais aimé, de la femme qui m'avait trahi !

"Je suis allée, quand j'ai pu, à St. Michael's et j'ai pris connaissance de l'histoire des sœurs, et j'ai découvert..." Jo fit une pause. Même maintenant, elle hésitait avant de livrer son bien-aimé au danger qu'elle craignait depuis longtemps. Puis elle se souvint de Tom Gavot et leva les yeux.

"Le père de cette fille avait été accusé d'avoir tué sa femme. Il m'amenait son enfant parce qu'il savait que je comprendrais. Il est mort avant de pouvoir m'atteindre. Mais un homme qui, devant Dieu, je crois, était le coupable, était après la fille, voulait s'en emparer. Pour quelle raison, qui sait ? Les Sœurs l'ont sauvée. Quand je l'ai prise, j'ai essayé de la sauver en lui donnant mon nom. Je me sentais moins plus nuisible pour elle que... que ce que le monde pourrait dire. Mais je vois," la voix de la pauvre Jo trembla, presque brisée, "je vois que j'avais tort. Comment pourrais-je prouver ma croyance en l'innocence d'Henry Langley, même si je pouvais parier le salut de mon âme sur ma conviction qu'il n'a pas tué sa femme ?

Donelle se levait lentement. Une lumière hébétée mais brillante inondait ses yeux, elle tendit la main vers Jo comme elle le faisait lors de ces premières nuits de délire et de fièvre.

"Mamsey, Mamsey, il ne l'a pas fait ! C'était comme ça. Mon père est entré dans la cabane, il chassait. Ma mère était là. J'étais là, et—et l'homme ! Je ne peux pas, oh ! Mamsey, je ne peux pas Je me souviens de son nom, mais je le détestais. J'avais peur. Il disait qu'il m'enlèverait si... si je le disais ! Quand mon père est entré dans la cabane, je ne me souviens plus de tout, car j'ai couru me cacher derrière une porte. " Mais oui, je me souviens de ceci : l'homme a dit que j'étais... à lui ! Alors mon père a couru vers lui et il a crié quelque chose, et ma mère, " Donelle était accroupie, regardant au-delà de Mantelle et Marcel, ce qu'aucun autre que le sien ne pouvait voir. Vous voyez, "et ma mère a crié que ce que l'homme avait dit était un mensonge ! Et puis mon père et l'homme se sont battus. Ils se sont battus et l'arme a explosé - et - et - ma mère est tombée !

« Mamsey, je... je ne me souviens pas du reste. J'étais toujours fatiguée, j'allais toujours quelque part, mais mon père n'a pas fait cette chose horrible !

Un silence soudain remplit la pièce sombre, un silence qui faisait mal. Puis les tonalités de Jo résonnèrent comme une cloche qui sonnait :

"Père, cette fille est la femme de Tom Gavot ?"

"Elle est." Le prêtre était blanc comme la mort. Marcel se taisait.

"Alors aucun mal ne peut lui parvenir de la part de cet homme, où qu'il soit et qui qu'il soit ?"

"Aucun."

"Et ce garçon a emmené ma fille en croyant ce que le monde pense être le pire ?" La voix de Jo s'adoucit soudain, ses yeux s'assombrirent. Il n'y a eu aucune réponse à cela. Marcel pleurait doucement, avec insistance, le visage couvert par ses pauvres mains ridées. Le visage blanc du curé brillait dans la pièce sombre.

Puis Jo a ri et a soulevé Donelle.

"Enfant, tu as vu le pire et le meilleur chez l'homme. Nous avons toujours Tom Gavot et il te gardera tout mal." Puis elle se tourna vers Marcel. "Margot aurait été fière de Tom, si elle l'avait su", a-t-elle déclaré. Marcel traversa la pièce à tâtons. Ses yeux étaient cachés, ses sanglots l'étouffaient.

"Mam'selle", balbutia-t-elle, "Mam'selle Jo!"

Puis les deux femmes se sont serrées l'une contre l'autre. Le père Mantelle les regardait. Ce qu'il pensait que personne ne pouvait savoir, mais un rayonnement envahissait son visage.

"Mam'selle Morey," dit-il enfin doucement, "vous m'avez ouvert les yeux. La paix de Dieu soit avec vous."

Puis, comme s'il quittait un lieu sacré, il se retourna et sortit en début de soirée.

Marcel la suivit bientôt, mais elle ne pleurait pas en partant. Donelle l'avait embrassée, Jo lui avait tenu les mains et lui avait souri dans les yeux. Marcel avait reçu d'eux sa bénédiction.

Puis, lorsqu'ils furent seuls, Jo alluma la lampe et entassa du bois dans le poêle.

"Et maintenant, nous allons manger, mon enfant", dit-elle. Donelle était toujours abasourdie et tremblante.

"Je me souviens!" C'était ce qu'elle ne cessait de répéter. "Comme c'est étrange, Mamsey, mais je le vois clairement et vrai après toutes ces années."

"Et maintenant, oublie ça, Donelle. La vision t'a été donnée par Dieu. Elle a fait son œuvre. Nous devons oublier le passé." Et pendant des années, on n'en a jamais parlé entre eux.

"Mais, Mamsey——"

"Pas un autre mot, Donelle. Nous devons manger et ensuite parler de Tom."

Il était huit heures passées lorsque, le travail à l'intérieur et à l'extérieur terminé, Jo et Donelle parlèrent de Tom Gavot. À ce moment-là, Donelle était calme et étrangement en paix.

"Toute la nuit, Mamsey, pendant que Nick et moi étions dans sa cabine", dit-elle, "il était dehors sous la pluie ! Je me suis glissé jusqu'à la fenêtre plusieurs fois et il était toujours là, se promenant ou assis près d'un petit feu qu'il allumait. dans un endroit sec pour réchauffer son pauvre corps mouillé. Mamsey, il m'a dit de mettre la barre en face de la porte, et je voulais, mais je ne l'ai pas fait. Les yeux de Donelle brillaient. " D'une manière ou d'une autre, je me sentais plus en sécurité sans le bar. Et puis, quand le matin est venu, Tom était parti. "

"Il reviendra !" souffla Jo, la poitrine haletante. "Et que feras-tu alors de lui, mon enfant ?"

"Je ne sais pas, Mamsey."

"Il a fait pour vous la plus grande chose qu'un homme puisse faire."

"Oui, je sais, je sais. Mais, Mamsey," l'agonie d'une blessure mortelle secoua la voix de Donelle, "Mamsey, pendant un peu de temps je veux, je dois rester avec toi. Et nous ne devons jamais parler de l'autre ! Tu as gardé encore quand, quand mon père…"

"Oui, oui, Donelle, je comprends," Jo serra la fille contre elle. "Tu resteras avec moi un peu de temps, mais je pense qu'un jour viendra où tu iras à genoux vers Tom Gavot."

"Peut-être, Mamsey, peut-être. J'aime Tom pour sa grande bonté. Je le vois toujours, si sûr, si gentil, si splendide, mais tout à l'heure... Oh ! Mamsey," frémit la jeune fille, "l'amour m'a ! Je Je sais que j'ai tort et méchant de le laisser me retenir. Je sais que j'étais égoïste et méchant de laisser Tom me sauver. Vous voyez, je devais faire quelque chose rapidement; j'étais si seul. Mais d'ici peu, Mamsey, le chemin sera plus facile et alors je ne penserai qu'à Tom Gavot. Je l'ai promis.

Dans la chambre haute se trouvaient quelques objets appartenant à Norval. Jo les a mis sous clé le lendemain et a remis la pièce dans son doux ordre d'attente. La cabane dans le bois était également bien fermée contre les regards et les mains indiscrets. Quelques croquis et images étaient encore là, parmi lesquels "La Route". Les autres avaient été rassemblés en toute hâte. Les livres reposaient sur une étagère et une table, le manteau taché d'huile était accroché à une patère. Jo avait envie, avec révolte humaine, de mettre le feu à l'endroit où elle et l'enfant de Langley avaient connu Gethsémani, mais sa main était tenue.

Et Tom Gavot n'est toujours pas revenu. Aucun mot ne vint de lui pendant une semaine, et une grande peur monta dans le cœur de Jo. Puis vint un bref mot à Donelle.

Tu sais que tu peux me faire confiance. Le Père Mantelle m'a écrit sur vous et Mam'selle ; c'est une grande chose. Et, Donelle, je ne prendrai jamais quelque chose que tu ne veux pas donner ! Je ne t'ai pas épousé pour te faire du mal. Je l'ai fait pour t'aider. Cela semblait être le seul moyen, dans la précipitation.

Je reste ici au Québec pour quelques mois. Rien ne peut vous nuire maintenant et je pense à des routes plus longues et plus grandes, plus loin, où je pourrai gagner plus d'argent et avancer. Cela ne peut pas te faire de mal, Donelle, de te dire que, dès la première fois que je t'ai vue, je t'ai aimé plus que toute autre chose. Je t'aime maintenant mieux que moi, mes routes, n'importe quoi ! Et parce que je t'aime ainsi, je te laisse avec Mam'selle.

Comment ils ont tous échappé à Norval. C'était comme s'il ne l'avait jamais été. Point of Pines était comme ça.

Puisque Tom ne l'avait pas tué, il a pu l'effacer.

"Tom est un homme, un grand !" murmura Jo. "Donelle, tu pourras le voir bientôt."

"Oui, Mamsey, peu à peu."

Puis l'été est arrivé chaud et lumineux sur les collines, mais avec lui se profilait une ombre sombre et sinistre. Une ombre dont personne n'osait parler à voix haute, même si on en parlait à voix basse chez Dan's Place, sur les routes et dans les maisons tranquilles. Le père Mantelle sentit son vieux sang monter, chaud et féroce. Il se souvenait de sa France ; mais il se rappelait que sa France avait chassé son Ordre de son emprise. Il se souvenait de l'Angleterre, avec les préjugés traditionnels. Puis il a regardé dans la profondeur de l'ombre noire qui ne voulait pas disparaître et a prêché « la paix, la paix », avant même que son peuple n'ait pensé à autre chose que la paix. C'était le plein été. Les gens des États remplissaient la maison de Marcel, le hameau de la Pointe des Pins palpitait et attendait. Puis l'ombre se révéla : Guerre ! Et de l'autre côté de la mer, l'Angleterre appela ses fils. Et ils ne s'arrêtèrent plus. Ils levèrent leurs jeunes visages sévères et se détournèrent des champs, des rivières et des bois pour retourner chez eux !

Et les femmes ! Au début, ils furent stupéfaits ; horrifié. Ce n'est pas possible ! Ce n'est pas possible !

Bientôt, bientôt, ils allaient apprendre la leçon de patience, de courage et d'héroïsme, mais au début ils ne virent que leurs garçons s'en aller. Ils ont vu les maisons, les fermes et la rivière désertes, leur grande impuissance, leur agonie de peur.

Ils ont vu leurs enfants vieillir en une nuit en acceptant cet appel qu'ils ne comprenaient pas bien, mais qui ne pouvait être ignoré. C'était un appel si étrange, il sonnait à des profondeurs qu'eux-mêmes n'avaient jamais connues. Elle a trouvé une réponse dans leur jeunesse inexpérimentée. Ils devaient simplement partir.

Les vieillards étaient sobres, exaltés. Même Pierre Gavot oublia la taverne, enfila ses plus beaux habits et attendit Tom. Est-ce que tous les autres y allaient, et pas son fils ? Gavot était plein d'inquiétude. Il ne voulait pas boire et oublier. Il était obligé de rester lucide et d'attendre le retour de Tom. Il s'est même oublié lui-même et ses exigences envers Tom. Il y parviendrait d'une manière ou d'une autre, mais il ne pouvait pas supporter la honte que Tom ne parte pas à l'étranger.

C'était une heure où les âmes marchaient vers le tribunal, chacune selon son espèce.

Et un jour, Jo Morey rencontra Pierre sur la grande route, son cœur de femme brûlant pas encore adapté au choc qui se répercutait à travers le Canada.

" Et donc, Gavot, " dit-elle, " tu prends cette cause pour te ramener à la raison ? J'entends dire que tu parles de Tom comme s'il était une grande chose. Eh bien, il est grand depuis qu'il est né, et vous n'y avez pas prêté attention.

Pierre recula. Tom n'était pas encore révélé comme un héros, mais Gavot ne pouvait pas concevoir que le garçon soit autre chose.

"Je suis prêt à déposer mon fils unique sur l'autel", marmonna Pierre avec grandiloquence. "Je peux tout sacrifier pour mon pays."

Jo rit, d'un rire dur et amer.

"Vous les hommes!" ricana-t-elle, " depuis qu'Abraham a porté son pauvre garçon sur la montagne pour le déposer sur l'autel, vous êtes tous pareils, vous les pères ! Vous ne vous allongez pas sur le feu, pas vous ! Vous ne vivez même pas. " tu fais de ton mieux quand tu le peux, mais tu es assez prêt avec le sacrifice de tes petits. Gavot, as-tu déjà remarqué que les Sarahs du monde ne portent pas leurs fils à l'autel ? Les sentiments de Jo l'étouffaient.

Gavot regardait la femme devant lui avec des yeux larmoyants et étrangement sérieux. "C'est un discours insensé", marmonna-t-il, "un mauvais discours. Le bien doit être fait. Pourrais- *je me* battre?"

Jo regardait la malheureuse créature au bord de la route et elle ne riait plus. Ce quelque chose d'intangible qui se posait sur les visages de son peuple la fit taire.

CHAPITRE XX

GAVOT REÇOIT SON APPEL

Et Tom Gavot était au Québec. L'alarme avait apaisé, pendant un instant, son cœur même, et le premier sentiment terrible de peur qui lui venait toujours en danger montait violemment en lui. Son imagination débordante commença à brûler et à éclairer le chemin à suivre. Les horreurs dont il avait entendu parler et dont il avait frémi s'agrippaient à son cerveau et le faisaient souffrir et palpiter.

Personne n'était au courant de son triste mariage. Il vaquait à son travail en portant du mieux qu'il pouvait son lourd secret, mais maintenant il commençait à le voir sous un nouveau jour. Il était marié; il pouvait rester avec honneur. Mais le pourrait-il ?

« Tu vas t'enrôler, Tom ? » demanda un jour le chef de son entreprise. "Nous ne voudrions pas te perdre, nous voulons t'envoyer à Vancouver. Il y a quelque chose de spécial à faire là-bas. Après tout, l'affaire sera bientôt réglée et nous avons besoin de garçons ici."

"J'y réfléchis," répondit Tom, et il le fut encore et encore tandis que sa chair frémissante défiait son esprit brillant.

Il se promenait quotidiennement devant le Château Frontenac et regardait et regardait les vaillants garçons, oh ! si pitoyablement jeune, marchant, s'entraînant avec ce regard dans les yeux qu'il ne pouvait pas comprendre. Il se rendit dans les plaines d'Abraham et resta fasciné tandis que le passé et le présent écorchaient son imagination enfiévrée. Il se tenait devant les appels illustrés que le gouvernement affichait sur les clôtures et les bâtiments, et sa chair maintenait toujours son esprit captif. Puis un jour, tout à fait inconsciemment, le Gouvernement l'a contacté : lui, Tom Gavot ! Il y avait une nouvelle image parmi tant d'autres, celle d'une vieille mère au visage transfiguré, la main sur l'épaule de son garçon.

"Mon fils, ton pays a besoin de toi."

Tom regarda et se détourna. Cela ne semblait pas juste de… d'intimider des gens comme ça. Il était en colère, mais il est revenu. Le visage du garçon semblait grandir comme le sien ! Pauvre Tom, il ne pouvait pas se rendre compte que c'était le visage du jeune Canada. La femme, eh bien, elle était comme la mère décédée depuis longtemps ! Tom était sûr que si sa mère avait vécu, elle aurait été vieille et sainte. Oui, saint malgré tout, car n'y aurait-il pas veillé ? Lui et ses routes ?

Tom pensait à ses routes, ses routes paisibles et belles. Serait-il apte à les planifier, à les voyager s'il laissait d'autres hommes les rendre sûrs pour lui ?

Puis, un jour de septembre, il dit doucement - et l'homme à qui il parlait n'oublia jamais ses yeux - "Je vais m'engager. Je retourne chez moi. J'aimerais commencer par les garçons de là-bas. " Alors Tom est retourné à Point of Pines. Il avait presque oublié qu'il était le mari de Donelle Langley. Il avait fait ses adieux à beaucoup de choses sans s'en rendre compte : sa propre peur, sa femme, ses routes, son espoir envers Donelle.

Il repartit très simplement, très doucement, et avec ce nouveau regard dans ses jeunes yeux tristes, il semblait comme un étranger. La gloire et l'excitation n'étaient pas pour lui. Il partait parce qu'il n'osait pas rester. Son âme tendait la main vers un idéal caché dans le mystère, il avait tout juste le courage d'aller de l'avant. Pierre regarda son garçon d'un air suppliant.

"Tom," gémit-il, "je ne suis pas vraiment un père. Je ne peux pas te laisser fier de moi, je t'ai retenu toute ta vie. Mais je peux t'aider à te sentir plus à l'aise avec moi en disant "Je te dis que j'ai du travail. Tu n'auras pas à t'enflammer pour ça."

Tom considérait son père avec un vague sentiment de joie ; puis il tendit la main en hésitant et lui prit la main !

Marcel a attiré Tom vers son cœur. Toute sa maternité était en colère.

"Tom," murmura-t-elle, "tout au long des années, j'ai brisé mon cœur à cause de ces petites tombes sur la colline, mais aujourd'hui je remercie Dieu qu'elles soient là !"

Tom tenait la femme en pleurs contre lui.

« Tante Marcel, » demanda-t-il doucement, « si eux, les enfants, étaient ici, plutôt que sur la colline, leur diriez-vous de rester ?

"C'est ça, Tom, je ne pouvais pas, et c'est pourquoi je remercie Dieu qu'il m'a laissé le choix."

Tom l'embrassa avec révérence avec une grande tendresse.

« Tante Marcel, poursuivit-il, quand je serai là-bas, je penserai à toi et aux enfants sur la colline. J'essaierai de faire de mon mieux pour toi et pour eux. J'échouerai peut-être, mais je le ferai. essayer."

Et enfin Tom remonta la route vers Mam'selle et Donelle. Ils l'ont vu arriver et l'ont rencontré en chemin. La tête de Jo était penchée ; sa poitrine haletait. Une peur et une amertume terribles lui rendaient le visage dur et presque cruel.

Toute la nuit, elle s'était souvenue de la jeunesse pitoyable de Tom. Et maintenant ce renoncement ! Mais sur le visage de Donelle brillait la gloire du jour.

Doucement, fermement, elle prit les mains de Tom et leva les yeux.

"Oh ! mais tu es splendide", murmura-t-elle. "Je pensais que peut-être tu pourrais penser que tu devrais rester en arrière pour moi ! Mais, Tom, tout va bien et en sécurité ! Tu vas toujours grandir, te rapprocher, jusqu'à ce que tu me fasses oublier tout le reste. Pourquoi, Tom maintenant, maintenant Je t'accompagnerais sur ton chemin, si je le pouvais ! Tu dois le croire, ma chérie.

Tom la regarda. Il a vu le frisson de la vie, de l'aventure et de la jeunesse l'ébranler. Il voyait avec une vieille, vieille compréhension que parce qu'il partait seul, sur la route, il signifiait pour elle ce qu'il n'aurait jamais pu signifier s'il était resté. Il voyait que son renoncement avait éveillé sa sympathie et son admiration, mais il voyait que l'amour était mort dans ses yeux.

"Tom looked at her. He saw the thrill of life, adventure and youth shake her. He saw with an old, old understanding that because he was going away, alone, upon the road, he meant to her what he never could have meant had he remained."

"Tom la regarda. Il vit le frisson de la vie, de l'aventure et de la jeunesse la secouer. Il vit avec une vieille, vieille compréhension que parce qu'il partait seul, sur la route, il représentait pour elle ce qu'il n'aurait jamais pu avoir. signifiait s'il était resté.

Et puis Tom se pencha et l'embrassa. Il le pouvait en tout honneur car quelque chose au plus profond de son cœur lui disait qu'il lui disait effectivement au revoir.

"Quand je reviendrai", disait-il alors qu'il se sentait loin, très loin, "nous essaierons juste la route, Donelle. Je sais que tu feras ta part. Et garde toujours ceci à l'esprit : quand je regarde en arrière " À la maison, je te verrai à l'autre bout de la route, ma fille. Tes yeux auront la lumière jaune en eux qui éclairera la nuit la plus sombre que je n'aurai jamais traversée. Je devais te le dire. "

"Merci, Tom."

"Ce n'était pas la chose honnête de t'épouser comme je l'ai fait. Je n'en avais pas le droit."

"Oui, tu l'avais fait, Tom. Oui. Oui!"

"Non. Je pense que nous aurions pu trouver un meilleur moyen si nous avions pris le temps, mais j'étais en quelque sorte aveuglé."

"Et moi aussi, Tom, aveuglé et fou."

"Donelle—"

"Oui, Tom."

"Je dois te dire quelque chose - maintenant que je pars. Il - il est revenu cette nuit-là. Il est venu vers moi et il ne voulait pas le croire, jusqu'à ce que je le laisse regarder par la fenêtre pour te voir allongé là. endormi. Il voulait me dire quelque chose, et je ne l'ai pas laissé faire ! Mais, Donelle, devant Dieu, je pense que nous n'avons pas besoin de le détester et si jamais il en a l'occasion, laisse-le te dire ce qu'il voulait me dire.

"Tom, oh ! Tom !" Donelle pleurait maintenant dans les bras de Gavot. "Merci, merci, mon bon Tom ! Et quand tu reviendras, je t'attendrai, peu importe ce que j'entends."

Mais Tom a compris. Il se pencha à nouveau et embrassa ses jolis cheveux, son petit visage blanc, puis la poussa doucement vers Jo.

"Maman," dit-il en souriant de son bon sourire : "Je vais, avec l'aide du ciel, me rattraper auprès de ma mère."

"Vous l'avez fait, Tom, vous l'avez fait !" Jo se précipita vers lui. "Vous avez une vie propre et belle et ils n'ont pas le droit de prendre cette jeune vie ; ils n'ont aucun droit, aucun droit !"

Mais Tom s'en alla, souriant, avec la petite compagnie des hommes de Point of Pines. Les femmes regardaient passer, le visage immobile et les mains jointes. Ces garçons allaient vers quoi, ils ne le savaient pas ; juste aller ! Certains avaient l'air égocentriques, fiers, insensés. D'autres avaient l'air sombre, ne sachant pas tout, mais le sentant.

Tom regarda son groupe, son père, Marcel, Longville, Jo et Donelle, jeta un dernier coup d'œil au visage blanc et figé du père Mantelle, et dit ainsi au revoir à Point of Pines.

Ensemble, Jo et Donelle retournèrent à la petite maison blanche. C'était comme revenir d'une tombe fraîchement creusée.

"Je n'aiderai pas les mauvaises affaires, non, pas moi !" » jura Mam'selle, l'air dur toujours sur son visage. Donelle la regarda avec pitié.

"C'est un grand mal, un péché damnable ; aucun mot ne peut y remédier. Pour nous, travailler et pardonner n'est qu'aider le péché à avancer. Je ne supporterai pas ce maudit tort."

"Mamsey, tout va mal, mais ce n'est pas leur tort, celui de Tom et de tous les autres garçons. Ils font juste ce qu'ils doivent : s'accrocher à quelque chose qui ne nous lâchera pas. Mamsey, nous devons continuer. avec eux. Nous ne pouvons pas les laisser tranquilles. Je ne vois pas encore très bien ce que nous pouvons faire, mais Mamsey, nous aussi, devons tenir le coup. Voyez, voici le métier à tisser. Tournez, tournez, chère Mamsey.

"Non, le métier à tisser s'arrête !" Jo ferma les lèvres. Mais Donelle la fit avancer.

"Mamsey, cela nous sauvera", dit-elle, "sauvera-nous. Nous devons travailler tout le temps ; filer, tisser, tricoter. Nous devons le faire. C'est tout ce que nous pouvons faire."

"Oui. Et parce que nous avons toujours filé, tissé et tricoté, ils s'en vont là, ces garçons ! Donelle, je ne toucherai pas au métier à tisser !"

Mais Donelle posait ses doigts sur le cadre.

Soudain, cherchant les fils à tâtons, Jo dit, tandis que sa voix se brisait :

"Où est Nick, mon enfant ?"

"Il suit Tom aussi loin qu'il peut, Mamsey. Je ne l'ai pas rappelé."

A ce moment-là, Jo baissa la tête jusqu'à ce qu'elle repose sur le métier à tisser.

"C'est tout ce que les chiens et les femmes peuvent faire !" elle gémissait ; "Suivez-les aussi loin qu'ils le peuvent."

"Oui, Mamsey, et rattrape-les... d'une manière ou d'une autre. Nous le ferons, nous le ferons."

Les deux femmes se sont serrées l'une contre l'autre et ont pleuré jusqu'à ce qu'il ne reste plus que du chagrin, que l'amertume se soit dissipée.

Et au loin, en Égypte, Anderson Law entendit l'appel et vit le nuage noircir.

"Je suis trop vieux pour prendre une arme à feu", marmonna-t-il sombrement, "mais ma place est chez moi ! Chacun à son foyer, maintenant, à moins qu'il ne puisse servir son prochain."

C'était en octobre lorsque Law arriva à New York. Dans son atelier depuis longtemps déserté se trouvaient beaucoup de choses qui réclamaient son attention immédiate. Norval avait la clé de l'appartement et avait veillé à ce qu'elle soit tenue prête pour son maître absent. Une masse de courrier gisait sur la table, parmi lesquels une note de Norval lui-même.

ANDY, quand tu peux, va à Point of Pines. Si quelqu'un dans le monde de Dieu peut réparer le mal que j'ai causé là-bas, c'est bien vous ! J'y suis allé assez innocemment et à un moment où j'étais déprimé. J'ai réussi à évoluer le plus en enfer possible. Je ne m'attends pas à ce que vous puissiez un jour excuser ou, d'une manière ou d'une autre, justifier mes actes. Je ne pense qu'à cette petite fille d'Alice Lindsay, le seul amour de ma vie.

La loi était pétrifiée. C'était une lettre que Norval avait écrite de Point of Pines, elle n'était allée pas plus loin que New York, car Norval, dans son abstraction, l'y avait adressée.

Pendant un instant, même la guerre tomba dans l'insignifiance tandis que Law poursuivait sa lecture :

Le divorce souhaité par Katherine était sur le point d'être consommé. Je comptais sans le sens de la justice et du devoir de Katharine, qui s'est activé juste au moment où je pensais que la voie était libre. Eh bien, Andy, tu sais à quel point la vérité peut devenir maudite lorsqu'elle est gérée dans le noir ? Katherine est arrivée à Point of Pines ; J'ai vu Donelle seule. Dois-je en dire plus ? Seulement ceci, Andy : je n'ai pas fait de tort à la fille, je l'ai seulement aimé.

J'ai laissé une photo. Je veux que vous le voyiez avant de partir pour le Canada. Vous le trouverez près de votre fenêtre nord.

Je vais dans les Adirondacks avec Katherine. Elle a développé la tuberculose, c'est sa seule chance, et, à court ou à long terme, j'ai juré de faire le reste du chemin avec elle.

Law traversa la pièce jusqu'à sa fenêtre nord. Avec des mains maladroites, il découvrit la toile qui se trouvait là et la plaça sur un chevalet avant d'oser la regarder.

Un morceau de papier était attaché à la photo. La loi disait :

"Plus beau que le matin, plus beau que la lumière du jour."

Puis, debout dans son attitude la plus froide et la plus critique, Anderson Law a régalé ses yeux de Donelle !

Non seulement la beauté douce et attrayante du rare visage de jeune fille que tenait Law, mais la maîtrise de la main qui l'avait reproduit, captivait ses sens. Quelle couleur et quelle lumière ! Eh bien, pendant un instant, il sembla presque qu'il y avait du mouvement.

"Bon dieu!" murmura Law. "Je suis resté trop longtemps en Egypte."

Il lui convenait cependant de se préparer immédiatement à se rendre à la Pointe des Pins. Il n'a pas écrit à Norval ; comment pourrait-il? Bien entendu, il désapprouvait chaleureusement ce qu'il savait et soupçonnait. Aucun homme, pensa-t-il, n'a le droit de prendre des risques aux dépens d'autrui. Norval était un imbécile, un sacré imbécile, mais il n'était pas simplement un misérable égoïste. Il pouvait le jurer. Mais la jeune fille… eh bien, comment un homme pouvait-il garder son sang-froid avec ces yeux fixés sur lui ?

"Ce type de flamme blanche", pensa l'homme dans la pièce immobile, "est le plus ambitieux. Il y a tellement d'âme avec le reste."

Une semaine plus tard, le *River Queen* gonfla dignement jusqu'au quai de Point of Pines. Le bateau robuste a fait sa part la plus courageuse cet été-là. Elle descendit la rivière chargée ; » haleta-t-elle d'un air contemplatif, sachant qu'elle devait supporter encore d'autres charges. Loin, toujours, loin !

"Je veux celui de Mam'selle Jo Morey", a déclaré Anderson Law alors qu'il était déposé, avec d'autres marchandises et sacs sur le quai. "Elle prend des pensionnaires ?"

Jean Duval fronça les sourcils.

"Elle en a pris un", répondit-il, "mais il s'est enfui. Je pense que la Mam'selle Jo n'en demande pas plus."

"Alors j'irai vers elle", dit Law de sa manière la plus complaisante; "elle ne me tendra pas la main."

Jo était dans la grange, mais Donelle se tenait près du portail, sa tête blonde et découverte brillant dans la chaude lumière d'octobre.

"Je m'appelle Anderson Law !"

Donelle se tourna et ses yeux écarquillés s'assombrirent.

"Je suis arrivé en retard, j'ai peur, mon enfant," Law vit que son nom était familier à la jeune fille, vit ses lèvres trembler, "mais je ferai de mon mieux maintenant pour réparer ce problème. Tu dois m'accepter pour Alice. Pour l'amour de Lindsay."

Sans détour, mais avec une grave tendresse, il tendit la main.

Il y a des gens qui viennent au monde sans autre raison, apparemment, que d'alléger le fardeau des autres. Leur simple vue est le signal du déplacement de lourdes charges. Ceux qui sont fatigués et perdus connaissent leurs libérateurs. Donelle jeta un très long regard, les yeux remplis de larmes soudaines et tristement réprimées. Tout le poids qu'elle avait supporté depuis le moment où elle était entrée dans la Maison Fortifiée réclamait du soutien.

"Oh ! Je suis si contente que tu sois venu. Tellement contente !"

Et les mains de Donelle étaient dans celles de Law.

C'est ainsi que Mam'selle les trouva, accrochés l'un à l'autre comme des âmes naufragées, lorsqu'elle rencontra Nick qui sifflait sur ses talons. Nick avait une respiration sifflante maintenant, on ne pouvait le nier.

"Et, monsieur, vous êtes...?" » dit-elle, debout, les pieds à califourchon, les mains descendant jusqu'à l'endroit où se trouvaient les anciennes poches de son père.

"Une pensionnaire, Mam'selle, si le ciel le veut."

"Je ne peux plus prendre de pensionnaires, monsieur. Mais je peux atteler Molly et vous conduire chez le capitaine Longville."

"Mam'selle Morey, je suis l'ami d'Alice Lindsay, Anderson Law."

Puis Jo, qui avait toujours été elle-même porteuse de fardeaux, en sentit une autre de son espèce. Elle fit un pas plus près. Ses sourcils relevés révélaient ses yeux merveilleux, des yeux de femme qui avait souffert et qui n'avait pas pleuré.

Law la retint d'un long regard ; un regard inquisiteur.

"Maman'selle", dit-il; "Je crois à moitié que tu vas reconsidérer ta décision et m'accepter."

"Je crois à moitié que je le ferai!" Les lèvres de Jo se contractèrent.

Son instinct la guidait.

"La chambre haute est prête", a-t-elle ajouté, "et le repas de midi est sur le point d'être mis sur la table".

"Et je vais te montrer le chemin !" Donelle continua devant Law, un nouveau regard sur son visage, un air plus heureux qu'il ne l'avait été pendant de nombreuses journées.

CHAPITRE XXI

DONELLE VOIT ENFIN TOM

"Le plus grand tort que Norval ait fait a été de vous laisser dans le noir."

Law et Donelle étaient assis dans la cabane en bois et la pièce était chaleureuse et lumineuse. Les tableaux abandonnés de Norval étaient accrochés sous un bon éclairage et maintenant, certains des tableaux de Law avaient également trouvé leur place sur les murs bruts.

"Tu es assez femme pour avoir compris."

"Oui, j'aurais compris", répondit Donelle depuis son siège près de la fenêtre. Elle tricotait ; tricoter, toujours tricoter.

"L'amour est une chose qu'on ne peut pas toujours gérer. J'aurais compris. L'amour vient de nous et quand il a été blessé, j'ai eu tort d'aller voir Tom Gavot, mon mari. Mais vous voyez, il m'avait aidé avant. C'était mal , mais il ne semblait pas y avoir d'autre moyen. Je pense que je sentais que je devais rendre impossible - pour - pour M. Norval de faire quoi que ce soit.

"Mais, mon enfant, bien sûr… Norval t'a fait du tort en cachant toute la vérité. Pourtant, j'aurais aimé qu'il puisse parler pour lui-même, ne pas me laisser le soin."

"Tu l'as magnifiquement fait, Man-Andy !"

Le nom tomba longuement des lèvres de Donelle. Law l'avait exhortée à l'appeler par ce moyen.

On était en février maintenant et Law s'attardait encore. Il aurait difficilement pu dire pourquoi, mais le Canada lui semblait plus chaleureux que les États-Unis. Il fut l'un des premiers à ressentir du ressentiment face à la réticence de son pays à s'engager dans la lutte terrible qui entraînait les autres pays dans sa gueule infernale.

"Si je ne peux pas supporter une arme", jurait souvent Law dans la chambre haute de Jo, "je resterai près de ceux qui les portent. Les garçons reviendront bientôt, certains des gars blessés, je leur prêterai un main ici au Canada. »

Il resta donc et la petite maison blanche fut heureuse de son accueil.

La loi s'est répandue parmi le peuple. Il devint un visiteur constant de la maison du Père Mantelle ; il accompagnait le vieux curé dans les maisons, déjà endeuillé, à cause du fils ou du père qui s'était éloigné et ne reviendrait jamais. La guerre a durement frappé les hommes du Canada qui, sans compter le prix, se sont rendus sinistrement au front et ont encaissé les coups les plus violents sans penser à faire demi-tour.

"Et, Man-Andy," Donelle parlait doucement pendant que Law fumait près du feu, "j'ai souvent pensé que M. Norval" - les mots guindés étaient timides - "aurait pu penser que j'étais passé en premier. Il aurait pu."

"Je pense qu'il pourrait le faire." Le nuage de fumée montait plus haut. "Cela aurait été comme lui."

"Mais ça n'aurait pas été bien. Le grand amour, nous n'avons pas pu l'empêcher, mais il m'a dit un jour que c'était notre rôle de le garder sacré. Si—si—il oubliait une minute, Man-Andy, c'était pour que je m'en souvienne. Je pense que j'avais peur de *ne pas le faire*, et c'est pourquoi quelque chose m'a conduit vers Tom, mon mari.

Law grimaça devant la répétition constante du « mari ». C'était comme si elle le forçait à garder les faits clairement à l'esprit.

"Je n'aurais pas voulu que mon amour soit autre chose que celui que je l'ai connu, Man-Andy. Et maintenant, je suis presque heureuse de penser qu'il fait ce qui est bien. C'est mieux, même si c'est dur."

"Oui, je suppose!" Et Law savait de quoi il parlait.

"Mais toi?" il leva les yeux vers le visage blanc et doux de Donelle.

"Moi ? Pourquoi, tout va bien pour moi, Man-Andy. Tu vois, il y a plusieurs sortes d'amour, et Tom, mon mari, eh bien, je l'aime. Il est fort, et oh ! tellement en sécurité. Quand son Le pays n'a plus besoin de lui, je le rendrai heureux. Je peux. Je suis sûr que je peux, car Tom n'est pas du genre à vouloir tout. Il a eu si peu dans sa vie qu'il sera content, très content de moi. . Il a aussi le grand amour, Man-Andy.

"Tu me dépasses !" murmura Law. "Toi et ta Mam'selle, vous êtes un couple."

"J'aime penser ça. Mam'selle a été plus qu'une mère pour moi. Je suis si heureuse que tu saches tout sur nous."

Law le savait, grâce au Père Mantelle.

"J'ai l'impression, aussi faux que cela puisse paraître", avait un jour confié le prêtre à Law, "de faire le signe de croix chaque fois que je viens en présence de Mam'selle Morey."

"Eh bien, les croix ont apparemment été dans sa lignée," rit Law en retour, "elle prendrait naturellement cela comme un contresigne."

Law avait une habitude qui rappelait à Jo Langley, Donelle et, en effet maintenant qu'elle y réfléchissait, d'autres encore qui la connaissaient plus ou moins intimement. Il s'asseyait et la regardait pendant qu'elle travaillait puis, sans rime ni raison, souriait. Souvent même, il riait.

"Est-ce que je suis si amusant ?" » elle a demandé à Law une fois.

"Pas si amusant, Mam'selle, que complètement comique."

"Comique, M. Law ?" Jo fronça les sourcils.

"Ça ne sert à rien de se renfrogner, Mam'selle. Je veux dire, pas de réflexion. Le fait est que vous nous avez tous emmenés au camp, autant rire."

« Camp, M. Law ? » Les sourcils se haussèrent.

"Oui, tu nous as fait passer pour des petites bières et puis tu nous pardonne, et tu nous étiquetes champagne !"

« M. Law, vous parlez ! Jo renifla.

"Certainement, Mam'selle."

"Je ne comprends pas ta langue."

"Je parierai un dollar sur un beignet que fait Donelle."

"Euh ! Eh bien, Donelle, dis-moi juste ce qu'il veut dire."

Ils étaient tous assis autour du poêle chaud, une tempête hivernale hurlant dehors.

"J'ai bien peur de ne pas pouvoir le faire très bien, Mamsey. Mais je sais ce qu'il veut dire."

"Fais de ton mieux, mon enfant. Je déteste qu'on continue à deviner."

"Eh bien, c'est quelque chose comme ça :" Donelle regarda Law, se laissant guider par ses yeux, "certaines personnes, pas aussi chanceuses que toi, Mamsey, n'auraient peut-être pas pardonné toutes ces années où personne ne le savait ! Tu étais si grande et silencieux et courageux, vous les avez tous fait paraître plutôt petits. Et maintenant, quand ils le savent, vous les laissez d'une manière ou d'une autre faire les grandes et gentilles choses que vous rendez possibles, et vous vous tenez à l'écart, les félicitant.

"Absurdité!" » cracha Jo. "Qui klaxonne, j'aimerais savoir ?"

"Oh ! Mamsey, c'est ta corne, mais tu laisses les autres penser que ce n'est pas le cas. Qui a poussé le père Mantelle à sortir et à contraindre son peuple à partir outre-mer ?"

"C'est idiot, Donelle. Quand il a repris ses esprits, il a vu qu'il serait assailli s'il ne le faisait pas."

"Oh ! Mamsey, tu l'as outrageusement harcelé. Et qui s'occupe du vieux Pierre ?"

"Toi, mon enfant. Tu ne vois pas le père de ton mari vouloir, quand c'est des rhumatismes, du mauvais whisky, ça le fait tomber."

"Oh ! Mamsey ! Et qui a demandé à Marcel de mettre des petits drapeaux sur ces tombes sur la colline parce que cela la rendrait fière ?"

"Donelle, tu *es* idiote. Marcel sentait qu'elle devait aussi faire quelque chose pour en faire sa guerre, et elle est trop occupée pour tisser et tricoter. Pourquoi" - et ici Jo se tourna vers Law dont les yeux brillaient à travers la fumée qui cachait presque son visage. visage - "autrefois, les gens d'ici allumaient des feux le jour de la Saint-Jean devant leurs maisons, pour montrer qu'il y avait eu un mort. J'en ai parlé à Marcel et elle-même a pensé aux drapeaux. Elle aurait donné ses enfants s'ils avaient vécu ; elle a décidé, comme nous tous, de voir qu'il n'y a rien d'autre à faire que de donner et de donner !

Mam'selle s'étouffa à cause de ses paroles précipitées et Law changea soudainement de sujet.

"Maman," demanda-t-il, "y a-t-il une cheminée derrière ce monstre brûlant ?" il a donné un coup de pied dans le poêle.

"Il y en a, M. Law, un environ deux fois trop grand pour la maison."

« Enlevons le poêle et installons la cheminée ! »

« Enlever le poêle ? » Jo a laissé tomber dix points. "Enlevez ce poêle ! Eh bien, vous ne savez pas ce que cela m'a coûté ! Je—je suis fier de ce poêle."

"Vraiment, Mam'selle ?"

"Eh bien, avant, j'étais plus fier que maintenant. C'est un tas de problèmes à garder propre, mais ça va rester là où il est. Quand les choses coûtent ce que ça a coûté, ils restent. C'est comme Nick et la petite vache rouge. ——"

"Et moi!" » dit Donelle doucement.

"Tu devrais avoir honte, Donelle," Jo lui tourna des yeux indignés, "en te mettant à côté des poêles, des chiens et des vaches."

"Et d'autres choses qui coûtent trop cher. Oh ! Mamsey."

Et Law restait toujours là, la paix dans ses yeux devenant chaque jour plus profonde, plus sûre. Il éprouvait vaguement, comme Norval, le sentiment de *vivre* pour la première fois de sa vie. Il appelait la cabane en bois l'atelier coopératif. Avec le temps, il a demandé à Donelle de jouer là-bas pour lui. Au début, elle a essayé et échoué. En pleurant, elle le regarda, impuissante, et posa son violon de côté.

« Tu n'as pas le droit, lui dit-il avec une infinie tendresse, de laisser quoi que ce soit de ce monde tuer le don que Dieu t'a fait.

La philosophie qui avait défendu le pauvre Law lui avait donné le courage de la transmettre aux autres. Cela conduisait maintenant Donelle à son devoir.

Le vieux Revelle avait prophétisé que la souffrance développerait son talent et elle ; et c'était ce qu'il faisait. Son visage devint merveilleusement fort et beau à mesure que les mois s'éternisaient et que la Peur grandissait dans les cœurs en attente. En s'oubliant, elle a fait place aux autres et ils sont venus à elle fidèlement. Sa musique était entendue dans de nombreuses cabanes de colline ; au bord de la rivière, où travaillaient les hommes plus âgés, alors que leurs pensées étaient vers l'étranger. Elle enseignait aux petits enfants, aidait à confectionner les pitoyables robes noires qui signifiaient tant pour les pauvres solitaires qui avaient tout donné et qui avaient si peu de quoi montrer leur respect à leurs morts sacrés.

Jo regardait sa fille avec des yeux qui lui faisaient souvent mal à cause des larmes retenues.

"Ce sera sa mort", a-t-elle confié à Anderson Law. "Elle va casser."

"Non," répondit Law, "elle ne se brisera pas. Elle est aussi ferme et fidèle que l'acier ; elle se prépare."

"Prêt pour quoi?" La voix de Jo trembla.

"Pour la vie. Tant de personnes, Mam'selle, se préparent simplement à vivre. La vie va utiliser cette petite Donelle."

"Les hommes ont causé beaucoup de problèmes aux femmes", remarqua Jo de manière hors de propos.

" Ah ! voilà, Mam'selle. Les meilleurs d'entre nous savent que nous sommes de mauvais gaffeurs. La plupart d'entre nous, dans notre âme, vous demandent pardon. "

"Eh bien, vous êtes tous des garçons, de simples enfants." Jo faisait claquer ses aiguilles comme une folle. "Parfois, je pense que toute la question serait réglée si nous pouvions regrouper tous les hommes en un seul et lui donner une bonne fessée."

Les yeux de Law pétillèrent.

"Et après ça, après la fessée, Mam'selle, que ferais-tu ?"

"Donnez-lui une dose supplémentaire de confiture, comme jamais. Nous sommes des imbéciles, chacun d'entre nous, que Dieu nous aide!"

"Oui, Dieu merci, tu l'es!"

C'était en mars lorsqu'une lettre arriva de Norval qui envoya Law dans la cabane en bois et à genoux.

ANDY:

C'est fini! Pauvre Catherine ! Je vais laisser son corps ici sous la neige et les pins. C'est arrivé assez soudainement à la fin. Elle ne pouvait tout simplement pas le supporter.

Je suis content d'avoir fait le reste du chemin avec elle. Je n'aurais jamais pu le faire sans que tu m'aies montré le chemin. Tu as été ici avec moi, mon vieil ami, tous ces mois. Je me demande si vous pouvez me comprendre quand je dis que je suis heureux pour Katherine, pour elle seule, qu'elle soit en sécurité sous la neige ? Il est plus facile de penser à elle ainsi que de se souvenir de la bataille perdue d'avance qu'elle a menée pour sa santé. Je suis sûr que ma présence ici l'a rendue moins seule et elle est devenue si tendre et généreuse, si compréhensive.

Elle m'a supplié de retourner à Point of Pines. Elle n'a jamais entendu parler de Gavot.

Et maintenant, Andy, avant que tu reçoives ça, je vais partir à l'étranger pour offrir ce que j'ai à la France. Je suis fort, eh bien, et je n'ai rien pour me retenir. Je peux faire quelque chose là-bas, j'en suis sûr.

Law regarda la date sur la lettre, puis remarqua que le cachet de la poste datait de près d'un mois. Il n'était pas nécessaire de se dépêcher ; Norval était parti.

Law n'a pas informé Donelle ni Jo de ses nouvelles. Tout était jeté dans la marmite bouillonnante ; il faut attendre l'issue avec patience et avec tout le courage dont on peut faire preuve.

Lorsque le printemps arrivait, la petite *Reine de la Rivière* venait régulièrement au quai. Elle est venue tranquillement, avec respect, ramenant désormais à la maison ses enfants : les malades, les fatigués, les désespérément mutilés, les garçons qui avaient supporté le poids de la bataille et s'étaient échappés avec suffisamment d'esprit et de corps pour revenir. Certains d'entre eux avaient des nouvelles des autres ; ils avaient des détails dont les cœurs en attente avaient envie. Sous le doux ciel du printemps, ils racontaient si simplement leurs courageuses histoires ; Oh! si divinement simplement. Les bravades, les plaisanteries s'apaisèrent ; ils avaient trop vu et trop souffert pour s'attarder sur la gloire ou sur les récits d'aventures.

Le pauvre vieux Pierre allait de l'un à l'autre avec sa question :

"Parle-moi de mon Tom."

Tom avait été transféré ici, là et partout. Seul un camarade occasionnel qui avait quitté la maison avec lui avait été à ses côtés outre-mer. Mais un ou deux ont raconté des histoires sur Tom qui sont rapidement devenues publiques.

"Le vieux Tom parlait toujours d'avoir peur", a déclaré l'un d'eux. "Dans les tranchées, pendant que nous attendions les ordres, il nous suppliait de veiller à ce que s'il était un lâche, ses parents ne connaissent peut-être pas la vérité. Il s'attendait toujours à être le chien, et puis, quand l'ordre arrivait, le vieux con se levait et se précipitait vers l'avant comme s'il était voué au suicide. Cela devait être une blague et le plus drôle, c'est que quand c'était fini, il ne semblait jamais savoir qu'il avait fait la chose décente " Il nous demandait comment il avait agi. Il croyait tout ce que nous lui disions. Après un certain temps, nous avons commencé à lui dire la vérité. "

Marcel pleurait près de sa petite rangée de tombes après avoir entendu parler de Tom et souhaitait enfin qu'un de ses fils puisse être près de ce pauvre Tom de Margot.

Les yeux de Jo brillèrent et elle regarda Donelle. Elle sentait le grand cœur de la jeune fille battre de pitié, mais elle savait très bien que même dans son heure tragique de triomphe, Tom n'avait pas suscité l'amour de Donelle.

Parfois, elle était presque en colère contre Donelle. Pourquoi la jeune fille ne pouvait-elle pas voir ce qu'elle avait gagné et s'en glorifier ? Quel genre de récompense cela devait-il être pour Tom de lui faire « tenir sa promesse ?

"Les femmes n'étaient pas dignes des hommes !" a-t-elle lâché à Anderson Law. "Pensez à ces jeunes créatures qui offrent tout ce qu'elles ont pour rendre le monde plus sûr pour beaucoup de femmes inutiles !"

"Ils devraient recevoir une fessée, les femmes inutiles", remarqua solennellement Anderson.

"C'est ce qu'ils devraient!" » acquiesça Jo.

"Ah, eh bien, Mam'selle," le visage de Law devint sévère, "nous sommes tous, hommes et femmes, recevant notre punition de la même manière. Mais qu'a fait la rebelle, Donelle, maintenant ?"

"Elle ne verra pas Tom Gavot, son mari, tel qu'il est ! Elle ne le voit que comme un brave soldat. Au lieu de cela, c'est un homme !"

"Ah ! Mam'selle Jo, attends qu'il rentre et *ait besoin d'elle* . Alors elle lui donnera le meilleur d'elle-même. Cela ne suffit-il pas ?"

"Non!" Jo a explosé. "Non ! ce n'est pas le cas. Elle devrait lui donner, pauvre garçon, ce qu'elle n'est pas en son pouvoir de donner."

Puis ils rirent tous les deux.

C'était en plein été que l'on apprit que Tom Gavot avait fait le sacrifice suprême.

Law a apporté l'annonce officielle, le fait brutal et blessant. En passant devant Dan's Place, il avait sauvé Pierre avant qu'il ait commencé à boire.

"Venez chez Mam'selle Morey", ordonna-t-il calmement. "J'ai des nouvelles de votre garçon."

"Et il est toujours courageux ? C'est une bonne nouvelle ?"

Gavot avança d'un pas traînant aux côtés de Law.

"Il est toujours courageux, oui."

"C'est bien, c'est bien. Tom a toujours été du genre à commencer par trembler et à finir comme du fer."

Jo était à son métier à tisser, Donelle à tricoter, lorsque les deux hommes entrèrent dans la pièce ensoleillée de la petite maison blanche.

"C'est arrivé", dit Law en brandissant respectueusement l'enveloppe.

Ils savaient tous ce que c'était. À Point of Pines, le verrou était tombé trop souvent pour être mal compris. À ce moment-là, chaque cœur attendait ; en attendant.

"C'est Tom ?" » demanda Donelle et son visage brillait comme une chose blanche et gelée dans la pièce joyeuse.

Law lut les quelques mots terribles qui ne purent adoucir le coup, même s'ils essayèrent de le faire.

"Le bureau de guerre a le regret d'annoncer——"

Pierre se leva en chancelant.

"C'est un mensonge!" dit-il d'une voix épaisse, "un mensonge !" Puis il se mit à pleurer comme un enfant effrayé.

Law s'approcha de lui et le secoua brutalement.

"Arrête ça!" dit-il sévèrement. "Tu ne peux pas essayer d'être digne de ton garçon ?"

"Mais… mais je voulais qu'il sache comment j'ai essayé, même si je n'y parvenais pas. Et maintenant…"

"Peut-être qu'il le sait," dit Law plus doucement, "peut-être qu'il le sait."

Jo ne bougeait pas, mais ses yeux semblaient refléter toute la misère de son pays sinistré.

"Maman, tu ne peux pas nous aider ?" Law parla depuis sa place à côté de Pierre gémissant.

"Je—j'ai bien peur que non, M. Law. Pas tout de suite." Pauvre Jo ; pour la première fois de sa vie, elle fut maîtrisée. « D'une manière ou d'une autre, » dit-elle comme pour elle-même, « je pensais d'une manière ou d'une autre comprendre ce que je ressentais lorsque je voyais les autres. Mais je ne l'ai pas fait ; je ne l'ai pas fait. Puis elle se tourna vers Donelle. "Où vas-tu?" elle a demandé.

"Mamsey, je descends à... à la cabane de Tom. On dirait qu'il sera là."

Puis Jo baissa la tête.

" Vas-y, mon enfant, " dit-elle avec une pause dans sa voix dure. "Aller."

Et plus tard, Law retrouva Donelle là, dans la petite cabane au bord de la rivière. Elle était assise près de la porte ouverte, son visage sans larmes et tragiquement blanc, tourné vers la rivière dont la marée montait avec ce courant silencieux et puissant qui coupait presque le souffle à quiconque la regardait.

"Chère petite fille !" dit Law d'une manière apaisante, prenant place à ses pieds, "J'aimerais que tu pleures."

"Pleurer ? Pourquoi, Man-Andy, je ne peux pas pleurer."

Elle tenait un vieux manteau de Tom, celui qu'il avait abandonné pour l'uniforme de son pays.

« J'aurais aimé que nous puissions savoir comment il s'est passé, mon Tom !

"Peut-être qu'un jour, mon enfant. Mais ceci, nous le savons tous les deux : il est devenu un héros."

"Oui, j'en suis sûr. Il aurait peur, mais il ferait quelque chose de grand. Il était comme ça. Je pense que ces hommes sont les plus courageux. Écoute, Man-Andy !"

Law écoutait. La marée montante, étrange, rapide et silencieuse, lui remplit les oreilles.

"J'ai pensé", murmura Donelle, "en pensant, alors que j'étais assis ici, à une route large et brillante et à un très grand nombre d'hommes et de garçons qui se précipitaient le long de celle-ci en faisant le bruit de la rivière. Je pense qu'il en est ainsi avec les nombreux des garçons qui sont morts si subitement ; si tôt. Ils se dépêchent sur une route sûre et heureuse ; et oh ! Man-Andy, on dirait que c'était la route de Tom. Tout l'après-midi, alors que j'étais assis ici au seul endroit où il que j'ai toujours connu comme chez moi, " Law jeta un coup d'œil vers la pièce pitoyable, simple et vide. " J'ai vu Tom à la tête de la grande foule qui allait et venait encore et encore. Il semble les conduire, leur montrant le chemin sur la route qu'il aimé."

L'eau recouvrait les plus hauts rochers noirs, le bruit précipité et silencieux ressemblait en effet au bruit de pieds d'enfant se précipitant avec impatience vers la maison.

Law se leva et prit Donelle dans ses bras. Elle l'effrayait par son calme affreux.

"Petite fille", murmura-t-il, "essaye de pleurer. Pour l'amour de Dieu, essaye de pleurer !"

"Mais, Man-Andy, comment puis-je ? Si seulement j'avais pu l'embrasser une seule fois pour qu'il se souvienne de…" Et puis Donelle s'est effondrée. Elle se détendit dans les bras de Law ; elle s'accrochait à lui en sanglotant doucement, sauvagement.

"Eh bien, Man-Andy, je me souviendrai toujours que je ne pouvais pas lui donner ce qu'il méritait le plus au monde."

"Ma chérie, ma chérie ! Vous lui avez donné le meilleur de vous-même, il comprend cela maintenant comme il ne le pouvait pas auparavant."

"Et oh!" ici, Donelle leva son visage taché de larmes, "Je suis tellement reconnaissante de ne pas lui avoir fermé la porte."

Law pensait que son esprit s'égarait.

"Quelle porte, mon enfant ?" Il a demandé.

"Cette porte, la nuit où nous nous sommes mariés. Il—il savait, je suis sûr qu'il savait, en regardant dehors, que je lui faisais confiance."

Les yeux de Law baissèrent.

"Votre mari était un grand homme", fut tout ce qu'il dit.

CHAPITRE XXII

NORVAL REVIENT

Anderson Law sciait du bois derrière la petite maison blanche de Mam'selle. Il était très fier de ses succès dans le travail manuel ; aider Jo avec son tas de bois était un délice, altruiste et vaniteux.

L'été, avec ses battements de cœur, avait rendu les gens indifférents à l'hiver qui s'approchait, mais les jours devenaient de plus en plus froids et plus courts et même les plus insouciants se rendaient compte qu'il fallait tout de suite prendre certaines dispositions pour échapper à des souffrances inutiles.

Law réfléchissait pendant qu'il travaillait et essuyait de temps en temps la sueur de son front. Il y avait tellement de choses auxquelles penser à Point of Pines ; penser, sourire tendrement et pleurer.

Il y avait le vieux Pierre, le Racheté, on l'appelait maintenant. Depuis le départ de Tom, le malheureux père avait cessé de boire, était hébergé par le père Mantelle et était tombé dans un état de douceur et de vague qui appelait la pitié et la tolérance.

Tôt et tard il était sur l'autoroute avec sa pelle ou son râteau rendant la route facile pour les pieds de son garçon !

Si quelqu'un franchissait la colline jusqu'à Point of Pines, ses yeux errants et larmoyants se levaient et la seule question sortait de ses lèvres tremblantes : « Avez-vous vu mon Tom ?

Si quelqu'un passait par la colline, Pierre avait un message :

"Dites à mon Tom que je comble les ornières. Il n'aura pas trop de mal à voyager à son retour."

Anderson Law tenait souvent compagnie au vieux Gavot – pour l'amour de Tom. Même Mam'selle lui avait pardonné et, tout en secret, aidait le curé de son généreux soutien.

Les Longville, le capitaine du moins, avaient abandonné Pierre. Marcel, la pauvre âme, a donné ce qu'elle pouvait et quand elle le pouvait.

Alors que Law se penchait sur le tas de bois, le prêtre l'appela depuis la route.

"Je pars maintenant", a-t-il expliqué en déclinant l'invitation à entrer, "pour prier pour la pluie. Les incendies de forêt sont graves, mais jusqu'à ce que les récoltes soient là, je ne prierais pas."

Le curé dit cela si simplement que Law s'abstint de sourire, mais il dit, regardant au loin vers l'endroit où l'épais nuage de fumée pendait au-dessus des arbres :

"Ah ! eh bien, Père, maintenant que la moisson est terminée, tu ferais mieux de donner les mains libres au Seigneur, sinon il y aura un triste jour de paie à venir."

"Je vais prier", répondit Mantelle avant de poursuivre son chemin.

Amusé et pensif, Law s'occupa de la silhouette grande, mince et courbée. Il se rappelait comment la vieille âme patiente enseignait et encourageait les enfants, maintenait les plus âgés – les enfants aussi, dans leur simplicité et leur superstition – sur les chemins simples et communs de la vie, avec autant de succès qu'il pouvait ; se souvenait comment, jour et nuit, il voyageait de près et de loin pour observer les mourants ou réconforter ceux à qui la mort avait arraché ce qu'il y avait de plus sacré et de meilleur.

« On ne peut pas se moquer de cela », pensa Law.

Et juste à ce moment-là, une odeur parfumée parvint à Anderson Law. C'était agréable et bienvenu. Il leva les yeux et, à quelque distance, aperçut Mam'selle devant son four extérieur, poussant dans sa bouche béante un plateau de nobles miches de pain.

La scie de Law est tombée, son bloc à dessin est sorti ; Jo devant ce four était un spectacle pour les respectueux.

"Dix-huit pains !" " appela Mam'selle, ne se rendant pas compte qu'elle devenait immortelle, " dix-huit pains d'un coup, M. Law, et seulement une goutte dans le seau. Les garçons, quoi qu'on leur ait arraché là-bas, ont réussi à garder leur estomac ... Il n'est pas possible de remplir les gars, mais le bon Dieu sait que c'est assez peu pour nous d'essayer de les remplir.

"Demain, ce sera vendredi", cria une jeune voix joyeuse sur la route, "nous devons donc pêcher aujourd'hui, Mam'selle. Je pars à la rivière, mais je jure que je ne peux pas dépasser l'odeur de votre four. Et je voulais vous dire que j'ai retrouvé mon ancien travail. Désormais, j'allume la lumière du quai.

Law et Jo se tournèrent. Un garçon en costume de grand pays se tenait debout, appuyé sur ses béquilles, souriant ; souriant, mais avec ce regard dans les yeux qui ne devait jamais partir. L'aspect que les tranchées y avaient donné ; la marque du tort que le monde fait à ses jeunes.

"Ah! c'est ce gentil garçon, Jean", rit Jo avec impatience. "Attends, mon fils," les blessés et les malades étaient désormais tous des "fils" pour Mam'selle, "attends, voici un gros pain brun et chaud. Emmène-le pour le grignoter pendant que tu attrapes ton poisson. Et je suis content que je le sois. à propos du travail, Jean. Personne n'a jamais brandi la lanterne comme vous l'avez fait. La *Reine de la Rivière* se réjouira quand elle vous reverra.

Jean rit et tapota sa miche de pain chaud.

"Ah! Mam'selle. Et dire que je te fuyais quand j'étais un gamin idiot. Je ne connaissais pas ton grand cœur à l'époque, Mam'selle," dit-il.

Les yeux enfantins furent levés vers le visage de Jo alors qu'elle pressait le pain croustillant dans son sac.

"C'est à mon tour de courir après toi maintenant," dit-elle doucement. "Mais ça vaut le coup, mon fils. Vous êtes tous de bons types."

Law regardait et écoutait. Jo l'affectait étrangement. Dernièrement, il était conscient d'une lueur chaque fois qu'il pensait à elle. S'il avait l'intention de s'échapper un jour de Point of Pines, il ferait mieux de se retirer précipitamment. C'était ce que signifiait la lueur. Comme pour défier cet état d'esprit, Jo s'approcha de lui.

"C'est un noble tas que vous avez coupé, M. Law", dit-elle. "Pour un homme-peintre, vous n'êtes pas le camion inutile auquel on pourrait s'attendre. Monsieur Law, je penserai souvent à vous quand je brûlerai ce bois. Et maintenant que je suis plutôt doux dans mes sentiments pour votre sexe, ceux-là." des garçons blessés ont plaidé pour vous, autant vous dire que je vais installer mon poêle dans les toilettes extérieures et ouvrir la cheminée du salon.

"Mam'selle ! C'est vraiment une capitulation ! Un triomphe de l'âme sur la matière !" s'écria Law.

"Cet hiver, vous pouvez penser à moi en train de griller mes tibias et de frissonner dans le dos, M. Law." Jo sourit largement.

Anderson Law rejeta la tête en arrière et rit. L'anglo-saxon simple et sans fard de Jo était comme un vent du nord-ouest dans son esprit.

Et juste à ce moment-là, le facteur courait en vue, lisant avec délectation les cartes postales et laissant son vieux cheval trouver son propre chemin le long de la route.

"Où est Donelle ?" demandait Law alors que le facteur s'arrêtait devant la porte. Les yeux de Jo s'assombrirent.

"Tricoter et réfléchir dans la cabane de la rivière. Nick est avec elle. M. Law, il y a des moments où je pense que ce chien a une âme."

"Je n'en doute jamais, Mam'selle. Un seul regard dans ses yeux suffit. Mais qu'en est-il maintenant de Nick ?"

"Quand il pense que l'enfant est restée seule assez longtemps, il la poursuit. Elle dit qu'il tire sur sa jupe jusqu'à ce qu'elle la suive. Il pleure si elle se retient. M. Law, je crains que Donelle ne prenne la route de Tom. "

La pauvre Jo s'est détournée.

"C'est absurde, Mam'selle."

Law pensait souvent cela aussi, donc son déni était doublement intense.

"Nous trouverons encore un moyen de mettre Donelle sur la route qui lui appartient. Ah! une lettre", interrompit-il en voyant le facteur agiter une enveloppe du chariot.

Law s'avança et prit la lettre, la déchira et lut les quelques mots ci-joints. C'était de son avocat. Pendant un instant, Anderson Law ne put parler. La journée lumineuse parut soudain s'assombrir. Puis il dit lentement, bien que ses pensées fussent rapides :

"Maman, Jim Norval est de retour à New York. Il ne voit pas pour le moment ; quelque chose ne va pas avec ses yeux, et ses jambes aussi. Il y a de l'espoir, mais je dois y aller." Puis, comme inspiré : « Mam'selle, je dois emmener Donelle.

"Non!" Jo recula comme si Law l'avait frappée.

"Maman, je dois emmener Donelle. Ces garçons blessés, ici, ne vous ont-ils pas donné une leçon ?"

"Mais, M. Law, ce n'est pas décent."

"La femme de Norval est décédée l'été dernier, Mam'selle. Il est parti à l'étranger parce qu'il n'avait rien d'autre à faire. Maintenant, puis-je avoir Donelle ?"

Jo réfléchit.

"Mais cela va la tuer", dit-elle sans enthousiasme, "l'étrangeté. Et ce qui peut arriver."

"Cela la guérira", poursuivit Law; "peu importe ce qui arrive. Elle fait partie de tout cela ; elle doit supporter ce qui lui appartient."

"M. Law——"

"Ah ! Mam'selle," et ici Anderson Law prit la main de Jo, "il y a si peu, après tout, que nous, les plus âgés, pouvons faire pour eux. Puis-je avoir Donelle ?"

"Oui. Que Dieu nous aide tous, M. Law." Et la pauvre Jo baissa la tête.

"Merci, Mam'selle. Les conventions se sont toutes effondrées, nous sommes tous dépouillés jusqu'à notre âme. Nous ne pouvons pas nous permettre de perdre du temps à regarder en avant ou en arrière. Gardez ce feu allumé sur le foyer ouvert, Mam'selle. Certains " L'un d'entre nous reviendra bientôt vers vous, si Dieu le veut. Nous devons nous dépêcher. Vous voyez ! il y a l'enfant qui arrive sur l'emprise, Nick accroché à sa jupe. Donelle !"

Law l'appela et alla à sa rencontre.

"Enfant, je vais t'emmener aux Etats-Unis avec moi. Norval a besoin de toi !"

L'espace d'un instant, le visage blanc se contracta et les yeux jaunes s'assombrirent.

"Quand allons-nous?" C'était tout ce que disaient les lèvres froides. Jamais un doute; jamais de pause.

"Qu'est-ce que je t'avais dit?" Law se tourna vers Jo. « Au diable les conventions !

"Aujourd'hui, nous commençons, Donelle. Et, Mam'selle, occupez-vous simplement de ce feu!"

Lorsque Norval fut débarqué à New York, il fut emmené à l'hôpital pour y mourir. Mais il n'est pas mort, même s'il a fait de gros efforts et a donné des ennuis sans fin à ses médecins et à ses infirmières.

"Qui devons-nous envoyer chercher?" On lui a demandé quand, impuissant et aveuglé, il gisait dans la petite pièce blanche et calme.

"Est-ce que je vais vers l'ouest ?" L'expression s'accrochait comme un idiome d'une langue étrangère.

"Bon Dieu, mec, non ! Tu t'en sors à merveille." Le jeune médecin de maison était infatigable au service de cet homme sinistré.

"Alors n'envoie personne. Je n'ai pas envie qu'une connaissance fortuite reste bouche bée devant mes jambes inutiles et mes yeux aveugles."

"Mais tu vas bien t'en remettre. C'est l'effet du choc, tu sais. Et tes proches ?"

"Je n'en ai pas, Dieu merci." Le menton de Norval se raidit. Le jeune médecin agrippa les mains jointes sur la courtepointe.

"J'aimerais que tu essayes un peu de te ressaisir", dit-il.

"Pourquoi?"

"Eh bien, juste pour le bien de ton pays."

"Mon pays ! Pourquoi mon pays n'est-il pas là où je suis allé, contribuant à abaisser la température de l'enfer ?"

Le ton amer résonnait dans les mots. Norval était heureux de la compagnie de ce jeune médecin ; heureux d'avoir quelqu'un qui, en réalité, n'avait pas d'importance, partage avec lui les moments où le souvenir des horreurs dont il avait été témoin l'avait submergé.

"Notre pays va bientôt y être !" La voix du docteur était tendue. "Un grand pays comme celui-ci doit avancer lentement."

"Au diable la lenteur ! Ce n'est pas le moment de freiner. Est-ce qu'ils, est-ce qu'ils sont vraiment en train de s'embuer, Burke ? Tu ne dis pas ça pour... pour me calmer les nerfs ?"

"Non. Vos nerfs se remettent en forme. Oui, notre pays souffre de l'intérieur."

"Dieu merci !" Norval soupira.

"Et vous pariez, M. Norval, que je monterai sur le premier navire si je dois y aller en tant que chauffeur. S'il y a une astuce bénie dans mon métier qui peut aider des gars comme vous, conduisez-moi à celle-ci !"

"Burke, tu es un bon tonique diabolique."

Une semaine plus tard, Norval avait de nouveau le jeune Burke seul.

"Vieil homme, j'ai l'impression que je ne vais pas vers l'ouest. C'est une mauvaise manière pour moi de maintenir ce lit plus longtemps. Je suppose que je pourrais être déplacé ?"

"Oui, monsieur Norval. Cela vous ferait du bien, je pense que vous devriez faire un effort.

"Je ne vois pas pourquoi, mon vieux, mais... voilà ! Envoyez chercher cet homme", nomma-t-il l'avocat de Law. "Il n'y a qu'une seule personne dans le monde de Dieu que je souhaite voir maintenant. Qu'ils l'envoient chercher."

L'avocat vint donc à l'hôpital, regarda Norval avec un calme extérieur ; sentit son cœur se serrer et ses yeux s'assombrir, puis il écrivit la note courte et raide qui parvint à Anderson Law près du tas de bois de Mam'selle.

À partir de ce moment, les événements s'enchaînent rapidement. Sortie de cet endroit immobile où la mort semblait avoir tout écrasé, Donelle se réveilla lentement. Elle ne pouvait tout simplement pas réaliser la chose merveilleuse qui se passait ; le fait merveilleux que la vie persistait encore et qu'elle en faisait partie.

"Il... il ne mourra pas ?" » demanda-t-elle à Law encore et encore, oubliant apparemment qu'elle avait déjà posé la question.

"Mourir ? Jim Norval ? Certainement *pas* ", a juré Law avec une énergie née de la peur et de l'appréhension.

"Et," ici les yeux de Donelle brillaient, "il a fait son devoir jusqu'au bout ! Je suis si heureux qu'il soit resté avec elle, Man-Andy, jusqu'à ce qu'elle n'ait plus besoin de lui. Ensuite, je suis heureux qu'il soit parti. " Il est là pour aider. Il n'y aura rien à regretter pour l'instant. Cela valait la peine d'attendre. Et est-ce qu'il est au courant pour Tom, mon mari ? "

Le mot mari semblait justifier le reste.

"Il ne le fait pas, Donelle. Et vois, mon enfant, nous devons y aller doucement. Norval va bien s'en sortir et Dieu sait qu'il a besoin de toi, même s'il ne le sait peut-être pas lui-même."

"Mais pourquoi, Man-Andy ? Et qu'est-ce qu'il a, exactement ? Tu ne me l'as pas dit."

Il y avait tellement de choses à dire et à faire que les détails avaient été artistiquement éliminés.

"Eh bien, ses jambes tremblent." Law recherchait les symptômes les moins répréhensibles.

« Bancaire ? Mais il les *a* , n'est-ce pas ? Donelle pensa aux garçons de Point of Pines qui… ne l'avaient pas fait.

"Des jambes ? Jim Norval ? Enfin, je devrais le dire ! Mais ils se sont plutôt retournés contre lui pour le moment. Et ses yeux——"

"Ses yeux?" Donelle serra Law dans ses bras. "Et ses yeux ?"

"Maintenant, regarde, Donelle. Je t'emmène à Norval parce que je crois que toi seul peux le guérir; lui donner envie de vivre, mais tu dois te comporter correctement. Ma fille, je ne sais pas grand-chose moi-même, ils m'ont simplement fait venir.

Le bateau à vapeur approchait de New York. C'était tôt le matin et les brumes grises et mystérieuses cachaient la ville puissante et silencieuse. C'était comme le rêve d'un endroit lointain. Une peur solennelle qui renforça et endurcit Donelle monta en elle aux paroles de Law. Elle chercha, trouva et lui tint la main comme un bon camarade.

" Quoi qu'il en soit, Man-Andy, " murmura-t-elle, " je suis prête. Si… il ne marche plus jamais, je peux aller le chercher et le porter. Si… si ses chers yeux ne peuvent jamais voir les… les choses qu'il aimait, il le fera. utilise mes yeux, toujours."

Law comprit alors que la jeune fille près de lui puisait sa force et sa force dans des sources cachées. Il savait qu'il pouvait compter sur elle. Il resserra la poignée de sa petite main.

"Et maintenant," expliqua-t-il en déglutissant involontairement, "tu comprendras pourquoi je ne peux pas t'emmener directement à Norval."

"Oui, Homme-Andy." Le visage blanc se figea.

"Je vais le faire déplacer de l'hôpital à mon studio. J'ai beaucoup de place et il l'aimerait là-bas."

"Oui, fais-le bouger, fais-le bouger." Donelle a répété ces mots comme si elle apprenait une leçon. Elle essayait de visualiser l'homme sans défense.

" Quant à toi, petite fille, je vais t'envoyer à Revelle. Il t'attend. J'ai télégraphié de Québec. Il y a un gentil jeune corps qui tient sa maison, une Mary Walden, qui a pris autrefois l'amour de l'art pour l' *art* . " Elle a été sauvée et fait maintenant une sorte de foyer pour... enfin, des gens comme vous et le vieux Revelle. Elle a trouvé son paradis en faisant cela et vous serez en sécurité et heureux avec elle jusqu'à ce que vous puissiez venir à Norval. "

"Oui. Plutôt en sécurité et heureux, Man-Andy."

Et pendant les jours qui suivirent, Donelle ne se plaignit pas ; aucune demande. Elle restait près de Revelle ; j'ai écouté sa musique avec des souvenirs ardents; a commencé à aimer Mary Walden, qui veillait sur elle comme une sœur gentille et sage.

Law venait quotidiennement avec ses heureux rapports. Norval gagnait vite ; avait été ravi du passage de l'hôpital au studio ; avait supporté le déménagement à merveille.

Mais il n'était toujours pas question que Donelle aille le voir, et la jeune fille ne posait aucune question.

Law fut enfin mis au grand jour. Il était désespéré. Il avait emmené Norval au studio, mais là, il semblait se retrouver contre un mur.

Il a mis Donelle dans sa confiance.

"Peut-être si nous pouvions l'amener à Point of Pines", suggéra-t-elle, son propre désir et son mal du pays ajoutant de la force aux mots. Le bruit et l'agitation de la ville la tuaient presque.

"Non," Law secoua la tête. "J'en ai parlé, mais il a dit qu'il serait pendu, ou quelque chose du genre, s'il était transporté comme un cortège funéraire à Point of Pines."

« Est-ce qu'il ne parle jamais de moi ? La question était lourde de chagrin et de nostalgie.

"Non, et je me demande si tu peux en tirer du bonheur ? Tu devrais le faire."

Les yeux profonds furent levés vers ceux de Law.

"Oui. Je vois ce que tu veux dire," sourit Donelle. Puis : "Mec-Andy, il y a des moments où je pense que je dois aller vers lui. Jetez tout de côté et dites 'me voici !'"

"Il y a des moments où j'ai souhaité à Dieu que tu le puisses, Donelle, mais j'ai demandé au médecin et il m'a dit qu'un choc serait une mauvaise chose. Non, nous devons attendre."

Puis il se tourna vers Mary Walden, qui cousait tranquillement près de la fenêtre. La petite femme simple et confortable était comme un tonique nerveux.

"Mary," dit-il, "je vais te demander de faire quelque chose pour moi."

"Oui, M. Law." La voix en elle-même redonnait de l'équilibre à ceux qui étaient sans équilibre.

"Je suis épuisé, je veux que tu viennes deux ou trois heures par jour lire à Norval. Ma voix devient rauque et il absorbe les livres comme une éponge. En plus, j'ai envie de peindre. J'ai une idée sur ma poitrine. Revelle peut prendre soin de Donelle pendant que tu es avec moi."

Et puis, si soudainement que Law recula devant l'assaut, Donelle se précipita vers lui.

"Pourquoi je ne peux pas y aller ?" » a-t-elle demandé. Aucun autre mot ne pourrait décrire le look et le ton. "Il ne pouvait pas me voir !"

"Mais, bon Dieu, il a toujours son ouïe, une ouïe diabolique."

"Je pourrais parler comme Mary Walden ! Eh bien, Man-Andy, je pourrais toujours agir et parler comme les autres, si je le voulais. Mamsey pourrait vous le dire. Je la faisais rire. S'il vous plaît, écoutez——"

Et puis, dans une sorte de désespoir, Donelle fit un effort, si pitoyable, pour parler sur le ton calme et incolore de Mary Walden. Ils avaient tous envie de rire, même Revelle qui, à ce moment-là, entrait dans la pièce, mais l'expression tendue et tendue du visage de la jeune fille les retenait.

Mais une semaine plus tard, Donelle a fait un test. Depuis une autre pièce, elle eut une longue conversation avec Law et, jusqu'à ce qu'elle se montre, il aurait juré qu'il parlait à Mary Walden.

"Maintenant!" " S'exclama Donelle, le confrontant presque violemment, " tu dois me laisser essayer. Mary Walden et moi avons tout mis au point. Je dois porter une perruque rouge et une robe noire avec un col et des poignets blancs. et il s'est rendu compte à ce moment-là qu'il ne me reconnaîtrait pas. Ma voix est... est parfaite, Man-Andy, et en plus, " ici Donelle frémit, " je vais vers lui, de toute façon ! "

"Dans ce cas," et Law haussa les épaules, "je me rends. Tu es une jeune merveille, Donelle."

Puis Law rit, et les rires étaient pour lui un plaisir rare à cette époque.

Et cette nuit-là, il révéla le plan à Norval de la manière suivante :

"Tu vois, mon garçon, je suis prêt à continuer ce travail pour te remettre sur pied à condition d'avoir mes demi-vacances habituelles."

"Je sais que je t'épuise, Andy. Pourquoi ne pas me mettre dans un foyer pour incurables ?"

"Rien à faire, Jim. Ils te découvriraient même sous ce déguisement."

"C'est un péché de ne pas avoir une loi qui autorise la démolition des épaves." Le menton de Norval paraissait sombre.

« C'est vrai, mais vous y êtes !

Il y eut une pause pitoyable. Law fit alors part de ses suggestions concernant une certaine Mary Walden.

"Elle pourrait te lire pour dormir pendant que je barbouille, Jim."

"Elle ? Bon Dieu ! Qu'est-ce que c'est, une jolie jeune femme qui aspire à faire sa part ?"

"D'un autre côté, elle est aussi simple qu'un tuyau de pipe et défend l'égalité salariale. Elle est rousse", Law avait vu la nouvelle perruque, "s'habille pour son travail et a le droit de lire sans s'arrêter pendant trois heures à un étirement."

"Bon dieu." Norval bougeait avec inquiétude.

« Devrions-nous la rassembler, Jim ? »

"Oui, cours-la le matin, je peux fumer et faire une sieste l'après-midi, et les soirées sont tes meilleurs moments, Andy. Tu es presque humain alors. Oui, engage la rousse."

Ainsi Donelle, après quelques jours de pratique supplémentaire pour imiter la voix calme et égale de Mary Walden, se rendit chez Norval.

CHAPITRE XXIII

NORVAL ET DONELLE—VOIR

Lorsque Donelle se tenait sur le seuil du studio d'Anderson Law et regardait à l'intérieur, son courage l'abandonnait presque. Là, étendu sur le fauteuil à vapeur, se trouvait Norval, les yeux bandés, les jambes impuissantes couvertes par un épais tapis. Il était très immobile et ses longues et fines mains étaient jointes d'une manière étrange et précise qui semblait dire avec éloquence « Finis ».

Les larmes montèrent aux yeux de Donelle, débordèrent et roulèrent sur ses joues blanches. Elle tendit ses bras vides et désireux vers l'homme de l'autre côté de la pièce. Law, qui se tenait à côté, secoua la tête en signe d'avertissement. Il craignait que ce beau et dramatique plan ne s'effondre, mais un instant plus tard, il réalisa que la force de Donelle résidait dans ses profondeurs, pas dans ses surfaces.

"Jim," dit-il, "voici Miss Walden."

Norval était sur le coup alerte. Tirant le meilleur parti des choses, comme Donelle et Law l'ont vu, il a souri, a tendu la main et a dit :

"Ravi de vous voir, Miss Walden. C'est vraiment gentil de votre part de passer des heures à rendre la vie un peu moins ennuyeuse pour un homme."

Donelle a essayé sa toute nouvelle voix :

"Il faut gagner sa vie, monsieur Norval. C'est une façon très agréable de le faire."

Mary Walden avait rédigé ce discours et coaché son élève. Alors:

"Puis-je aller dans la pièce intérieure et enlever mon chapeau ?"

"Law, montrez-lui, s'il vous plaît. Vous voyez, Miss Walden, je suis un squatter. C'est la maison de M. Law."

Dix minutes plus tard, Donelle était de retour, perruque rouge, robe cintrée, col et poignets blancs, une jeune personne sage et tragiquement déterminée.

Law a commencé à apprécier ce sport maintenant qu'il savait que Donelle n'allait pas le trahir.

"Je vais à l'extrémité nord de la pièce", dit-il, "et barbouiller. Il y a un livre sur le stand, Miss Walden, que Norval aime bien. Il y a un moignon de cigarette entre les pages là où nous nous sommes arrêtés."

"La lecture ne vous dérangera pas, M. Law ?" Donelle était en train d'attraper le livre quand soudain Norval sursauta comme si un courant électrique l'avait traversé. Donelle frissonna, ce mégot de cigarette l'avait rendue insouciante.

"Qu'y a-t-il, M. Norval ?" » a-t-elle demandé sur le ton le plus décontracté et le plus pragmatique de Mary Walden.

" Oh ! juste un instant, excusez-moi, mais vous m'avez fait penser à quelqu'un que j'ai connu autrefois. Les aveugles sont sujets à toutes sortes de fantaisies. Law, avez-vous remarqué... " mais Norval s'arrêta net et Anderson Law agita frénétiquement la main. mains à Donelle.

Après cela, elle ne s'est pas lâchée pendant plusieurs jours ; ce n'est que lorsque sa voix assumée est devenue si familière à Norval que ces nuances ont perdu leur pouvoir sur lui.

Donelle lisait sans relâche, sa pratique avec Jo lui était d'une grande utilité. Des livres, des livres, des livres ! Norval les réclama avidement. Immobile, il s'allongea sur son canapé et écouta pendant que Law, à la fenêtre nord, peignait et rêvait, puis peignait ses rêves. Il a mis Jo au four sur toile pour l'exposition du printemps. Donelle pleura silencieusement devant lui, embrassa le visage béni et donna à Law une mauvaise demi-heure pour peindre le baiser !

Tant que sa vie a duré, Donelle a toujours considéré ces jours de studio comme un souvenir sacré. La vie l'utilisait et elle était prête à payer – à payer. New York, jusqu'à des années plus tard, ne signifiait pour elle que trois notes élevées : la terreur de sa grandeur et de son bruit, la patience pendant qu'elle attendait avec Mary Walden jusqu'à ce qu'elle soit utilisée, la gloire alors qu'elle servait l'homme qu'elle aimait.

Les vols à travers les rues de la ville sont devenus de simples détails. Elle n'a ni vu ni tenu compte de l'agitation et des troubles. Elle était comme une petite âme avide qui cherchait infailliblement la sienne.

Il devait y avoir un moment où Donelle connaîtrait la splendeur et la signification de la ville, mais pas alors. Elle n'avait alors conscience que de la joie grossière d'exister auprès de son amour.

Il dépendait d'elle, il la surveillait ; le côté maternel s'est si vite développé en elle que Norval, du fond de son impuissance, se confie enfin à elle !

« Ta voix est fatiguée », dit-il un jour ; ils avaient lu "Dreams" d'Olive Schreiner.

"Oh non, je ne suis pas fatigué, seule la petite joie perdue m'a en quelque sorte comblé." C'était une expression de Jo.

"Mais c'est d'une vérité infernale", poursuivit Norval, "ces "Rêves" sont à peu près aussi captivants que tout ce que je connais. Si nous ne pouvons pas avoir exactement ce que nous voulons dans la vie, nous sommes peut-être aussi aveugles que des chauves-souris face à ce que nous voulons. est meilleur que nos souhaits. » Puis, si brusquement que Donelle recula, alarmée, il demanda :

"Es-tu un grand jeune ou un petit ?"

"Eh bien, je suis mince, mais je suis assez grand." La voix était plus sévère que Mary Walden n'aurait pu évoluer.

"Tu me trouves impoli, en présumant ?"

"Oh ! non, M. Norval. J'aurais seulement aimé être, eh bien, plutôt plus agréable à raconter."

Law, près de la fenêtre nord, effectua une série de contorsions qui allégèrent l'occasion.

"Vous savez, ici, dans le noir où je vis maintenant, il faut imaginer beaucoup de choses. Dernièrement, j'ai voulu savoir exactement, exactement comme les mots peuvent le décrire, à quoi vous ressemblez. Andy ?"

"Oui, Jim. Quoi de neuf ?"

"Venez ici."

Law s'avança, taché et taché, la palette sur le pouce.

"Dites-moi à quoi ressemble Miss Walden. Je veux la placer. Elle a l'horrible habitude de m'échapper quand je suis seul et de réfléchir à elle. Je n'arrive pas à la soigner."

"Eh bien," Law se recula et regarda Donelle sérieusement, "Elle est rousse et mince. Elle devrait en avoir marre. Je ne crois pas qu'elle puisse supporter la ville en été. Elle ne marche pas très bien, elle est à son mieux quand on court."

"Oh ! M. Law." Donelle se surprit à rire malgré elle.

"Eh bien, c'est vrai. Je t'ai surpris en train de courir deux ou trois fois dans la rue. Tu avais l'air d'avoir fait tes débuts dans de grands espaces et tu ne pouvais pas les oublier."

"Je... je suis une fille de la campagne", faillit briser la jeune voix pratique. "Je déteste la ville. Peut-être que je cours parfois. J'ai toujours l'impression que quelque chose me poursuit."

"Quoi?" demanda Norval, et lui aussi riait.

Son ancienne dépression survenait rarement maintenant lorsque son fidèle lecteur était présent.

"Je ne peux pas le décrire. J'ai lu une fois une histoire d'enfant à propos d'un Kicker. Il était décrit comme une grosse chose ronde avec des pieds pointés dans toutes les directions. On n'avait aucune chance lorsque le Kicker s'en prenait à lui. La ville semble être " C'est ce que je pense. La chose ronde est pleine de bruit, de bruit, de bruit ; elle se précipite sur ses milliers de pieds. Je cours quand j'y pense. "

Norval pencha la tête en arrière avec un petit rire ravi.

"Law," demanda-t-il à présent, "est-ce que Miss Walden vous rappelle quelqu'un ?"

Law regarda la perruque rouge.

"Non," dit-il pensivement, "elle ne le fait pas."

Une semaine plus tard, c'était une journée chaude et humide, les fenêtres du studio étaient ouvertes.

« Je suppose que tu partiras quand l'été viendra ? » demanda Norval.

"Et toi?" Donelle posa son livre.

"Non. Je vais rester ici. Je veux qu'un homme s'occupe de moi. Je vais envoyer Law faire une course."

"J'aimerais", les yeux de Donelle étaient remplis de la lueur jaune qui ressemblait à la lumière du soleil. "J'aimerais, M. Norval, que vous essayiez de marcher. Votre masseur dit que vous allez mieux."

"A quoi ça sert, Miss Walden ? Au mieux, cela signifierait une béquille ou une canne. Je ne pouvais pas m'y résoudre. Un chien serait mieux, mais je n'ai jamais vu qu'un seul chien avec qui je m'adresserais pour le travail. ".

« Où est ce chien, M. Norval ?

"Le Seigneur le sait. Parti au paradis des bons et fidèles chiots, probablement."

"M. Norval?"

"Oui, Mlle Walden."

"Je souhaiterais, pendant que M. Law est dehors chaque matin pour prendre l'air, que vous essayiez - vous puissiez vous appuyer sur mon épaule - de marcher ! Pensez à la surprise qu'il serait un jour de vous trouver debout près du nord. fenêtre."

« Cela vous plairait-il, Miss Walden, de jouer le rôle d'un gentil petit chien conduisant un aveugle ?

" J'adorerais ça ! Et vous devez vous rappeler que votre médecin dit que vos yeux vont mieux. M. Norval, " ici les mots vinrent avec une sévérité presque cruelle, " je pense que c'est... c'est lâche de votre part de ne pas essayer de faire la meilleure des choses. Même si vous ne voyez pas très bien ou ne marchez pas très bien, vous n'avez pas le droit de vous empêcher de faire de votre mieux ! C'est mesquin et petit.

Ah ! si Norval avait pu voir les yeux qui scrutaient son visage sinistre.

"Vous avez peut-être raison. Je commence à sentir que je ne vais pas mourir !" Norval inspira profondément, ses lèvres se détendirent.

"Le choc est passager", s'adoucit la voix de Donelle. "Vous vous rétablirez, je sais que vous le ferez, si vous êtes courageux."

"Le choc ! Bon Dieu, le choc ! C'était comme si l'enfer se déchaînait. Pendant des mois, j'ai entendu le bruit qui fendait, le sable chaud sur mon visage——— !"

C'était la première fois que Norval parlait de la guerre, et les gouttes de sueur lui montaient au front.

"N'en parlez pas, M. Norval. S'il vous plaît, laissez-moi vous aider à vous relever. Juste quelques pas."

Donelle avait peur de l'excitation qu'elle avait suscitée.

En état de légitime défense, Norval la laissa l'aider. Il ne resterait pas immobile et ne se souviendrait pas. Son silence qu'il s'est imposé, une fois rompu, pourrait le submerger. Quelque chose de dynamique surgissait en lui.

"Je ne peux pas supporter", dit-il faiblement. "Tu vois?"

"Bien sûr, la première fois est difficile. Tu peux tomber à mi-chemin, mais je te rattraperai, et je... je ne le dirai pas."

Norval rit nerveusement.

"Tu es une brique", balbutia-t-il.

"Maintenant, M. Norval. Mettez votre main sur mon épaule, l'autre main sur cette chaise. Eh bien, vous ne tombez pas. Allez!"

Norval fit deux, trois pas, tandis que les veines ressortaient sur ses tempes.

"Bon dieu!" murmura-t-il dans sa barbe, "Je ne m'effondre pas, c'est une chose sûre."

Le lendemain, il allait un peu mieux ; le dixième jour, il atteignit la fenêtre nord à l'aide de la chaise et de la petite épaule qui, sous sa main, ressemblait à de l'acier fin. Ils ont caché leur puissant secret à Law.

« Qu'y a-t-il sur les chevalets ? demanda Norval, le matin du quatorzième jour, lorsqu'il sentit la brise du nord entrer par la fenêtre entrouverte.

"Il y a une fille sur un chevalet ; une fille avec un violon."

Norval respira fort, puis éclata de rire.

"Plus beau que le matin, plus beau que la lumière du jour", murmura-t-il.

"Oui. Pourquoi, oui, M. Norval. Ces mots sont sur un morceau de papier accroché au cadre. Comment le saviez-vous ?"

"Mlle Walden, j'ai peint ce tableau. Vous ne le croyez peut-être pas, mais je l'ai fait. C'est le portrait de l'âme la plus pure que j'aie jamais rencontrée."

"Peux-tu me parler d'elle ?"

"Non, elle n'est pas du genre à en parler."

"Je vous demande pardon, M. Norval." Mais le visage de Donelle était rayonnant.

"Et l'autre chevalet ?" demandait Norval. "Qu'est-ce qu'il y a là-dessus ?"

"Une femme si chère et si drôle. Elle se tient près d'un grand four, un four extérieur; elle a des miches de pain sur quelque chose qui ressemble à une pelle plate."

Le visage de Norval était une étude.

« Où utilisent-ils ces fours ? » a demandé Donelle.

"Oh ! quelque part au Canada."

"Avez-vous déjà connu cette chère et drôle de femme, M. Norval."

"Elle n'est pas du genre qu'on *connaît*. Je l'ai vue, Dieu merci ! Je suis heureux de pouvoir me souvenir d'elle quand je suis seul."

"Oui, elle ressemble à ce genre-là." Donelle a jeté un baiser à Jo sur la photo.

Encore une semaine, puis la chaise a été jetée. De manière assez impressionnante, Norval, la main sur la petite épaule stable, parcourait le studio.

"C'est génial", dit-il comme un garçon heureux. "Miss Walden, vous devriez avoir la croix, le fer, l'or ou tout ce qu'ils donnent aux femmes courageuses."

"Oui," murmura Donelle avec ravissement; "J'ai."

"De quoi est-elle faite, Miss Walden, cette croix que vous avez gagnée ?"

"Vous devrez deviner."

"Vous êtes une jeune secrétaire impertinente si c'est le titre de votre travail. N'avez-vous pas peur que je vous renverse ?"

"Je vais me rebondir."

"Quoi!" La main sur l'épaule se resserra. "Tu pars ?"

"Oui, je ne supporte pas un été en ville. Ce Kicker m'a presque rattrapé ce matin."

"Vous me traitez comme un enfant gâté, Miss Walden. Vous m'amusez, vous me cajolez ; vous m'apporterez ensuite des jouets."

"Vous êtes un homme fort, maintenant, M. Norval, c'est pourquoi je pars. Bientôt vous n'aurez plus besoin de moi. Le médecin a dit hier à M. Law que vous verriez sûrement."

"Vraiment ? Ne me trompez pas, Miss Walden. Je ne veux pas être soulagé. A-t-il dit cela ?"

"Oui, je l'ai entendu."

Une excitation croissante remua Norval et cet après-midi-là, il rencontra Law à mi-chemin de la pièce ! Même la petite épaule ne l'a pas aidé. Il tendit la main et dit :

"Andy, me voici!"

Pendant un instant, Law recula. Il craignait depuis peu que Norval ne déroute tous leurs espoirs par son indifférence.

"Tu... tu as fait ça ?" dit-il à Donelle, qui se tenait derrière Norval, ses mains tremblantes couvrant ses lèvres tremblantes.

"Non, il l'a fait tout seul, M. Law. Il a été si courageux," réussit-elle à dire, les larmes aux yeux de Law lui faisant craindre de perdre le contrôle de ses propres nerfs tremblants.

"Seigneur, Jim!" Law serrait la main de Norval. "J'ai l'impression que... enfin, comme si j'avais vu un miracle."

Le lendemain, le spécialiste confirma ce que Donelle avait dit à propos des yeux.

"Tu vas revoir, Norval", fut le verdict. "Il va falloir y aller doucement, porter des lunettes noires pendant un moment, mais surtout oublier ce qui a provoqué tout ça. Vos nerfs ont joué au diable avec vous."

"Oui," répondit Norval, "depuis quelque temps, j'ai cette ligne sur les nerfs, depuis que Miss Walden m'a incité à marcher."

L'après-midi du même jour, Norval surprit Donelle en lui annonçant qu'il en avait marre de lire.

"Je veux parler", dit-il. "Où est la loi ?"

"Il est allé voir le professeur Revelle. Il a dit qu'il voulait de la musique, que vous," le visage pâle se fendit d'un sourire pathétique, "que vous l'aviez énervé. S'il ne sortait pas, il serait…"

" Quoi, Miss Walden ? Quoi, exactement ? "

"Eh bien, il serait damné ! C'est exactement ce qu'il a dit."

"Il commence à me traiter comme un être humain, Miss Walden. J'aime Law quand il est au plus mal. Je suppose que j'ai vécu une grande épreuve en me morfondant ici. Vous ai-je blessé les nerfs ?"

"Non... o ! Pas pour la vie."

"Vous êtes un petit codjer comique. Excusez-moi, Miss Walden. Il y a encore des moments où vous me rappelez quelqu'un à qui j'ai osé dire ce que je pensais."

Puis, tout à coup :

"Où vas-tu cet été?"

"Je n'ai pas encore décidé, M. Norval. Pourquoi ?"

"Rien, je pensais seulement, mais je vais devoir parler à Law d'abord. Une chose est sûre, je ne vais pas être un connard très longtemps. Voyez ici, Miss Walden, vous êtes du genre robuste ; vous J'ai tenu le coup avec moi au plus bas. Je vais te rembourser pour les ennuis que je t'ai causés en faisant plus pour toi. Je vais partir cet été aussi. J'ai voulu y aller " Ces derniers temps. Je dois en rêver. Je vais dans un petit endroit caché au Canada. J'ai quelque chose à faire là-bas. "

"Oui?" Le mot n'était qu'un souffle.

"Pendant un moment, je ne pouvais pas l'envisager; j'étais trop fier pour montrer mon carcasse battu. Maintenant, il semble que je n'ai plus le droit de me considérer. J'allais demander à M. Law de porter un message pour que je une jeune fille là-bas ; la fille sur cette toile près de la fenêtre. Au lieu de cela, je vais la porter !"

Les mains de Donelle s'agrippèrent. Elle luttait pour garder une voix ferme et froide.

"Je pense que vous devriez porter votre message vous-même, si vous le pouvez. Vous n'avez pas le droit de ne considérer que vous-même", balbutia-t-elle.

"Je ne l'étais pas entièrement." Cela venait humblement de Norval. "La fille chez qui je vais est du genre à avoir de profonds regrets pour moi ; elle ferait tout pour me rattraper, si elle le pouvait. Bien sûr, vous comprenez, je ne la laisserais pas faire, mais je Je détesterais lui compliquer la vie."

"Peut-être qu'elle a le droit de... de juger par elle-même." Donelle tenait bon.

" Eh bien, je ne sais pas, Miss Walden. Une femme comme vous pourriez juger sagement, même pour vous-même. Elle ne le ferait pas. Elle est du genre à tout risquer ; c'est ce que vous pourriez appeler une joueuse divine. "

"Pauvre fille!"

— Oui, c'est ce que je dis souvent d'elle... la pauvre fille !

C'était le crépuscule dans le studio calme ; il n'y avait personne pour voir les larmes de Donelle.

"Je vais te dire quelque chose," dit soudain Norval, "quelque chose qui me trouble ces derniers temps. Au début, cela ne semblait pas vital, cela ressemblait plutôt à un détail. Je me demande comment une femme considérerait cela. ".

"J'adorerais l'entendre, à moins que vous ne préfériez que je vous fasse la lecture, M. Norval."

"Non, étonnamment, je préfère te raconter une histoire."

CHAPITRE XXIV

LA GLOIRE BRISE

Et puis Norval a parlé à Donelle de Tom Gavot.

"Vous voyez, cette jeune fille au Canada est mariée, elle était mariée, je veux dire ; le jeune homme est mort. Il repose sous la terre française, dans un joli petit village qui a été rasé. Un jour, il ressuscitera glorieusement. J'aime à pensez à ce garçon canadien qui dort là et attend.

"C'était un géomètre et, avant qu'un sale tireur d'élite ne l'attrape, il rôdait dans les pays désolés et traçait des routes ! Dans son esprit, vous savez. C'était un type fantaisiste, mais un travailleur pratique.

" Je l'ai croisé un jour ; je l'avais connu auparavant. Il ne m'avait jamais aimé quand je l'ai connu au Canada, mais presque tout est permis quand on est là-bas. Il a fini par... à plutôt sympathiser avec moi, et J'ai beaucoup ri avec lui sur les routes qu'il a vues à travers l'enfer autour de nous.

"Une fois que nous avons silencieusement accepté d'ignorer le passé - et le pauvre garçon avait quelque chose à pardonner, même si ce n'était pas tout ce qu'il avait supposé - nous nous sommes entendus à merveille. Nous avons vraiment dû nous sentir comme des frères. Vous le faites - là. C'était un type bizarre de bout en bout. Il s'est toujours attendu à ce qu'il fasse le truc au foie blanc et il a toujours fait le plus courageux quand le claquement arrivait. Il a réfléchi et se tortillait à l'avance. Au moment critique, il a juste agi comme... eh bien, comme l'homme qu'il était.

"Eh bien, il parlait à chaque heure de la bonne idée du gouvernement de laisser les familles d'hommes abattus comme traîtres les considérer comme des héros morts au service de leur pays. Il disait souvent que cela n'avait pas d'importance, un D'une manière ou d'une autre, pour l'homme qui obtenait ce qui lui revenait, mais pour ceux qui devaient en vivre, c'était quelque chose de penser le mieux, même si ce n'était pas le cas.

"Ensuite, il écrivait des lettres et des cartes, à renvoyer chez lui au cas où il rencontrerait la mort d'un traître. Pauvre diable ! J'ai quelques-unes de ces lettres maintenant."

Une pause lancinante et douloureuse. Alors:

"Mlle Walden, est-ce que cela vous déprime trop ?"

"Non, c'est... je... j'adore ça, M. Norval. Continuez, s'il vous plaît, c'est une belle histoire."

Donelle était assise dans l'ombre de plus en plus profonde, ses yeux semblant retenir la lumière du soleil qui s'était depuis longtemps évanouie derrière l'ouest.

"Eh bien, il n'y a pas grand chose de plus à dire et la fin - à moins que l'on sache comment les choses se passent là-bas : combien les grandes choses semblent petites et les petites choses massives - la fin ressemble presque à une macabre blague.

"Nous en étions arrivés à penser que l'endroit français où nous étions cantonnés était aussi sûr que New York. Je n'étais pas un homme entraîné, je faisais tout ce qui se passait pour traîner en liberté. Ils appelaient cela un travail de reconstruction. Bon Dieu ! Mon spécial Cependant, à ce moment-là, je conduisais une ambulance. Eh bien, de façon tout à fait inattendue, une nuit, l'ennemi a reçu une ligne sur nous depuis Dieu sait à quelle distance, et ils nous ont juste bombardés. Il y avait aussi un hôpital là-bas. Ils devaient le savoir, Les démons et, pendant un certain temps, les choses étaient très chatouilleuses. Les garçons connaissaient leur devoir, cependant, et l'accomplissaient magnifiquement. Ces Canadiens étaient superbes ; si on leur donnait un moment pour reprendre leur souffle, ils étaient aussi stables que l'acier. Au matin, les Le pire était passé, les bombardements, vous savez, et ils ont commencé à ramener les garçons, de retour du combat, là où se trouvait autrefois l'hôpital. En plein air, des médecins et des infirmières travaillaient; ceux qui s'étaient échappés, je n'ai jamais J'ai vu un tel courage ; ils se sont contentés de travailler sur les pauvres gars blessés comme si de rien n'était.

"Je sautillais partout. Il y avait beaucoup à faire, même pour un type non qualifié qui ne savait conduire qu'une ambulance. J'amenais des charges, de telles charges! Et je gardais un œil ouvert pour le type du Canada que je connaissais le mieux.

"Vers midi, un géant qui, disaient-ils, s'était battu comme un diable toute la nuit, s'est approché de moi en pleurant comme un bébé. Il semble que mon homme s'était battu aux côtés de ce garçon, faisant ce à quoi on pouvait s'attendre, la grande chose. " Tous deux s'étaient glissés dans un trou d'obus et travaillaient à partir de cette couverture où ils étaient relativement en sécurité. Dans une accalmie - et voici la sombre plaisanterie - un pauvre chien courait devant eux avec un morceau de fil de fer barbelé accroché autour. La brute hurlait pendant qu'elle courait et mon... mon gars s'est mis à sa poursuite, l'a attrapé, a arraché le fil et... s'est effondré. Un tireur d'élite l'avait fait !

"Il me voulait, il avait envoyé son camarade me chercher. Je suis arrivé juste avant la fin.

« « Vous avez entendu ? » " Il a demandé, et quand j'ai hoché la tête, il a murmuré que je devais le dire à sa femme ; il savait qu'elle comprendrait. Il était assez ferme sur le fait que je lui disais, il était comme un garçon à ce sujet, et j'ai promis. Il n'a parlé qu'une fois de plus.

"'C'est payé !' » dit-il, et sur ce, il partit se reposer.

"Pleurez-vous, Miss Walden ?"

"Oui, oui, mais oh ! comme ils sont glorieux, ces garçons !"

"Je n'aurais pas dû te raconter cette histoire."

"Je remercie Dieu que vous l'ayez fait ! Et en effet, M. Norval, c'est votre devoir sacré de le dire à... à cette jeune fille au Canada. Vous l'avez promis et elle devrait le savoir."

"'Indeed, Mr. Norval, it is your sacred duty to tell it to—to that
girl in Canada. You promised and she ought to know.'"

*"'En effet, M. Norval, c'est votre devoir sacré de le dire à—à cette fille au Canada. Vous
l'avez promis et elle devrait le savoir.'"*

« Toi, une femme, tu penses ça ? Ne penses-tu pas que ce serait mieux pour
elle si elle ne le savait pas ?

"Comment osez-vous ! Oh ! pardonnez-moi, M. Norval. Je pensais
seulement à... à... la jeune fille."

"Eh bien, dernièrement, je me suis demandé. Vous voyez, Miss Walden, peu de temps après avoir vu mon amie en sécurité, j'ai eu mon choc de baptême - gaz et tout le reste. Cela m'a aplati, mais maintenant je commence à ressentir, à souffrir. Utiliser mes jambes m'a ramené à moi-même.

"Et vous irez tenir votre promesse, M. Norval, n'est-ce pas ?"

"Oui, c'est ce que je pense."

"Vous voyez," Donelle se tenait fermement, "que cette fille au Canada pourrait penser, connaissant son mari, qu'il n'avait pas joué l'homme à la fin. La vérité pourrait sauver beaucoup de choses. Et tu ne comprends pas comment lui, ce pauvre garçon, a dû sauver le chien ? C'était se sauver lui-même. Un autre aurait pu se permettre de voir la folie de s'exposer, mais il ne l'a pas pu. S'il était resté dans le trou, il aurait pu être un lâche après !"

"Je n'y avais pas pensé, Miss Walden. L'absurdité mortelle de cet acte m'a rendu amer. J'ai vu... juste le côté chien, vous savez."

"Je crois que la fille au Canada verra l'homme se séparer." Les mots sont venus solennellement. "Oui, ça a payé ; ça l'a fait !"

"Vous m'avez convaincu, Miss Walden. Je dois y aller et tenir ma promesse.

"Demain, ils vont faire un grand test de mes yeux. Après cela, je commencerai. Je veux que toi et Law veniez aussi."

"Oh ! Je——"

" Ne pourriez-vous pas faire cela juste comme une dernière preuve de votre bon cœur, Miss Walden ? "

Donelle luttait contre ses larmes. Son cœur battait à tout rompre ; battre pour Tom et pour l'homme sans défense devant elle. Elle, petite chose triste et frêle, se tenait entre les morts et les pitoyables vivants.

"Oui, j'y vais", dit-elle enfin.

"Merci, Mlle Walden."

Norval souriait dans l'obscurité.

Le lendemain, le test arriva – le test de ses yeux. Norval voulait dire que son premier regard devait se porter sur Miss Walden !

Il l'entendait bouger, écartant les livres et les tables du chemin du médecin. Il entendit Law la diriger avec enthousiasme, et puis... les bandages tombèrent. Il y eut un moment de silence tendu.

« Que vois-tu, Norval ? demanda le médecin.

Norval a vu un petit dos mince en robe noire et une tête rouge ! Mais tout ce qu'il a dit, c'est :

"Je vois la vilaine tasse d'Andy !"

Les mots étaient curieusement brisés et rauques. Alors:

"Andy, mon vieux, rattrape-moi, c'est presque trop beau pour être vrai !"

En juillet, ils sont allés au Canada. À ce moment-là, Norval pourrait faire toute une démonstration en marchant entre Law et Miss Walden. Il portait de lourdes lunettes noires et n'avait que des périodes où il « voyait des choses ». Dans de tels moments, Miss Walden était visiblement absente.

Le *River Queen* a balayé majestueusement jusqu'au quai en pleine gloire de midi. Jean Duval était là avec ses béquilles ; il était à son ancien travail, reconnaissant et en paix.

"Où allons-nous?" » demanda Norval. Il avait à peine osé poser la question.

"Mam'selle Jo Morey va nous accueillir", répondit Law. "Au moins, elle nous nourrira. C'est une cabane dans les bois pour nous, Jim."

"Ça me semble bien, Andy." Norval inspira brusquement.

"Les pins se bouchent", a-t-il ajouté. Puis : « Miss Walden, que pensez-vous de l'apparence de cet endroit ?

Donelle, sous un lourd voile, se régalait des yeux de la Pointe des Pins ; sur une figure bénie attendant près d'un chariot robuste.

"On dirait le paradis !" répondit la voix égale de Mary Walden.

Jo Morey est arrivée à la planche du gang et a trouvé la sienne parmi les passagers. Puis ses sourcils se rapprochèrent, cachant presque ses yeux.

"Ce sont mes pensionnaires !" » cria-t-elle haut et fort en saisissant Donelle. "Par ici s'il-vous-plait."

Law était le seul à parler pendant le trajet. Jo s'assit sur le puits, les autres sur le large siège.

"Nick me manque", a-t-il remarqué.

Mam'selle se tourna et lui lança un regard sévère. Ne pouvait-il pas savoir, cet imbécile, que Nick aurait tout dévoilé ? Nick avait un sens qui défiait les perruques rouges et les fausses voix. Nick était à ce moment-là en train de gratter avec indignation des éclats à l'intérieur de la porte de l'étable.

Il y eut un somptueux repas dans le salon impeccable et radieux. Il y avait un léger feu dans la cheminée, mais pourquoi, qui pourrait le dire ?

Et puis, selon les ordres, lorsque le soleil n'était pas trop brillant, Norval annonça qu'il allait retirer ses « écrans ».

"Je vais regarder autour de moi pendant une heure entière", dit-il doucement, mais avec ce ton de voix qui faisait toujours baisser la tête à Donelle.

« Maman elle ! »

"Oui, M.——" Jo avait envie de dire Richard Alton, mais elle gérait le Norval avec un degré de courtoisie qui mettait du cœur à l'homme qui écoutait.

"Maman, je n'ai pas remarqué la voix de Donelle. Où est-elle ?"

"Elle viendra, si vous la voulez, M. Norval."

La veut? La veut? L'air même palpitait de désir.

"Elle est à l'étage", ajouta Jo, l'air plus sombre que jamais.

"Je... j'ai quelque chose à lui dire à propos de Tom Gavot, son mari." Norval sourit étrangement.

"Je vais l'appeler, M. Norval."

Puis ils attendirent tous.

Law se dirigea vers la fenêtre et s'étrangla. Au loin, il pouvait entendre les demandes hurlantes de Nick emprisonné et le bruissement de la marée sortante.

Mam'selle se tenait au pied du petit escalier en colimaçon. Elle avait peur d'elle-même, la pauvre Jo, peur de montrer ce qu'elle ressentait !

Norval était assis dans le meilleur fauteuil à bascule, les mains jointes avec rigidité. Il n'avait pas retiré ses écrans, il n'en avait pas l'intention jusqu'à ce qu'il entende dans l'escalier la marche dont il avait faim.

Et puis Donelle est venue si doucement que l'homme qui l'écoutait ne savait pas qu'elle était là jusqu'à ce qu'elle se tienne à côté de lui. Elle avait enfilé une robe blanche que Mam'selle lui avait filée. Les cheveux pâles étaient tordus autour de sa petite tête à l'ancienne manière simple ; les yeux dorés étaient pleins de la lumière qui n'y avait jamais brillé jusqu'à ce que l'amour l'éclaire.

Law et Jo avaient volé la pièce.

"Me voici!"

Puis Norval démonta les paravents et ouvrit les bras.

"Mon amour, mon amour," murmura-t-il, "viens!"

"Pourquoi——" Donelle recula, les yeux écarquillés.

"Donelle, Donelle, penses-tu que tu pourrais te cacher de moi ? Eh bien, c'est parce que je t'ai vu que je voulais vivre, je voulais profiter au maximum de ce que j'avais.

"Enfant, le jour où tu m'as fait lever de la chaise, j'en étais sûr ! Avant cela j'espérais, je priais ; puis j'ai su ! J'ai un peu enlevé le pansement et j'ai vu tes yeux."

"Mon bien-aimé!"

Et Donelle, agenouillée à côté de lui, releva la tête de sa poitrine.

"Je vais t'embrasser maintenant, Donelle," dit-il, "mais penser que tel que je suis est le meilleur que la vie ait pour toi, c'est...!"

"Ne le fais pas," murmura-t-elle, "ne le fais pas ! Souviens-toi du cher rêve de la première joie, mon homme. Je n'ai jamais perdu notre première joie. Dieu m'a permis de la garder en sécurité."

De l'autre côté de la route retentirent les cris sauvages et excités de Nick libéré. Lentement, car Nick était vieux, il monta les marches, entra dans la pièce, jusqu'à la fille par terre à côté de la chaise. Donelle pressa la tête hirsute contre elle.

"Nick a toujours gardé First Joy aussi", murmura-t-elle. Et oh, mais ses yeux étaient merveilleux.

"Et tu joueras encore pour moi, Donelle ?" Norval la tenait toujours, même s'il entendit Law et Mam'selle approcher.

"Un jour, cher homme, un jour j'apporterai le violon à la cabane en bois. Un jour, après j'aurai reçu des cordes. Les cordes, certaines d'entre elles, se sont cassées."

Tard dans la soirée, assez tard, neuf heures sûrement, Law et Jo se tenaient près du foyer où les braises brillaient encore.

"Où sont les enfants?" demanda Law comme si tous les événements fous de la journée étaient des bagatelles.

"Sur la route, la route !" Le visage de Jo frémit. "Le clair de lune est merveilleux, la route est aussi claire que le jour." Elle pensait à Tom Gavot tandis que son grand cœur se serrait de pitié.

"Les idées bizarres que le jeune Gavot avait sur les routes", dit Law d'un ton songeur, "Jim me l'a raconté."

"Pauvre garçon, il n'a pas tiré grand-chose de la vie", répliqua Jo.

L'amertume était profondément ancrée dans le cœur de Mam'selle. Presque son amour pour Donelle, sa joie en elle étaient assombris par ce qui semblait à Jo être un oubli. C'était impardonnable à ses yeux.

"Je me demande!" » dit doucement Law ; il apprenait à comprendre la femme à côté de lui.

"Si c'était tout le chemin, vous ressentiriez peut-être ce que vous ressentez. Mais ce n'est qu'une petite partie, Mam'selle. La plupart d'entre nous ont la vue à court terme, à quelques-uns, la vue longue. Je parierais tout ce que je peux. que ce jeune Gavot voyait toujours par-dessus le sommet de la colline.

"C'est une bonne chose à dire et à ressentir, M. Law." Jo essaya de contrôler ses sourcils, échoua et laissa Law regarder droit dans ses yeux splendides.

" La vie est trop grande pour nous, Mam'selle, dit-il, trop grande pour nous. Il y a des moments où elle nous laisse courir, nous laisse croire que nous la gérons. Puis vient quelque chose comme cette guerre qui prouve que quand la vie a besoin de nous, il nous saisit à nouveau.

"Il a besoin de ces deux-là sur la route au clair de lune, l'un tâtonnant, l'autre menant ; ainsi de suite ! La vie les utilisera à ses propres fins. Inutile de lutter, Mam'selle ; la vie nous tient tous à la gorge. ".

"Vous êtes un homme étrange, M. Law."

Jo tremblait.

"Tu es une femme étrange, Mam'selle."

Il y eut une pause. Sur la route, Donelle chantait une petite chanson française, une chanson qu'elle avait emportée avec elle de la maison de St. Michael's.

"Vous et moi", poursuivit Law, "avons appris certaines des leçons de la vie dans une école difficile, Mam'selle. Beaucoup de nos professeurs ont été les mêmes ; ils nous ont fait tailler là où d'autres ont façonné, mais *je* pense nous sommes parvenus à connaître la vraie valeur des choses, vous et moi. La valeur du travail, la compagnie sur le long chemin, un feu de cheminée quelque part à la fin de la journée.

Et maintenant Law tendit la main comme un bon ami le fait à un autre.

"J'aimerais, Mam'selle," sa voix devint merveilleusement gentille, "J'aimerais que tu puisses te résoudre à… voyager avec moi pour le reste du chemin."

La porte était grande ouverte, le clair de lune brillait sur le porche, mais Jo pensait à une autre nuit où le vent hurlant avait pressé la porte comme un avertissement et où Pierre Gavot avait souillé l'abri qu'elle avait arraché au combat de sa vie : Pierre le Racheté !

"Me demandez-vous en mariage avec vous, M. Law ?" Les yeux profonds de Jo cherchaient une réponse dans le regard qui la tenait. Elle était abasourdie, effrayée.

« M'honorerez-vous en portant mon nom, Mam'selle ? Me laisserez-vous vous aider à entretenir le feu dans le foyer pour eux ?

De plus en plus près se rapprochaient Donelle et Norval, Donelle chantant toujours avec le clair de lune sur son visage.

"J'ai lutté depuis mon enfance solitaire, Mam'selle. J'ai vécu un homme solitaire ! Et toi, Mam'selle, je connais ton histoire. En fin de compte, la solitude est la chose la plus difficile à supporter. "

Les larmes montaient aux yeux de Jo – des larmes !

"Vous êtes un homme étrange", répéta-t-elle.

"Et toi, tu es une femme étrange, Mam'selle."

Mais ils souriaient maintenant, souriant comme sourient les gens qui, au détour d'un chemin, voient que cela ne finit pas, mais continue encore et encore.

LA FIN

Milton Keynes UK
Ingram Content Group UK Ltd.
UKHW011122180424
441376UK00004B/151

9 789359 257310